HAPPY LOVE

你似清风，姗姗来迟

以安 著

Ni Si Qing Feng,
Shan Shan Lai Chi

百花洲文艺出版社
BAIHUAZHOU LITERATURE AND ART PRESS

图书在版编目（CIP）数据

你似清风，姗姗来迟 / 以安著. — 南昌：百花洲
文艺出版社, 2017.8
ISBN 978-7-5500-2376-5

Ⅰ. ①你… Ⅱ. ①以… Ⅲ. ①言情小说－中国－当代
Ⅳ. ①I247.5

中国版本图书馆CIP数据核字(2017)第189181号

出 版 者	百花洲文艺出版社
社　　址	江西省南昌市红谷滩世贸路898号博能中心A座20楼 邮编：330038
电　　话	0791-86895108（发行热线）　0791-86894790（编辑热线）
网　　址	http://www.bhzwy.com
E－mail	bhzwy0791@163.com

书　　名	你似清风，姗姗来迟
作　　者	以　安
出 版 人	姚雪雪
出 品 人	余　言
监　　制	楚　河
责任编辑	李梦琦
特约编辑	鹿　酱
封面绘制	亦梁璇子
经　　销	全国新华书店
印　　刷	湖南凌宇纸品有限公司
开　　本	880mm×1230mm 1/32
印　　张	9
字　　数	233千字
版　　次	2017年11月第1版
印　　次	2017年11月第1次印刷
书　　号	ISBN 978-7-5500-2376-5
定　　价	29.80元

赣版权登字：05-2017-324

目录
CONTENTS

目录
CONTENTS

楔子

小天使幼稚园隶属市内一家福利保育院。

这里的孩子被称为神明的孩子，因为他们是折翼的天使。虽然缺失父母的关爱，但在老师们的亲切教导之下，他们都乖巧听话，只除了……

高高地站在滑滑梯的顶端是一个一脸桀骜不驯的小女孩。

她叫音羽，今年八岁。几乎从一出生她就被扔在了保育院，没有人知道她的双亲是谁，来自哪里，就连她的名字都是那年刚从京都旅行归来的玛丽亚院长取的，取自清水寺前那条美丽的音羽瀑布。

她原本希望音羽长大之后变成一个淑静优雅的孩子，没想到她越长大，性格越叛逆，每天都会无端惹哭一票小朋友。

而此刻，她又把比她高出一个头，名叫小明的男孩惹得哇哇大哭。

院长闻声赶来，在滑滑梯的底端将"罪魁祸首"逮了个正着。

她轻轻抓住音羽的双肩，看着个头小小却能量满满的她，不解地问："你为什么要惹哭小明呢？"

"是他不对！"音羽倔强地说。

"你觉得他哪里不对了呢？"

"他偷偷把施妍的头绳扔到了垃圾桶里，我亲眼看到的！"

"那你应该把这件事告诉我呀，我会惩罚他的。"

"你不会包庇他吧？"

"肯定不会的，我向你保证。"院长像个大朋友一样，向她伸出小拇指，和她约定，"但你也要保证，从今以后，不可以再擅自'惩罚'别的小朋友。你得学会找我商量，我会帮助你的，你同意吗？"

音羽歪着小脑袋瓜子，看着院长认真的表情，也郑重地伸出右手，与她勾了勾手指。

院长满意地点点头，揉揉她软得像丝绒一样的微卷的短发，欣慰地说："这才是我的可爱天使。"

"院长，我真的是天使吗？"

"是哟，你们都是折翼的天使，虽然没有了与生俱来的翅膀，但是通过不断地学习、成长，你们慢慢会找回代表知识与经验的左翼……"

"那天使的右翼呢？"音羽听得入迷了，急切地问。

"天使的右翼代表感情，当你懂得了爱与被爱，你就拥有了右翼，便可以飞翔了！"

"哇！那要怎么样爱一个人呢？"

"这个问题啊……"院长笑眯了眼，顿了顿，慎重地说道，"等你长大了自然而然就知道了。"

"那我要快点长大！"

院长看着眼神清澈、水灵的小女孩，衷心祈祷："愿神明庇佑她。"

第一章
爸比，你要去哪里呀

1

香榭丽舍大道位于巴黎市中心的繁华商业区，它的尽头就是举世闻名的凯旋门。

此时，一道狼狈的身影从三百六十度无死角疯狂抓拍凯旋门丽影的游客们的镜头前一闪而过。他身穿黑色带狐狸毛帽的厚风衣，脚蹬同色系绑带长筒军靴，四国混血的中性、硬朗面孔此时却透着极度的惶恐。他跑进了人群里，隐约听到有女孩子的呼喊，中间还夹杂着稚嫩的、口齿不太清晰的叫唤声。

"Leo！我知道你就在这里，别躲了，快点出来！"女孩牵着约莫三岁大的小男孩，被好奇的游客围困在路中央，他们用各自的母语，叽叽喳喳地询问女孩发生了什么事。

Leo 趁机跑进了附近的路易·威登，店员几乎全都认识这个红透国际时尚圈的宠儿。

他冲他们比了个"嘘"的手势，悄悄藏进了橱窗里，将厚大的帽子戴上，瞬间覆盖住了半张脸。他又随手拿起一个 2017 年春季新款老花纹包包，乍看之下，他与橱窗里的其他"模特"融合成了一道风景。

他看着女孩气喘吁吁地抱着小孩从窗前跑了过去。在确定周遭"安全"之后，他不禁长长地吁了一口气，想不通为什么自己会沦落到这种地步，明明是欢天喜地来参加辛铃阿姨的结婚典礼，却变成了"逃犯"！他到底招谁惹谁了？！

真希望这一切都只是一场噩梦，梦醒之后，回到那一天，女孩与小孩都不曾出现过——

他从机场自驾回到位于市中心莲华大道的家时，才停好车，就被牵着小男孩的女孩截住了去路。他透过墨镜，上下打量了她一番，发现她十分年轻，看起来也就二十出头，不像是能生出这么大孩子的母亲。她带着一个小男孩拦住他是要准备做什么呢？

还没等他把心中的疑惑问出口，女孩的一句话便令他彻底蒙圈了。

女孩是对着身旁的小男孩说的，她说："一辰，他就是我们要找的人，快叫爸爸！"

"爸爸……"小男孩口齿还算伶俐，听话地喊了他一声，随即向他跑来。

"不！你们是不是有什么误会？"

Leo被小男孩的一声"爸爸"喊得腿都软了，看着跑到眼前欲抱他大腿的小男孩，连忙倒退两步，喝止他："小屁孩，我不是你爸爸，别过来！千万别过来！"

而且，在他看到小男孩手里还拿着根纸棒，似乎刚吃完棒棒糖，十指黏乎乎的，这样他就更是惊恐了。

"你是Leo吧？中文名叫卫风。"女孩盯着他，问道。

"是……"

"那就没错了，你就是一辰的爸爸。"

"怎么可能！我应该不认识你们吧？！还有，他是你的儿子吗？"

"我们并不认识！但是，他叫柯一辰，他的妈妈叫柯以美，你总该认识了吧？"

"不认识！"他对她所说的名字一无所知。

"渣男！"

"喂！明明是你自己认错人，怎么乱骂人呢？"Leo被她这么一骂，也有些恼火。

"你自己看！"女孩将一封手写的信扔给他。

他本想随手揉烂它，可是眼前的女孩虽然个头小小的，眼神却透着一股执拗。碍于她无声的"逼迫"，他只好打开折成三折的薄薄的书信。当他看完之后，不禁陷入了更深的迷惑之中。

写信的人是小男孩的妈妈，名叫柯以美，她声称四年前，在一场时尚派对上邂逅了他，他们俩醉酒乱性，一不小心就有了一辰，如今她有十万火急的私事要处理，需要离开一阵子，要求在这时间由他负责照顾一辰……

他对她说的"醉酒乱性"的事完全没有印象！！但她提到的那场派对他还有点印象，那天他貌似确实有点喝多了，在主办方安排的房间里休息了一夜，仅此而已。

"你现在想起来了吧？"女孩用理所当然的语气问道。

"很抱歉，我并不认识写信的这位柯以美小姐，也不可能是这个孩子的爸爸，你找错人了。"他说完转身就想走，可是女孩却使出洪荒之力抱住了他，不肯让他走。

最可怕的是双手黏乎乎的小男孩也有样学样地扑过来，抱住了他的小腿。

他欲哭无泪，白色破洞牛仔裤算是彻底毁了，但更令他难过的是，他竟然没办法使劲甩开他们，他突然想起了中国有句古语：唯女子与小人（小孩）难养也！

今天，他总算是见识到了古人的智慧！

从那天起，他就每天过着提心吊胆的生活，女孩与小男孩总是会在他放松警惕的那一瞬间突然冒出来，搅乱他悠闲自在的生活……甚至还从中国跟踪他到了巴黎！这种韧性如果用在别的地方，她一定会有一番大作为的，可却该死的用在他的身上！

"Leo 先生……"

LV 店员小心翼翼地推了推仿佛陷入昏睡的 Leo，将他飘远的思绪拉回现实。

他尴尬地将刚刚他拿来当道具的那个包包拿到柜台结算，在店员们恭敬的目光中走出 LV 门店，拦了一辆计程车，往酒店方向开去。

虽然他无数次想到，那个女孩或许已经带着小男孩蹲守在酒店门口，可当这一切变成现实的那一刹那，他还是忍不住在心底骂了句："该死的！她是在我身上安装了全球定位系统吗？连我住的酒店都能找到？！"

女孩似乎没有发现躲在大榆树后头的他，她蜷缩在酒店门廊前的台阶上，身旁的小男孩一脸困意，不吵不闹，安静地倚靠在她身上，在旁人眼里，此刻他俩看起来还真有点惨。

Leo 拔腿就想跑，可是目光却黏在了他俩的身上，心软的一瞬间令他做出了后悔很久很久的决定……

他在女孩面前站定，视线落在她柔软、微卷的短发上，略有些别扭地说："进去吧！"

女孩猛地抬起头，眼中交织着惊喜与迷惑。

一辰揉揉有些惺忪的睡眼，在看清 Leo 的模样之后，快速地抱住他的腿，亲昵地喊他："爸爸！"

"别！不准叫爸爸！"他哀号一声，蹲下身子，用无比认真的神情对也不知道能不能听懂他说的话的一辰说，"如果你答应我，叫我叔叔的话，我就请你吃好吃的，好吗？"

"可是，姐姐说……我要叫你爸爸。"一辰看了看身边的女孩，没有轻易被食物诱惑。

"你叫什么名字？"

"音羽。"她站起身，仰头看他，不卑不亢地回答，"洛音羽。"

真是个好听的名字，他还不知道她跟一辰究竟是什么关系呢，竟然不远千里带着他四处追寻他，光是她身上的那股韧劲就令他心生敬佩，如果她不是一个"追缉者"，他十分愿意跟她交个朋友。

"如果你同意一辰不在公开场合喊我爸爸，在他妈妈回来之前，我可以暂时收留你们。"

"真的？"

"真的！"

音羽对他的话将信将疑，但还是对一辰说："那以后有人的时候，你就叫他叔叔吧。"

一辰乖巧地点点头，看来很听她的话。

Leo率先通过酒店的旋转大门，往电梯方向走去。音羽连忙带着一辰跟上，为了完成以美姐姐的托付，将一辰送到他爸爸身边，音羽已经筋疲力尽。

她几乎花光了所有积蓄，眼看就要流落街头了，好在……Leo总算良心发现，愿意收留他们，虽然现在他还死鸭子嘴硬，不肯承认一辰的身份，但他们总算是在这条艰难的路上往前迈进了大大的一步。

Leo帮他们叫了客房服务，由着他们点了一大堆零食。

小屁孩吃零食当饭也就算了，她一个大人也跟孩子似的，抱着薯片蘸果酱，可乐配冰激凌！

两个人吃得不亦乐乎，几乎忘记了Leo这位主人的存在，当他们心满意足地将所有零食消灭干净之后，才想起来向他道谢。

"谢谢你收留我。"

"不是你们？"Leo挑眉问。

"一辰是你的儿子，你本来就应该照顾他的。"

"我说了，不认识他妈妈，你怎么就不相信我说的呢？"他显得有些无奈。

"以美姐姐没有理由对我撒谎。"她的理由也很简单。

他一声叹息，门铃声也在此时突兀地响起。

小屁孩看起来已经昏昏欲睡，音羽让他躺在她的腿上，在他耳边轻柔地唱起了摇篮曲："噢，宝贝，宝贝，你是折翼的天使，神明收藏起了你的羽翼，待你慢慢发现……生活的奥秘，当你拥有了智慧与生存的能力，你的身后便出现了闪着光的左翼……噢，宝贝，宝贝……"

Leo 从来没听过这种奇奇怪怪的摇篮曲，站在门边，一时竟入了迷，忘了开门，直到门铃声再度响起。

他打开门，看着门外的不速之客，表情顿时严肃了几分。

对方身着黑色西装，面无表情，恭敬地向他鞠了一躬，说道："少爷，老太爷请您回家一趟。"

"我这次回来是为了参加朋友母亲的婚礼，并不是为了回来看爷爷。"

"少爷，这是老太爷的命令。"

"你回去告诉他，等明天……明天我会回去一趟。"

Leo 眼中的厌烦藏不住。他顺着对方的视线看向窝在沙发上已然睡着的一大一小两人，蹙起眉头，有意挡住对方探寻的目光，冷声下达命令："没其他事的话，你就回去复命吧！"

"是，少爷。"对方知难而退。

Leo 关上门之后，火速摇醒刚刚进入梦乡的音羽与一辰，急切地说："我们现在就出发去机场。"

"为什么？"一大一小同时揉着惺忪的睡眼，不约而同地茫然问道。

"别问了，总之听我的！"

"可是，好困啊！"音羽又倒回沙发上。

一辰见状，也跟着倒在她身上，用童稚的嗓音有样样地说："我也好困啊！"

"你们俩！想跟我回国，还是想留在这流浪？给你们一秒钟时间考虑！"Leo 已经打包好了行李，一边穿着厚风衣外套，一边问懒散状的两人。

音羽连忙坐直身子，强打起精神，表示："当然要回国，我已经没有多余的钱买机票了！"

"……"

"请你带我们回去！"

"我真是服了你了，身无分文还带着个小屁孩，你究竟是怎么办到的？"

"我才不是身无分文，我还有一些钱，只是不够买机票了……"她掏出口袋里仅有的两张票子在他面前晃了晃，反驳道："如果你一早就认了一辰，就不会导致我破产了，所以这件事，你应该负主要责任，至少应该把我们送回去！"

"切！我说了多少遍了，我跟这个小家伙一点关系都没有！"

"可是，你看看他的脸，再看看你自己！你们俩就像一个模子印出来的，你出去街上随便抓几个路人问问，他们肯定会说你们是百分百的亲子关系！"

音羽硬拉着 Leo 走到玄关礼仪镜前，让他与一辰并排站着。

Leo 看着镜子，镜中映出一辰那张与自己小时候极度相像的脸，一时语塞，不禁开始怀疑那天晚上是否真是自己喝得太醉，以至于发生过什么事也全然没有记忆了？！

"爸爸……"一辰轻轻地喊了他一声。

Leo 被喊得浑身酥麻，腿软得差点瘫倒地上，连否认的力气都没有了。

音羽用"孺子不可教也"的表情看着他，老气横秋地教训道："都说了你们俩是亲父子，你还是别挣扎了，有一个这么可爱的儿子，不觉得就像天上掉馅饼吗？美死你了！"

"饶了我吧！"

"哼！你真是身在福中不知福！"

"算了，就当我不惜福，走吧，赶飞机去！"Leo 光是想到爷爷那张臭脸就不寒而栗。

2

深夜，巴黎飞往 F 城的航班的头等舱内。

早已困得不行的一辰在音羽怀里睡着了，他微卷的浅金色短发搭配明亮可爱的五官，以及肉感十足的短小四肢，令人恨不得在他的小脸上咬上一口。同样短卷发的音羽紧紧地抱着怀里的小家伙，就连睡着了也是蹙着秀眉，歪倒在身旁的 Leo 身上。

他多想把这两个碍事的家伙推开，可是是他害得他们没有床可睡，得在飞机上过夜的，愧疚感令他僵硬得像一座英伟的雕像，一动不动地当着他俩的靠山。

这样的情景在外人看来，就像是十分亲近的一家三口。

坐在他们右侧的一对头发已然花白的老夫妻看着他们，露出羡慕的笑容，其中的老太太亲切地对三人中唯一还清醒着的 Leo 说："你的妻子和儿子真漂亮！看起来，他们有些累了。"

"呃……"Leo 很想解释眼前的状况，可是他怕自己越解释越乱！

老爷子也笑呵呵地应和道："是啊，没想到你年纪轻轻就结婚生子了，就像当年的我和我的太太，一见钟情，相约白首……当年岁渐大，就越发感激身边仍有一个愿意与自己牵手的老伴。"

说罢，老爷子握住老太太的手，握得是那样用力。

Leo 有些羡慕他们的恩爱，在他家里，大人们都是戴着假面生活的，没有人会真心对待别人。他从小就在冰冷、严肃的氛围里成长，他每一天都想着逃离那样的地方……终于，熬到了成人的那一天，他挥一挥衣袖，不带走一片云彩。虽然没能与家族断了往来，至少，他离他们远远的，一年也见不了两次面。

在那个家里，与他最为亲近的人莫过于小他两岁的叔叔 Eric，他就职于某国际神秘组织，三天两头不见人影。他早已经习惯了小叔叔的神出鬼没，然而在重要的时刻，他是他唯一能想起来的家人。

老太太的说话声将他的思绪唤了回来。

她说："你们一家子的基因真是强大呢，所以才能生出这么漂亮的小孩吧！"

"呵呵。"除了心虚的笑，Leo真的不知道该怎么回应对方的热情和友善。

靠在他肩上睡的音羽似乎感觉不太舒适，抱着一辰往他怀里钻，他连忙侧身让她倚在自己的胸前。见她呼吸平顺，眉头舒展了几分，他忍不住松了口气。

这是他第一次这么近距离地看她。虽然之前已经见过无数次，可是每次他都把他们当成牛鬼蛇神，避之不及。如今看来，身材小巧玲珑的她，就连五官都十分精致漂亮呢，尤其微微嘟起的小嘴就像一颗成熟的樱桃，微卷的短发软软的如丝绒一般，她好像洋娃娃……

"天啊！我在做什么？"他瞪着自己缠绕在她发上的手，见鬼似的赶紧收回手。

大概是被他的动静吵醒，音羽怀里抱着的一辰缓缓睁开眼睛，浅褐色的眼眸眨巴眨巴地望着他，突然露出一记令Leo备感心虚的笑容，奶声奶气地问他："哦，爸爸，你是不是喜欢音羽姐姐？"

"别胡说！小屁孩！"

"我也喜欢音羽姐姐！可是，如果你和音羽姐姐结婚，那妈妈怎么办呢？"

"你……"Leo没想到一个三岁大的小屁孩能想得那么深。可是他问的问题都什么跟什么嘛！他板起脸，佯装不悦地说道："我不喜欢你的音羽姐姐，也不会跟你的妈妈在一起！"

"可是，爸爸，我想跟你在一起。"

"……"

Leo 一时语塞，竟不知道该如何拒绝眼前这个肉嘟嘟的可爱的小家伙。

飞机穿越云霄，带着一些人的希望、一些人的犹豫，甚至还有一些人的无奈，回到久违的地方。

3

一夜无眠的 Leo 顶着国宝级的黑眼圈，手里拿着一叠厚厚的协议书，将一路从巴黎睡回来的音羽与一辰叫醒，对他们说："你们虽然是暂时住在这里，但是这里毕竟是我的地盘，请你们遵守我的规矩，禁止在家里随地大小便、吐痰、乱扔脏衣服、翻乱冰箱等一切乱七八糟的行为，要时刻保持家里干净、整洁，不许进我的房间，更不许翻我的东西……"

"不好意思，Leo 先生，你的话有点重复累赘，如果你不乱放东西，而我们又不能进你的房间，又怎么会乱翻你的东西呢？退一步说，这个房子是你的，这里所有的东西都是你的，那我们随便动一动都算是乱翻你的东西，这个要求恐怕我和一辰很难做到。"音羽挑出他话里的毛病，一一提出质疑。

Leo 尴尬地将手里的"约法三章"塞到她怀里，用任性的语气说："我不管！反正这里是我的地盘，我说了算！你们在一辰妈妈回来之前，安安静静地生活，以上！"

"可是一辰是小孩，他是不可能安静地生活的！"

"你——你想气死我吗？就你中文好，老挑我的语病做什么？总之，尽量做到！ OK ？"

"我没想气你。"音羽撇撇嘴，明明是他自己中文太差，"不平等条约"的内容写得乱七八糟的，还怪她挑事？！

"你！从今天开始由你负责这个小家伙的一切！"

"可是我也有工作！"

"你的意思是，要把他丢给我，自己却跑去工作？那我怎么办？

你似清风，姗姗来迟

一天到晚在家看小孩？我的天哪！你知道我的职业？你认为我闲到可以分分钟待在家里给小屁孩当保姆吗？"

"姐姐，爸爸……我可以自己照顾自己！"被当成透明人的一辰努力想突出自己的存在，他像无尾熊似的挂在 Leo 修长的腿上，博取大人的注目。

音羽率先心软，做出退让："晚上我要去咖啡馆打工，另外，我在侦探事务所的兼职是不定时的，如果你能够在我不在家的时间里负责照顾一辰，那么，其他时间，我会看着办的。"

"好！那就这样愉快地决定了！"两人终于分配好了"工作"，心平气和地坐下来。

一辰趁机爬到音羽的腿上，用满是口水的小嘴亲了亲她的脸。

Leo 一脸嫌恶的表情，往后退了一些，强烈地发出声明："小家伙，绝对不要用你的口水洗礼我的脸！要是你敢那样干的话……"

他的话还没说完，一辰就敏捷地从音羽的腿上跳进他的怀里，口水瞬间沾在了他浅蓝色休闲风宽松的毛衣上。在他哀号声响起的同时，一辰边喊着"爸爸"边用口水"洗礼"了他那张英俊的脸！

"啊！！！"惊恐的叫声响彻整座房子。

音羽捂着嘴偷笑，看来这对父子的感情有进展了！至少，Leo 并没有胖揍故意捣乱的一辰。

这个小家伙很聪明，从小就很会察言观色。大概是生长在单亲家庭的缘故，特别害怕被别的小朋友孤立，总是尽力用他的友好与笑容去讨人欢心，很容易就与人打成一片。

此刻，Leo 正拎着一辰的后衣领，小家伙像只可爱的猫咪手舞足蹈，嘴里叫嚷着："爸爸，一辰错了，我再也不舔你了，放我下来，爸爸……"

"小屁孩，跟你说多少遍了，不准叫我爸爸！"

"叔叔，放开我！"一辰立马改口，扁着小嘴向置身事外的音羽求救："姐姐，救我……"

"你既然喊她姐姐，那以后就叫我哥哥！"

"哥哥，我错了！"一辰蹬着小胖腿，搓着双手求饶。

Leo 的心瞬间被小家伙萌化了，他将一辰扔给音羽，见不得她跟个没事的人似的坐壁上观，故意牵扯上她："你给我好好教育他，绝对不准他再叫我爸爸，必须喊我哥哥，有外人在的时候，你就说你们是我的远房亲戚，懂了吗？"

音羽耸耸肩，做出一副"你是主人，你说了算"的表情。

一辰摸着咕咕叫的肚皮，委屈地嚷："哥哥，姐姐，一辰饿死了！"

经他这么一说，Leo 才发现，已经快中午了。他们三个从昨晚在飞机上草草吃了一餐之后，就什么都没吃过了，这个小家伙挨到现在恐怕已经是极限了，难怪他说要饿死了！

Leo 拿起手机，准备叫外卖。

音羽见状，蹙眉问道："你在做什么？"

"叫外卖啊，你不饿吗？"

"一辰还是小朋友，不能吃那些来路不明的东西！"她说完看了一辰一眼，一辰十分配合地点点头。

她随即往厨房走去，打开超大的双开门冰箱看了看，里头除了饮料，什么也没有！

"模特都不用吃饭的吗？"她扭头看他，不解地问。

"谁说的？我不是说了叫外卖吗？"他撇撇嘴，继续刷着手机，想找找有没有适合小朋友吃的东西，明明他们自己在酒店里也是叫了一堆有的没的零食，现在却嫌他叫外卖不健康？

"我说了一辰不可以吃外卖，你想吃的话就自己吃吧。"她双手向上一翻，对他说，"我要去买菜，但我怕身上的钱不够，请借一些钱给我。"

这丫头明明一副"还我钱"的表情，却说着令人无法信服的谦卑的话！

你似清风，姗姗来迟

他将钱包塞到她手里。这里虽然是市中心，但由于是高档住宅小区，离购物中心的距离，开车也得半个小时，想搭计程车或公交车至少得走到小区以外才能搭上，天知道从他家走到小区外要走多久……反正，他偶尔晨跑也会绕小区一圈，保守估计也得一个小时。

思来想去，在音羽带着一辰踏出家门的前一刻，他抓起车钥匙，追上了他们。

"爸……哥哥，你要跟我们一起去买菜菜吗？"

"我怕我不送你们去的话，等你的姐姐买到菜，你已经饿死了！"

Leo带他们来到车库。车库里并排摆放着三辆不同品牌，不同款式，就连体格也相差甚远的车子。他们上了最近的一辆——黄色的凯迪拉克。

一辰在车上蹦来跳去，简直把真皮座椅当成了蹦蹦床，Leo寻思着一会儿得给他买个儿童专用座椅才行，不然的话，不出两天，他的车准得被一辰跳到报废了！

4

Leo将一辰放在购物车里，与音羽并肩推着小家伙逛起了超市。

音羽买每一样食材之前都会征求一辰的意见，别看小家伙年纪小，懂得还挺多的，甚至知道什么样的奶酪好吃。零食与玩具都只选了两样，问他为什么，他说："姐姐的钱都用光了，我们要省吃俭用。"

"傻瓜，哥哥有钱，你想要什么就买……"

"不行！你不能灌输小孩这样的观念，要让他养成节制的生活习惯。"音羽打断他的话。

Leo虽然觉得被人当面反驳有些没面子，但是仔细想想，她说得也不无道理。

趁着一辰被推销儿童香肠的阿姨吸引了注意力，他低声问她："你怎么知道这么多育儿知识？"

"我平时有空就会去保育院做义工。"她简短地回答。

“你还……挺有爱心的。”他对她几乎一无所知，甚至不知道她与一辰的妈妈是多亲密友好的关系，看她对一辰那么好，凡事都优先替他着想，她们应该关系匪浅吧。

“我从小在保育院长大，现在独立了，应该尽自己所能，回报教养我成人的院长和老师们。”

他没想到她竟然是个孤儿。

他看着一脸坚强的她，想象着没有双亲疼爱的她孤独地在保育院长大……年幼的她竟与自己小时候有几分相似，他又何尝不是悲哀孤独地长大呢？！

可是，他却从来不像她这样正能量，想着回报养育自己的人！

那些戴着假面的人，他恨不得一辈子都不再见到！

“哥哥，姐姐，阿姨说要送我香肠！”一辰拎着一包儿童香肠，屁颠屁颠地跑回他们身边，献宝似的指着不远处满面笑容的推销员阿姨说着。

“一辰，你有没有谢谢阿姨？”音羽连忙向对方致谢，并声称，“香肠我会买下来的。”

“你刚才不是说不要乱买东西给一辰？”

“要你管！”她是看一辰很喜欢，何况人家虽然说了要送给一辰，可她哪能真白拿别人的东西，毕竟是辛苦的工作，赚钱也不容易。

Leo 瞪着她远去的背影，心想：“女人心果然是海底针啊！真不知道她在想什么！”

结账的时候，几个年轻的营业员简直爱死了漂亮又讨人喜的一辰，用羡慕不已的语气对音羽说：“好想要个这么可爱的小朋友哦！真羡慕你们，年纪轻轻就……”

“不好意思，我是他的姐姐。”音羽淡然地澄清。

“哦，那你……”她们当然认得出 Leo，只不过上班时间还是不好意思尖叫，硬是憋红了脸，壮着胆子问，“你也不是宝宝的爸爸吧？”

"他是我哥哥！"一辰抢先回答。

Leo满意地对一辰眨了下眼，这个小家伙真上道，小小年纪就演技不凡啊！

"你们看着就像一对亲兄弟呢！长得都好帅！"营业员捧着脸，一副迷醉样。

"谢谢夸奖，可以帮我们结账吗？后面的队伍排得有点长了……"Leo指着身后那群同样痴狂的迷姐迷妹姑姐迷姨迷们，向她们点头致意。

疯狂的尖叫声瞬间引爆整个超市，眼看情况就要失控了！

音羽淡定地抛出一句："大家不要激动，这位先生，他已经有主了！"

"什么有主了？！"Leo在她耳边压低嗓音问。

"你不是有儿子了？就别卖弄了！"

"卖弄……"

他感觉有道晴天霹雳瞬间劈中了自己，他的帅气他的魅力，从她嘴里说出来竟然一文不值！

他不爽地澄清："我可没有卖弄，你难道看不出来我的人格魅力爆表了吗？只要是女人，没有不喜欢我的……"

"我就不喜欢你。"她极其直白地拦截他的自夸之词。

"……"

"好了，一辰，咱们回家吧。"音羽丝毫没理会因她的话而瞬间石化的Leo，一手将备受欢迎的一辰抱在怀里，一手推着堆满日用杂物与食材的手推车，往外走去。

好不容易回过神来的Leo不敢相信她就这样撇下他走了？！

最后看了一眼他的"迷妹"们，从她们那重新感受到了刚才瞬间流失的自信，他冲她们魅力十足地一笑，随即昂首挺胸，大步追上了他们，主动接手推车的工作。

他不服气地问："为什么不喜欢我？"

"不喜欢你还需要理由吗？"她反问。

"连个理由都没有，你就不喜欢我？"

"嗯，非要说个理由的话，我觉得你是一个不负责任的人，放着这么可爱的孩子不管，让我们满世界地追着你跑……而且，你除了长得好看一些，腿长一些，还有别的优点吗？"她抱着一辰坐上了车，看着僵在车门外的 Leo，不禁有点后悔自己说得太直白了，于是笨拙地安慰，"长得帅就已经很了不起了，这或许是一种天生的才能！"

"我为什么觉得你在落井下石呢？"他一脸苦笑。

他活了二十六年，从来没有一个女人胆敢当着他的面说他除了父母赐予的长相与身材以外，一无是处！最令他难堪的是，他竟然无法反驳，但关于她说的"不负责任"一事，他仍需再三声明："我真的不是一辰的爸爸，所以，我绝对不认同你说我不负责任，我不是那种人！"

"是吗？"她又是一句令他难堪的反问。

"唉！这不是我说是你就会认同的事，对吗？来日方长，我会让你知道，我不是你口中那个不负责任的人，等一辰的妈妈回来，我们当面把事情弄清楚。"

"嗯。"她淡淡地回了句，将玩累了，在超市试吃区也几乎填饱肚子的一辰放在一旁，由着他昏昏欲睡。

Leo 见她似乎无意再跟自己说话，只好认命地专心当起了司机。

他不是没想过要带一辰去做亲子鉴定，但那样一来，不就说明他心虚，连自己都怀疑一辰是他的儿子吗？不！他才不会那么做！一辰，绝对不可能是他的儿子！

可是，为什么一辰跟小时候的他长得那么像呢？！

Leo 百思不得其解！

车子平稳地驶向"家"的方向，在此之前，那里只不过是一个令他感觉舒适的用来睡觉的地方，从今往后，便是他们三个人的"家"

你似清风，
姗姗来迟

018

了，但愿柯以美早日归来，让他的生活重回往日的平静。

5

Leo 在太阳晒到屁股之后果断起床。

音羽与一辰就睡在他旁边的那间客房里，不知道他们睡得好不好，唉！管他呢！他们又不是他请来的客人，只是"不速之客"罢了，他关心他们那么多做什么呢？！

他摇摇头，笑自己想太多。

他身着黑色家居休闲装，步出房间。

客房的门紧闭着。都已经这么晚了，他们还没起床吗？音羽看起来不像是睡懒觉的女孩，不过一辰就说不好了，小孩子都贪睡的。虽然想着不去打搅他们，但他还是忍不住好奇地轻轻旋开门把，门并没有上锁，当他探头观望的那一瞬间，脸上的笑容瞬间垮掉了！

"这是怎么回事！"他愤怒地大力推开门，将爬在梳妆柜上往墙壁上涂涂画画的一辰抓了下来。

一辰挥舞着短小的四肢，向抱着一本小说看得入迷的音羽求救："姐姐，救救我，爸爸要打我！"

"你在做什么？"音羽放下书，想将一辰从他手中解救下来。

可 Leo 将一辰举得老高，个头小小的音羽愣是抓不住他，只好试着跟他讲道理："一辰还这么小，你别把他摔着了，不管你有什么事，先把他放下来再说。"

"这小屁孩把我家画成这样，你觉得是我挑事，还是他在搞事情？"

音羽看了看墙壁，认真思索了一番才回答："我觉得一辰有画画的天赋，他喜欢画就让他画喽，画脏了墙壁再刷不就好了？可天赋一旦错过了发芽的最佳时机，就只能变成普通的兴趣爱好了。"

"你竟然还给我说得头头是道！"

说完，Leo 生气地转头冲挥舞着手脚的一辰，问道："你都画的什么？"

"宇宙！"

"你见过宇宙长什么样吗？"

"就长我画的这样，你看……那个是太阳，旁边的是地球，还有金、木、水、火、土、冥王……"

Leo 没想到三岁的小屁孩竟然还知道九大行星！

他仔细看了看小家伙画的画，虽然潦草凌乱了一些，但还真能找到他所说的那些行星……就大小、颜色和排列而言，并没有什么问题……但、但这并不是把墙壁画成这样的理由吧？！

"你可以将它们画在本子上。"他的怒火稍微平息了一些。

"可是……我的宇宙太大，本子太小了！"

"……"他又无力反驳了。

音羽憋住笑，看着 Leo 黑着一张脸，有苦说不出的模样，她就觉得特别好笑。

Leo 瞪了她一眼，没好气地哼道："我不是叫你看住他吗？这事，你有绝对的责任吧？"

"如果说协助一个绘画天才发展他的天赋也是一种错的话，那么，我是错了。"

"你——"

"一辰，饿了吧？姐姐带你去厨房找吃的。"

音羽趁机将一辰解救了下来，牵着他的小手，两人快乐地往厨房出发。

Leo 想到了什么，连忙跟了上去，对她说："客房被画成那样就算了，知道什么叫止损吗？别让小屁孩把他'伟大'的画作画到客房以外的地方，OK？"

"我尽力而为。"

"什么叫尽力！是必须！必须做到！不然，你们就从我家里出去！"

音羽停下脚步，郑重其事地对他说："我可以从这里出去，但是一辰是你的孩子，在他妈妈回来之前，他必须也只能待在这里，你有义务照顾他，如果你闲得没事做，请不要阻碍我们的道路，不妨花点时间去学学育儿知识，就算不合格，你也还是一个爸爸。"

Leo 被她的话噎得无言以对，只好侧开身子，为他们让道。

音羽为一辰热了一杯牛奶，让他先喝着，随即又从冰箱里拿出白吐司、鸡蛋、生菜、西柚、儿童奶酪以及香肠等食材。她用白吐司和鸡蛋做了一份迷你三明治，拿树脂制的动物造型的小叉子固定住吐司片，以方便一辰拿着吃，接着又将西柚切成小丁，加入小块奶酪与煎好切成小段的香肠一起拌成沙拉，这样一来，营养丰富的早餐就完成了。

Leo 在大料理台边的吧椅上坐下，看着一辰津津有味地吃着早餐，而音羽似乎没打算准备他的早餐？！

他忍不住开口提醒："我的呢？"

"根据你的'约法三章'第三页第一条，在我非工作时间，一辰的一日三餐兼点心由我负责，其他人的各自准备……"音羽随口背出 Leo 之前列给她的那一堆规矩。

"有这一条吗？"他当时只是随便写写，现在压根就不记得写了些什么。

"是的，要拿给你看一下吗？"

"不用！"

"爸爸，你也饿了吗？一辰的分给你吃！"一辰将沾了口水的三明治往他嘴边送。

Leo 既觉得暖心又觉得……有点脏，只好又将三明治推了回去，塞进他的小嘴里，然后对音羽说："你就不能顺便多准备一份吗？"

"可以。"

哈？这样就可以了？那刚才他们争论那么多是为了什么？！

Leo看着她重新打开冰箱，开始张罗他的早餐，没想到她竟然是这么好说话的人！

刚才看她背"约法三章"的认真模样还以为她死也不会为他做饭呢！她显然不是有一点点与众不同，她的逻辑与行事方式完全没有一般人认知里的准则可以预知……该说是异常简单，还是极度复杂？！

算了，天才与白痴本来就是一线之间的事，他花时间去想这个，好像有点白痴！

很快，Leo的早餐就做好了，与一辰的差不多，显然她懒得再为他额外想一份别致的早餐。

"怎么了？不合你的胃口吗？"

音羽见他望着早餐发呆，不解地问。

Leo连忙摇头否认，拿起叉子叉了一块煎香肠放进嘴里边嚼边说："你是第一个为我做早餐的人。"

"你长这么大都没吃过早餐？"她显得十分惊讶。

"我不是这个意思……"Leo为她非黑即白的想法感到头痛不已，但仍努力解释，"小时候，餐桌上总是只有我一个人，做早午晚餐的是家里的佣人，父母每天都有各种应酬，从来不在家吃饭……"

"原来如此。"

"你理解了？"

"嗯，你是个可怜的孩子。"她得出结论。

他的脸一黑，心想："要不要这么直白！就算说的是大实话，但被人当面说可怜，滋味可不好受！"

"以后有一辰陪你吃饭，你不会孤独了。"

"那你呢？"他不由自主地问，话一出口又觉得有哪里不对劲，连忙又补充道，"我是说，在一辰妈妈回来之前，你都会住在这里的，对吧？"

"嗯，我原本租住在一辰妈妈的别墅，她只收我很低的租金。但是有一天，她突然把一辰放在我门口，发短信告诉我，父母留给她的别墅已经卖掉了，为了出国的费用……后面的事你都知道了，她希望我帮一辰找到亲生爸爸，也就是你。"

"我说过很多次了，我不是一辰的爸爸！"

"既然你觉得一辰不是你的儿子，那不如你们去采血验DNA怎么样？"音羽灵光一闪，提议道。

"我不要！一辰百分百不是我儿子，没必要验DNA。"

"你还说你不是不负责任？验一下DNA能花你多少时间？到时候不就真相大白了，如果一辰真是你的儿子，你就善待他，好好学习当一个奶爸，万一他不是你的儿子，我就带他离开，不会再打搅你的生活。"

离开……

Leo看着神情十分认真的音羽，心想，一辰的妈妈都落跑了，她要带着一辰去哪里？！

音羽本想再劝他做亲子鉴定，可是眼角却瞥见刚吃完早餐的一辰拿着他的油画棒开始在纯白色的料理柜上开始了他的"天才画作"，她连忙抱起一辰，趁Leo发呆之际，溜回了房间，要是被他发现一辰弄脏了客房以外的地方，他估计又要大吼大叫了！

不过，Leo心绪纷乱，并没有及时发现一辰的手笔。

他们俩暂时逃过了一劫。

第二章
破坏，生活分崩离析

1

沃德咖啡馆是离莲华大道最近的一间私房咖啡馆。

此刻，头戴黑色棒球帽，将咖啡色连帽卫衣的帽子套在棒球帽外，踩着白色休闲鞋的 Leo 以最不引人注目的方式坐在了咖啡馆角落的阴暗位置，将对面沐浴着阳光的沙发留给了他约的那个人。

不多时，那人一身卡奇色风衣，顶着一头凌乱得像鸟窝的亚麻色短发，边打哈欠边随性地在 Leo 的对面坐了下来，他眨了眨眼睛，又打了个大大的哈欠，漫不经心地问："说吧，约我出来做什么？"

"Eric，你半夜又做贼去了吗？一到白天就犯困？"

"你错了，我晚上也是一样困的！"

"切！"

"有事说事，没事我要回家睡觉了！"

他所谓的家就是市内最高级的那家六星级酒店的总统套房，常年居无定所的他最习惯的就是酒店房间的味道了，那对他来说几乎跟家没什么两样。

Leo 不屑地哼了声，开始抱怨起来："我最近生活很悲惨，找你来分享一下。"

"我听说过分享快乐的，还没听说过连悲惨都要分享？那是分担吧？"

"管它是什么，反正独痛苦不如众痛苦！"

"你的中文学得真的很好，说吧，你有什么痛苦的事，做叔叔的就勉强替你分担分担好了。"说着，他从口袋里摸出一盒万宝路香烟，拿出一根点燃之后，一副准备倾听"心灵垃圾"的模样。

"我家里突然多了一个女人和一个小孩。"

"哈？"Eric 被烟呛到，咳了两声，平复之后向他确认，"你说的是到底是什么鬼？"

"事情是这样的……"Leo 将最近发生的一系列莫名其妙的事说了一遍，最后还强调，"那个小屁孩真的不是我的儿子！"

"你其实无法肯定吧？都醉成那样，完全断片了，就算做过也不足为奇。"

"我没做过！"

"好吧！那个小孩不是你的儿子，那你干吗要收留他们？"Eric 用一副"你做贼心虚吧"的表情看着他，在 Leo 恼火之前，又接着说，"好好！我知道，因为你善良嘛！我们艾奇家族的人都天生这么善良。"

他的话里有显而易见的嘲讽。

Leo 也不是傻子，当然听得出来，至于自己为什么会收留那一大一小，真的就只是一时心软！

就算他那么说，Eric 也是不会相信的！

明明是找人分担心事，怎么反而有种给自己添堵的感觉呢？！

他猛地喝了一口早已凉透的美式黑咖啡，苦涩的滋味有嘴里漫延开来，尾韵还夹着一丝酸。人都说苦尽甘来，该死的，他一点也没喝出回甘！

抬头看了一眼 Eric，发现他正神情专注地盯着窗外的某个地方看着。

Leo 顺着他的视线看过去，对面名品店的橱窗前站着两个女人，渐渐有不少路人开始向她们聚拢。那两个人他都认得，一个是最近收敛了骄纵脾性、变得优雅温婉的李安琪，另一个则是她的贴身女仆，名字好像叫作李李儿，Eric 盯着她们做什么？

他可从来不是会被美色迷惑的那种人。

这个年纪比他还小两岁的叔叔是爷爷的老来子，心头肉，不过这家伙天生叛逆，十几岁就离家出走，从此消失在巴黎街头。两年前突然出现在他面前，就已经变成这么一副吊儿郎当、邋里邋遢的闲散模样了，后来慢慢听说他加入了某国际神秘组织，具体做些什么工作，谁也不知道……

他还知道 Eric 的母亲，也就是爷爷声称这辈子最爱的那个东方女人也来自某个神秘的家族……在明争暗斗的艾奇家族，身世与身份同样传奇的 Eric 与身为正统继承人的 Leo 一样，是家族中所有竞争者的眼中钉，可 Leo 却莫名地喜欢他，也许是因为他有别于族人的真性情。

Eric 收回目光，瞥了正盯着自己看的 Leo 一眼，没好气地问："看什么看？没见过帅哥吗？"

"你刚才在看哪一个？"

"你管我看哪一个，没大没小的！还是回去当你的奶爸吧。"他说完起身便要走。

Leo 连忙拉住他，说出找他来的最主要目的："叔，你搬来跟我一块住吧！那一大一小，我搞不定！"

Eric 则摇摇头，拒绝得不留情面："自己种下的因，就自己享受那个果，你叔叔我还有很多正事要做，就不陪你伤春悲秋了，祝你好运。"

"Eric！"

"啊，对了，你说的那个女孩叫什么名字来着？"他停下脚步，回头看了看 Leo。

"洛音羽。"

"你刚才说她是孤儿，对吧？"

"嗯，孤儿怎么了？"Leo敏锐地察觉到叔叔话里似乎有话，但没给他发问的机会，Eric就溜之大吉了，留他独自气闷地想，"他问音羽的事做什么呢？她充其量不过是一辰的邻居好姐姐……"

但想不明白的事就无须多想，这是Leo的快乐准则。

他甩甩头，将烦恼甩在身后，买了单之后，开车回家。

2

路易万万没想到自己在Leo家会遭受一场水劫！

他用悲凉的表情看着身上湿透的阿玛尼西装，这可是他忍痛花了两个多月的薪水买来撑场面的衣服啊！如此重要的衣服竟然被一个小屁孩用水枪洗礼了！

最重要的是，为什么Leo家里会有一个小男孩？！噢，除此以外，还有一个年轻的女人！

他震惊得说不出话来，颤着手，指着他们，好半晌才找回声音："你、你们是什么人？怎么进来的？知不知道这里是什么地方？"

"姐姐，这个爷爷为什么这么高兴，是因为看到我们吗？"一辰天真地问。

看着路易脸上因过于激动而颤抖的肥肉，音羽郑重其事地回答："他看起来不像是高兴。"

"鬼才是爷爷，老子今年才三十八岁！"路易不满地瞪着一辰，怒道。

"一辰才三岁，三十八岁也是有可能生出这么大的孙子的。"音羽严谨地推断道。

"……"

"爷爷，你脸上的肉肉在跳舞耶！"

"你这个小屁孩是在讽刺老子胖吗？"路易的脸越来越黑。

"姐姐，爷爷为什么要说自己是老子？"一辰好奇地问。

而音羽则无厘头地回答："老子是中国古代思想家，大概他觉得自己也很有思想，才那么说的，但是这样对老子是不尊敬的，小孩子不可以学哦！"

一辰乖巧地点了点头。

路易看着一大一小无视自己的存在，径自歪解他口中的"老子"，顿时有些跳脚。

"你们是怎么进来的？知不知道这里是 Leo 的家？"

"知道，是他请我们进来的。"音羽让一辰回房间去画画，她听说这位大叔是 Leo 的经纪人，也曾经在电视上见过他，才放他进来。谁知道他被一辰的水枪射湿之后就陷入了疯狂暴走的状态，看来他真的十分爱惜身上的那套西装呢。

路易一脸不相信她的表情，自顾自地往沙发坐下。

音羽刚想出声提醒他，就听他发出一声惨烈的哀号，他被针扎似的一下子就蹦了起来，瞪着沙发缝隙里五颜六色、长长短短的油画棒，开始悲催地想象着自己昂贵的西装裤卜蹭到了花花绿绿的颜料。

他怀抱着一丝希望，问音羽："我的屁股上有颜色吗？"

"嗯。"音羽忍住笑，心想他已经够悲惨了，她不可以笑他……然而，他的模样实在太好笑了！她忍不住抱着肚子大笑起来。

"喂！你们在干吗？"

"Leo，你来得正好，你家里怎么会有女人和孩子，你看看那个小鬼把我最贵的一套西装弄成这样了，我、我还指望穿着它去相亲呢……"

"大叔，你还没结婚吗？"音羽没想到他还单身，如果他没有自称三十八岁的话，让她猜，她肯定会觉得他已经四十好几了。人们都说胖子显年轻，事实证明也不见得呢。眼前的胖大叔眼角爬满了鱼尾纹，脸上的肥肉在他说话的时候一抖一抖的，再加上长得有点卡通，真的好好笑！

"喂，你会不会聊天啊！我也算是黄金单身汉，好吗？"路易瞪了憋笑的音羽一眼，忍不住对 Leo 抱怨起来，"你怎么会招惹这些人哟！"

"你的衣服，我会赔给你的，没事的话就滚吧！"

"Leo，我特地来你家找你，能没事吗？"听到他要给自己买套新的阿玛尼，路易心花怒放，眉开眼笑地将手中湿答答的黄色文件袋递给他，无比欢快地说，"这是'龙纹'的合约，下周他们在国内的第一家展店开张，将举办一场大型时尚 Show，到时候国内外的时尚界人士都会去捧场，他们的总裁指名要你做他们的首席模特，我知道时间有点紧凑，过两天他们就会把服装送来给你试穿。"

龙纹是国际知名的时装品牌，总裁是一个年轻的中国女人，是 Leo 在伦敦求学的时候认识的学姐，他们对时尚的理念十分相似，已经不是第一次合作了。

Leo 抽出文件袋里的文件，看着上头糊成一团的文字，挑了挑眉，将它递给一旁站着的音羽。

他没好气地说："你就不能管一管那个小鬼吗？"

"对不起！我不知道这个文件这么重要，一辰还那么小，需要一些空间发展小孩子的天性。"

"你说得都有道理！"他拿回文件，扔还给路易，对他说，"如果你不想再'受到伤害'，最近没事就不要来我家了，合约的事我已经知道了，具体细节我会与学姐沟通，你可以走了。"

"Leo，我多嘴问一句，他们是谁？"

"你都说是多嘴了，就别问了。"

"可是我好奇……"

"好奇心害死猫，该干吗干吗去，再不走我就扣你薪水！"Leo 放出大招。

路易连忙把嘴闭紧，连滚带爬地闪人。

音羽手里拿着一块抹布，开始擦拭被一辰弄脏的沙发和家具，虽然油画棒上的色是很难清理干净的，但她还是认真地擦着，试图还原它们原来的面貌。

Leo 叹了一口气，对她说："别擦了，你擦的速度能赶上那个小屁孩画的速度吗？"

"可是，画在厅里毕竟不太好。"

"没什么不好，这房子我看也差不多需要重新装修了，就让他画吧，你也说了，他有绘画的天赋，说不定长大了会成为天才画家，我们不能成为他的绊脚石，对吧？"Leo看着被一辰画花的沙发以及茶几，心想这房子迟早要完全沦陷，与其成天为此而生气，还不如就随他去了。

幸好他早有先见之明，在回来之前，已经安排人手去收拾他的别墅，到时候他就把这两个烦人的家伙留在这里，自己一个人搬过去，那样一来就不用再受他们的荼毒了！

Leo 忍不住在心里为自己的聪明睿智点了个赞。

音羽看着他，心想，这人的态度转变得也真够快的，或许他能当一个好爸爸也说不定！

墙上的复古挂钟在整点的时刻突兀地响了起来，音羽愣了一下，突然扔下手中的抹布，冲回房间，几秒钟之后背着一个白色的双肩包，往大门口方向跑去。

Leo 连忙冲她的背影喊："你去哪啊？"

"我今天要去侦探事务所打工，现在已经迟到了，一辰就拜托你了！"她穿完鞋，对他双手合十做了个"拜托"的动作，在 Leo 提出抗议之前，消失在了门后。

"有没搞错！我一会儿要去摄影棚拍照啊！"

然而回应他的是冷飕飕的喷水声。

他略显僵硬地缓慢转过身去，不怕死的小屁孩竟然敢用他那把水枪往他脸上喷水！

他一把将小家伙抓起来，扔进衣帽间，并且没收他的玩具水枪，警告他："你给我好好待在这里反省，看你以后还敢不敢拿水枪喷我！"

说完，他将门用力关上，随即将耳朵贴在门上，听着里头的动静。

小屁孩竟然不哭不闹！

他踱回沙发旁，正考虑着要不要去把一辰放出来的时候，口袋里的手机响了起来，是路易催促他去摄影棚，他没多想，抓起茶几上的车钥匙，开车前往一个小时车程以外的"幻晶摄影工作室"，将被他关禁闭的一辰彻底抛到了九霄云外。

约莫两个小时之后，拍摄工作暂告一段落，Leo回到休息室，随手拿起被他扔在桌上的手机，显示有几个未接来电，由于是陌生的手机号码，他并没有太在意。

就在助理送来午餐的同时，他的手机再度响起，仍然是之前显示的那个陌生号码。

他犹豫了片刻，还是接了起来，电话那头传来熟悉的声音。

"你怎么才接电话？！一辰听不听话？有没有捣乱？你们吃饭了吗？我早上做了一辰的午餐放在冰箱里，你有没有热给他吃……"

没等音羽说完，Leo就如离弦的箭一般跳了起来，冲出休息室。

路易连忙跟了上去，边跑边问："发生什么事了？"

"我竟然把一辰给忘了！他一个人在家里不知道会不会出什么事？！天！音羽要是知道这件事，还不知道要怎么收拾我！"他一脸慌乱，脑中浮现无数种灾难现场。

一辰会不会自己跑出去？家里虽然上了锁，可是落地窗有可能没关……他要是从落地窗出去，跑到车来车往的大街上……又或者，饿坏了的一辰自己去开瓦斯，然后瓦斯中毒了……

Leo火速启动车子，对跟上来的路易说："我尽量在下午的拍摄开始之前赶回来，如果我没有回来……那说明发生了极为严重的事，拍摄取消，明白吗？"

"到底是怎么了？"

路易看着凯迪拉克风一样呼啸而去，一脸茫然。

当 Leo 闯了无数个红灯，超速赶回家后，推开衣帽间的门，一辰真的不在里面了。

他的心陷入了绝望，如果是因为他的疏忽，导致一辰出什么意外的话，他要怎么向音羽交代？他忍不住扶住墙，用充满悲伤的声音呼唤着："一辰——你在哪里？！"

"爸爸……"

有微弱的声音传进了 Leo 的耳中，他连忙振作起来，寻着声往厨房方向跑去。

"一辰……"

"爸爸，我在这里！"一辰肉嘟嘟的四肢像无尾熊一样攀住 Leo 的腿，用脸蛋磨蹭着他的裤子。

他的裤子瞬间沾染上了各种奶泡、果酱，但此刻的 Leo 顾不得这些，他一把将一辰抱了起来，愧疚地向他道歉："对不起，我不应该把你一个人留在家里。"

"是一辰不乖，不应该拿水枪射爸爸。"

"感谢你没有出事！"

Leo 用感恩的心紧紧抱着他，直到被一股寒气冻醒。

他抬头看了看被打开的双开门冰箱，里头一片凌乱，在冰箱门前还放着一张用来垫脚的餐椅，很显然，是他怀里的小家伙饿坏了，自己不知道怎么把餐椅挪到了冰箱前，将冰箱翻了个底朝天。

他把最上层的透明食盒拿出来，里头整齐地摆放着动物造型的饭团，还有水果和蔬菜，看来这就是音羽为一辰准备的午餐，不过看小家伙脏兮兮的小嘴，应该已经吃了不少东西。

"音羽姐姐为你准备的午餐，你还要吃吗？"他问。

"要！姐姐做的饭最好吃了！但是，姐姐说我不可以自己开瓦斯，也不可以使用微波炉，爸爸，你帮我加热一下，好吗？"

Leo不禁要感谢音羽对一辰的教育，如若不然，这小家伙很有可能为了加热午餐而使用那些对他这个年纪来说太过危险的家电，然后酿成大祸！

一辰吃完午餐之后，自己跟自己玩了一会儿，很快就睡着了。

想着下午还有拍摄工作，总不能再把一辰扔在家里，他只好把睡着的一辰带到了"幻晶摄影工作室"。

路易一脸不敢置信，瞪着躺在沙发上沉睡的一辰，用惊奇的语气问："Leo，你老实交代，你跟这个小屁孩到底是什么关系？中午你那么着急冲出去就是为了他吗？"

"你别管那么多，总之，从现在开始，你要负责照顾他。"

"我很忙！"

"不想干？"他挑眉，状似随意地问。

路易见状，连忙摇头，胖脸上堆起谄媚的笑容，说道："我一定会把他当成我的小祖宗一样伺候的！"

"嗯哼！"

下午的拍摄开始没多久，一辰就醒了，他光着脚丫子跑进了摄影棚，扑进Leo怀里。

Leo连忙在他开口之前，对他咬耳朵："一辰，不准喊爸爸，只能喊哥哥！"

"哥哥！"

一辰甜甜的叫唤令Leo顿时松了口气，也惹来摄影师以及助理们的关注。

大家暂时停下手中的工作，围了过来。

摄影师阿金像摸奇珍异宝一样轻轻摸了摸一辰软软的头发，发出一声惊叹："Leo，你的弟弟真像是一个小天使啊！长大以后肯定跟你一样帅气潇洒，我可以预见到他将是二十年后的超级名模！"

"帅是没错，但是这个小家伙有可能会成为超级画家，而不是名模！"

"哇！还会画画，好棒的小朋友！"小助理们只肖一眼就爱上了这个天使般的小家伙。

"姐姐，你们好漂亮哦！"一辰嘴甜地夸她们。

"好可爱！好想把他抱回家！"

"是啊是啊！只有强大的基因才能生出这么可爱的宝宝呀！"

"好了，耽误大家一会儿时间，我先带他去穿鞋。"Leo注意到一辰光着脚丫子，抱着满脸可爱笑容的他往休息间走去。

身后传来摄影师与助理们的一片羡慕声。

Leo低声对怀里的小家伙说："你还挺上道的嘛！"

"姐姐说不要吝啬对别人的夸赞，抠门的人是不会有人喜欢的！"

"看来音羽教了你很多东西！"

"嗯，平常妈妈工作很忙，我经常和音羽姐姐在一起，她像一个真正的天使，会发出光……"

"你小子别说得这么扯！哪有人会发光的！"Leo闻言，失笑。

"真的！姐姐就是会发光！"

"好吧，你说会发光，那就会发光好了。"Leo觉得自己不应该跟一个三岁的小孩争辩人类会不会发光这件事，干脆转移话题，"我们先来把鞋子穿好！"

他长这么大，还没替别人穿过鞋呢！一不小心就左右脚不分，硬是拿左脚的鞋往右脚上套。

还是一辰自己发现了，连忙叫嚷："你穿错了啦！"

"哦，对不起！"

"没关系！"

"音羽姐姐有没有教你自己穿鞋?"Leo 费老大的劲才帮一辰将左脚的鞋子穿上,忍不住在心里盼望音羽也把穿鞋的技能教给他,这样一来……

"有啊,我可以自己穿鞋!"

Leo 原本只是随口问问,没想到他居然真的会自己穿鞋!

"那你刚才干吗光着脚丫子就跑出来了?"

"那是因为……"一辰的小脸突然红了起来,小眼神四下看了看,有些害羞地说,"我以为我被坏人抓走了!我都没有来过这里,就想赶紧逃出去……"

现在的小孩,脑袋瓜子里都在想些什么?

Leo 忍不住哈哈大笑,拍了拍一辰的脑门,说道:"如果你被人绑架了,能让你躺得这么舒服吗?肯定要把你绑起来吧?"

"说不定是因为我可爱才不绑我的呀!"

"哈哈哈!说自己可爱,你真是厚脸皮啊!"

"爸爸刚才也说自己帅,你也是厚脸皮!"一辰用短小的手指刮了刮脸,学 Leo 在摄影棚里说的话,"帅是没错……"

"不准在外面喊我爸爸!"Leo 纠正他。

"可是这里只有我们两个人,爸爸,我想念音羽姐姐了,我还要过多久才可以见到她呢?"

"嗯,大概再过半天!"

"半天是多久?"

"半天就是……你再睡一觉的话,可能就过去半天了,到时候就可以见到你喜欢的音羽姐姐了。"

Leo 实在不知道该怎么向一个小孩解释半天是多久,或许换作是音羽,她就可以好好向一辰解释吧!咦,他怎么也像一辰一样,动不动就想起她?!

一辰醒了就再也睡不着了,Leo 只好把他交给小助理们,她们那么喜欢他，应该会替他照看好他的。

在拍摄工作进行到尾声时，Leo 实在看不下去了，他喊了暂停，走到一辰身边，对不停将各种零食塞进一辰嘴里的小助理们说："你们别再给他东西吃了！"

一辰竟然来者不拒，什么零食都往嘴里塞，这样下去，晚餐该吃不下了！

更令他担心的是，要是音羽知道，在他照顾一辰期间，让一辰吃了那么多垃圾食品……

"一辰！"

"姐姐！"一辰听到熟悉的叫唤声，突然来了精神，屁颠屁颠地往门口跑去。

"啧啧，没想到小短腿也能跑这么快！"Leo 大步跟了上去，来到一身学生妹装扮的音羽面前，上下打量了她一番，虽然觉得她身上的高中制服跟她挺搭的，但是，他仍然想不通——

"你怎么穿成这样？"

"工作需要！"她弯腰抱起了一辰，随口回道。

"侦探社的工作需要随时变装吗？"

"是的。"她虽然是在回答 Leo 的提问，眼睛却是看着怀里的一辰，笑着问他，"一辰，今天有没有乖乖地听哥哥的话？午餐有好好吃吗？"

"有！"Leo 与一辰异口同声地回答。

音羽瞥了 Leo 一眼，犹豫了一下，才说："我还以为你会照顾不好一辰，还因此担心了一整天，看来你对他挺好的。"

"当然，我对一辰可好了。"Leo 说完连忙对一辰眨了眨眼。

一辰点点头，附和他的话："哥哥对我可好可好了！"

"好吧，你的工作结束了吗？如果你还在忙，不如我先带一辰回家做饭？"

"不，你等我一会儿，马上就好！"

Leo 连忙回到摄影棚指示摄影师继续工作。

他穿着一身巴宝丽经典卡奇色大衣搭配同色系格子羊绒围巾，随意地半倚在几个堆叠起来的复古旅行箱上，目光落在了远方，似乎那里有他思念的人……他举手投足之间透着贵族般高贵优雅气息。闪光灯不停地闪烁，他注定是活在聚光灯下的明星，每一个动作都那么耀眼。

音羽牵着一辰，安静地守候在旁，看着此时与平日生活中随时随地跳脚的完全不同的 Leo，这简直是另一个他。

亏她还不放心，特地问了他的工作地点，拼命完成手中的工作之后赶过来，原来他在认真工作之余，有在用心照顾一辰，她担心得有些太多余了！

3

Leo 没想到灾难竟然会如此神速地降临！

当他刚刚停好凯迪拉克，与音羽一起牵着一辰走到自家大门前时，被门口那两位不速之客吓到差点想拔腿就逃……但，显然他们是有备而来，就算他现在逃了，迟早也要经历一番地狱般的"审讯"！

"嗨，君灿，Seven。" Leo 佯装自然地跟他们打招呼。

"你这小子，在巴黎一声不吭就给我搞失踪！原来……"君灿瞥了一眼 Leo 极力想隐藏在身后的一大一小，挑了挑眉，不怀好意地说，"你是被人拐跑了！"

"不要误会，他们两个只是我的客人。" Leo 笑着说，笑容明显透着心虚。

"Leo，这个小家伙该不会真的是你儿子吧？长得也太像了！" Seven 绕过挡路的 Leo，去看 Leo 身后的两个人。在巴黎的时候，应该就是他们俩追在 Leo 身后，让他满大街像逃犯一样逃窜。

他一把将一辰抱了起来，亲切地问他："小朋友，Leo 是你的爸爸吗？"

"喂！别这样诱哄小孩，他什么都不会说的！"Leo冲一辰挤眉弄眼。

然而千防万防，却防不住音羽，她一句话就令他破了功："他是一辰的爸爸。"

"音羽……"

"那你是孩子的妈妈？"Seven与君灿不禁异口同声地问。

"不是的，孩子的妈妈暂时有事离开，我是他的邻居姐姐。我叫洛音羽，你们好，我很喜欢你们，所有电影、电视、唱片我都有在关注……"

"喂，洛音羽！你什么意思？"Leo听不下去了，打断她的话，不满地质问，"你不是说讨厌我？怎么能喜欢他们俩呢？我跟他俩可是一个组合出道的！"

"我讨厌你跟喜欢他们有什么冲突吗？"她一脸茫然。

"当然有！"

"哦，那不好意思，我想这种冲突应该是不可逆的，既然不可避免，那就让它继续存在吧。"

"你——"

"灿，这小子除了你以外，竟然还有人可以制得住他，真是太不可思议了！"

Seven压低嗓音，在君灿的耳边说道。

君灿干笑一声，说了一句意味深长的话："能轻易制住一个男人的只有他在意的女人！"

"你的意思是说，Leo喜欢她？"

"谁知道呢！"

"喂，你们俩别作壁上观啊！我们可是好兄弟，我被人无视了，你们快来帮忙！"Leo见他们俩自顾自地说起了悄悄话，不甘心地冲他们吼道。

"你的家务事，我们就不掺和了。"君灿说完就要走。

Seven 随即跟上，但他还是很"友善"地留下一句安慰："恭喜你当爸爸了，以后就不要那么冲动了，如果育儿方面有什么不懂的，我想我姐姐或许可以帮得上你，到时候你就联系她吧。"

"你、你们……"

"你们看起来真像幸福的一家三口，我和灿就不打扰你了，改天再聚。"

"喂——你们就这样走啦？！"

Leo 瞪着他们扬长而去的背影，心头涌上莫名的悲凉。

他看向音羽，愤愤不平地说："凭什么？！"

"嗯？"她不懂他怎么突然又生起气来。

"凭什么你喜欢他们，不喜欢我？！"

"这个问题，我们上回已经讨论过了，喜欢与讨厌都不需要理由，如果非要找一个理由的话……不然就，你的脾气太冲了？"她像被他的问题难倒了，考虑良久才回答。

"我……我的脾气能有君灿冲吗？"他简直想掐死她。

她分明就是没理由找理由地讨厌他！她就不能不讨厌他吗？

看她一副认真思考的模样，他无力地悲叹一声，气呼呼地抱起一辰，往屋里走去。

音羽望着他的背影，表情显得有些苦恼，被他这么一闹，她也分不清自己究竟还讨不讨厌他了，当初之所以说讨厌他。是因为他害得他们满世界地追逐，害得他们几乎要流落街头，而且他还不肯认一辰，但是现在他对一辰也挺好的，今天就算有工作在身还愿意照顾他……

这样的他，她还应该继续讨厌吗？

"你怎么还不进来？"Leo 站在门口，看着发呆中的音羽，忍不住开口问。

"来了！"

她甩甩头，不再去想那些一时半会儿也想不明白的事。

时间，总会给难解的问题一个答案。

4

音羽在 Leo 的卧室外徘徊了一会儿，犹豫着要不要叫醒他。

昨天晚上，他临睡前千叮咛万嘱咐，就算是天塌下来，也绝对不能一大清早地吵他……因为，今天他休假，一定要睡到自然醒，才有愉快的心情，保持他那英俊潇洒的帅气面容！

一辰轻轻拉扯着她的衣角，小小声地问："姐姐，不叫醒爸爸吗？"

"爸爸还在睡觉，一辰要不要跟姐姐去侦探事务所？那个社长叔叔你见过的，他会在姐姐工作的时候陪你玩的，好吗？"音羽蹲下身子，征求他的意见。

"好哇！一辰喜欢那个坏叔叔！"

"不可以当着他的面这样说哦！他会打你屁屁的！"

一辰连忙点头。

于是，音羽在 Leo 的卧室门上贴了一张醒目的黄色便利贴，上头写着——

我带一辰去侦探事务所上班了！

Leo 将近中午时分才"自然醒来"。他满屋子找不到音羽和一辰，在准备报警找人的时候，在偌大的卧室门板中央找到了那张约为二十五平方厘米的小便利贴。

他一把将它撕了下来，揉烂，以投球的姿态将它投进了最近的垃圾桶里。

"有没有搞错！带一辰出去也不会跟我说一声！好歹我也是一辰的……哥哥！"他不满地走到厨房，打开冰箱，取出一罐冰咖啡，一口气灌了下去之后才反应过来，"冻死我了！"

理智瞬间回到他的身体内，他踩着室内拖鞋，在大厅里不停地回来踱步，时不时地拿起手机看看屏幕——没有未接来电，没有语音、文字信息。

"她在工作，一定没办法兼顾一辰的。"

"那个丫头就这么不懂得变通吗？我叫她不要吵我，就真的悄无声息地走了！至少也给我发个信息……哦，对了，那天她给我打过电话……"Leo连忙翻出手机通话记录，从无数来电中找到了音羽的电话，犹豫了很久才终于拨了出去。

然而——

"您拨打的电话暂时无法接通，请稍后再拨！"

回应他的只有冰冷、机械的语音提示，她竟然关机了！

他想也不想就拨通另一个电话，在对话接起的瞬间，语速极快地说明："Eric，我要在最短的时间内知道洛音羽打工的那个侦探事务所的位置，你帮我查一下！"

"大侄子，我好歹是你叔叔，你让我帮你，起码对我客气一点，我才刚睡着……"

"叔，拜托！"

"好吧！她离家出走了吗？"电话那头传来散漫的问话声以及敲打键盘的声音，不过才花了几秒钟，他就查到了音羽的所在地，"在赫拉大街……不过，她貌似开始移动了，我查到那附近挂牌的侦探事务所只有一个，你到了那条街就可以看到招牌了，没事的话，别再打电话来扰人清梦……喂，我还没说完呢！你小子……真是太没礼貌了！"

他瞪着已然结束通话的手机，随手拔掉电脑电源，回床上继续睡大觉。

第三章
追踪，委托的真相

1

Leo 在赫拉大街一眼就看到了事务所那充满"妖气"的破烂招牌。

那是用几块方形木板歪歪扭扭地随意粘在老旧的玻璃窗下方，勉强可以称之为招牌的东西。上头不知道是用毛笔还是油漆刷子笔，龙飞凤舞地写着"如果侦探事务所"，字实在是太过潦草，用肉眼是很难正确地判断出它所书写的内容，还是边上一位胖大婶跟他说了之后，他才知道那几个字的正确念法。

"如果……"

这起的什么烂名字！人生哪来的如果？！

胖大婶一脸焦急，拉着 Leo 的衣袖，问："小哥，你有没有看到一只长得很可爱的猫咪？"

Leo 愣了一下，不由得反问："很可爱是指什么样的？"

全天下的猫咪除了毛色与肥胖度以外，基本都长一个猫样吧？

"就是特别特别可爱，有一身虎斑的美丽的猫小姐。"胖大婶穿着一身貂皮，看起来就是有钱人家的太太，但她却一个人满大街地找猫？这是什么情况？

她见 Leo 一脸茫然，连忙又从包里取出手机，屏幕上就是一只猫咪。

照片上的猫咪确实挺可爱的，身上的毛是黑白相间的虎斑纹，算得上一大特色，长相这么"出众"的猫咪，就算走失，应该也很容易找到吧！

不过既然都已经到侦探事务所的楼下了，而这位胖大婶又能念出事务所的名字，加上独自一人找猫，可见应该家就住在这附近。于是，他提议："要不，请侦探社的人帮忙找找吧。"

"我也是这么想的，才赶紧跑过来！"胖大婶拉着 Leo 往狭窄的楼道上挤，边走边问，"我看你刚才一直在看事务所的招牌，你第一次来这吧？"

"嗯，是的。"

"我看你很面熟，还以为在这附近见过你呢。"

"呃，我长得比较大众脸。"Leo 随口胡诌。

胖大婶也没多想，大概心思全在走丢的猫咪身上。

她大力敲了敲走道尽头那扇摇摇欲坠的破烂的黑色铝合金镶不透明玻璃的门，并且喊着："华仔，你在吗？我是容姨，我家虎妞走丢了，我来找你帮忙来了……"

话声未落，门就自动打开了……噢不，应该说是低于视线以下，有道小小的身影把门打开了。

门锁……竟然装在那么低的位置，平常他们都蹲在地上锁门的吗？

Leo 一眼就瞧见了嘴边沾着奶油与巧克力，搞得浑身脏兮兮的一辰，不由得蹙起眉头。

"爸——哥哥……"一辰看见了他，兴奋地差点喊错称呼，好在他十分机灵，在 Leo 提醒之前，就自动自发地改了口，像一团小肉球屁颠屁颠地滚到他的脚边，抱着他修长的腿，磨蹭着小脸。

Leo 一脸悲催的神情，闷闷地说："你这小家伙又拿我的裤子当擦嘴布了吗？！"

"哥哥，你快进来！"

"音羽姐姐在吗？"Leo 边往里走边问。

"姐姐出去工作了，这里只有我和坏叔叔……"

"坏叔叔？"

"他就是坏叔叔！"

一辰一手拉着 Leo 长风衣的衣角，一手指着躺在长沙发椅上，用草莓图案的毛毯将自己裹成毛毛虫，玩手游玩到忘我境界的那个男人。他胡子拉碴，长头发披散着，对他们的到来一丁点反应也没有。

"这个家伙该不会就是音羽的老板吧？"Leo 不动声色地打量着他，心想，"或许侦探都是这种不修边幅的邋遢模样，音羽就放心让这么小的孩子跟这种看起来很懒散的家伙同处一室？"

"这里就只有你们两个吗？"

"对啊！姐姐去工作了，就只有我和坏叔叔看家。"

"那，平常音羽就是单独跟这个人共处一室……"光是想想，他都有种不寒而栗的感觉。

"华仔！你先别玩了，我有急事找你！"穿貂皮大衣的胖大婶用她那戴满金戒指的胖手摇晃着专心在游戏的世界里的那个男人，见他连眼睛都没有眨一下，胖大婶更加急了，干脆冲着他的耳朵，用"狮子功"把他吼醒，"抓小偷啦！失火啦！"

"小偷！在哪？"男人打了个激灵，猛地坐起身子，但眼神仍处于迷离之中。

敢情他不是在玩游戏，而是玩着玩着睡着了？

"华仔，我家的虎妞不见了，求你快点帮我找找它吧！这个月它都已经走丢三回了！我的小心肝哟，如果找不回它，我吃也吃不下，睡也睡不好，这眼角的皱纹就得噌噌地长……很快就会年老色衰，面临中年婚姻危机……"

"容姨，请你淡定一点！"

被叫作华仔的邋遢男人用手指理了理长及肩颈处的凌乱头发，随手将手机往茶几上一丢，从堆满了吃完的方便面盒子以及东倒西歪的空啤酒罐丛中找出一根黑色的皮筋，将散乱的头发扎成一个马尾。

像是刚刚注意到 Leo 的存在，他随口问了一句："你哪位？"

"他是我哥哥！"一辰抢着回答。

"哦，原来就是你啊，那个不负责任的男人。"

"我……"Leo 分明听到了他的"自言自语"，脸色顿时有些难看，心想："音羽到底都跟他说了什么？该不会满大街地跟人说我不负责任，不肯认一辰吧？！"

"你来做什么？"

"华仔啊，你先别管他来做什么，赶紧先帮我找找虎妞呀！"胖大婶一刻也等不下去了，连忙挤开 Leo，拉着华仔的手，无比激动地说，"你上回不是用你那台电脑找到它了吗？赶紧帮我看看它究竟跑到哪去了！我可爱的虎妞哟，要是被坏人拐走了，可怎么办才好啊！"

"别担心，我马上帮你找。"他从凌乱的桌面摸出另一部手机，打开定位系统，立马就找到了虎妞的位置，对焦急万分的胖大婶说，"我早就在虎妞身上装了定位，它现在就在隔壁街那家烘焙店里，估计是被那里的香味吸引了，你赶紧去那找它吧。"

"华仔，我真是太感谢你了，我先去找虎妞，回头再来向你道谢！"

胖大婶喜出望外，丰满壮硕的身材突然变得灵活起来，拔腿就往门外飞奔而去，一溜烟消失了。

华仔冲 Leo 挑了挑浓黑的剑眉，饶有趣味地问："现在说说你来干吗？"

"我……经过这附近，顺便来看看一辰。"他略有些不自在地回道。

"哦，那你看到了，他过的别提有多好了！"

"你都给一辰吃了什么？"

一辰还以为是在问他，连忙献宝似的抓起桌面一角的小蛋糕，往Leo面前送，小脸蛋堆满了笑容，奶声奶气地说："坏叔叔给我买的蛋糕，还有巧克力……还有可乐……"

　　"姐姐说你可以吃这些东西吗？"

　　"姐姐不在……"一辰回答得有点心虚。

　　他短小肉感的小身板扭捏地拧来拧去，像是经过激烈地挣扎，小小声地说："不要告诉姐姐哦！"

　　"你也害怕姐姐骂你吗？！"

　　"哥哥……"一辰扑过去，一把抱住他的腿，用他惯常的撒娇手段，翘起短短的右手尾指，露出一抹可爱的讨好般的笑容，对Leo说，"约定！"

　　"好吧，这次就放你一马！"Leo轻笑着与他勾了勾手指。

　　"你还有其他事吗？"

　　华仔将修长的腿架在堆满垃圾的茶几上，用一副"没事就请你滚蛋"的表情看着Leo。

　　Leo犹豫了一下，还是决定问他："音羽去哪里了？"

　　"工作。"

　　"你让她做什么工作？又是需要变装的工作吗？"他想起之前看到的音羽的学生妹打扮。

　　"侦探需要适应各种环境，随时随地融入那些角色中，变色龙你听说过吗？只有拥有那样随机应变的能力，才有可能在这种竞争激烈的社会存活下来，像你这种不愁吃喝，衣来伸手，饭来张口的富家子弟，应该对'生存'没什么概念吧？"

　　Leo选择忽略他语气中的轻蔑，执拗地问："所以，你今天派她去哪了？"

　　"如果没出什么意外的话，她现在应该是在跟踪黑虎。"

　　"黑虎？"听起来怎么有点像某一类无所事事的社会人士？

"你想得没错！"华仔就像具有读心能力，看透了 Leo 的心思，扯出一抹意味深长的笑容，继续说，"黑虎是这附近有名的混混老大，他老婆怀疑他在外头包养情人，所以委托我们事务所调查。"

"你怎么能让音羽去做那么危险的事？"

"她是我的员工，我委派她做什么工作，还轮不到你来插嘴吧？"

Leo 想不到眼前这个看似无害的男人竟然毫不怜香惜玉。音羽个头那么小，又是个直肠子，万一被对方发现她在跟踪，然后把她绑起来毒打一顿……

"喂，你想象力不要太丰富，没事就赶快带着你儿子滚蛋吧！"华仔随手抽取边几上的一本漫画书翻看起来，把 Leo 当成了透明人。

"一辰，咱们走！"

他抱起仍然在往嘴里塞蛋糕的一辰，无视胸口衣服面料上沾上的那一抹惨烈的奶油色。

离开侦探事务所之后，他立刻拨打了 Eric 的电话。

电话那头的 Eric 火大地吼道："你小子存心不让我睡觉，是吧？！"

"叔，帮我找找音羽，她有可能遇到危险……"

"嗯？"

"她在跟踪一个黑社会人士。"

Eric 沉默了几秒，随即发送了一个定位地图给 Leo，结束通话之后，他托腮，陷入沉思。

Leo 循着地图，抱着问题宝宝——一辰，一路跟踪到了附近的电玩中心。

一辰兴奋地说要玩夹娃娃机，Leo 一边观察着正在玩弹珠游戏的音羽，一边为一辰换了一些游戏币，抱着他，随便他怎么夹。他的目光在人群中搜寻，很快就将目标人物锁定。

那是一个大冬天只穿着一件长袖 T 恤，还把袖子挽得老高的男人，男人的手臂上刺着青龙白虎，生怕别人不知道他是出来混的，国字脸，留着寸头，身后跟着几个小弟，正在游戏厅最角落玩着台球。

一辰很快就把游戏币用光了，却连一个娃娃也没夹出来。

他用企盼的小眼神望着Leo，可怜兮兮地问：“哥哥，帮一辰夹娃娃，一辰想要娃娃。”

“等会儿，哥哥现在有点忙。”

“啊！是姐姐！姐姐——”

Leo连忙捂住后知后觉，突然发现音羽的一辰，生怕他的呼唤声引来音羽以及那几个黑社会人士的注意。他在一辰耳边小声地说：“嘘，姐姐现在在工作，我们不可以打扰她，不能让她发现我们在这里！”

“哦！”一辰乖乖点点头，注意力又回到面前的夹娃娃机，扯着Leo早已惨不忍睹的风衣衣领，央求他，“帮我……”

“好吧，我帮你夹。”Leo重新换了一些游戏币，塞进投币孔里，略显生疏地操控着按钮，就在他好不容易夹到最小只的大眼怪，往出口移动时却一不留神掉了。

没想到夹娃娃机竟然这么难玩！

Leo继续投币，这回全神贯注地操控着游戏杆，夹的仍然是刚才掉落的那只大眼怪。

“好嘞！终于夹住了！”他对同样激动的一辰露出胜利的笑容，自信满满地说，“这下你总该出来了吧！”一大一小四只眼睛，一眨不眨地盯着那只被游戏臂夹住的“大眼怪”。在它终于掉进出口的那一刹那，两人同时欢呼起来。

游戏厅里的人纷纷看向他们，Leo突然意识到自己暴露了，连忙往音羽所在的游戏机看去。

然而——

音羽早已不在那里了！

令人惊恐的是那几个黑社会人士也消失不见了！

Leo看着因发现他的身份而快速向他聚拢的人们，急忙抱起刚从出口拿到大眼怪的一辰冲了出去，可是音羽往哪个方向去了？他一点头绪也没有！

就在他急得想要再找 Eric 要她的定位时，一抹邋遢的身影挡在了他的正前方。

Leo 瞪着他，不解地问："你怎么在这？"

"既然你能在这，我为什么就不能在这？"华仔吊儿郎当的回答显得风马牛不相及。

"你知不知道音羽有可能被那些黑社会抓走了！"Leo 急得吼他。

"跟我来吧。"

华仔双手插在裤袋里，转身往对面街走去。

黑色的风衣在寒冬的冷风中摇摆，长发已然整齐地束在身后，此刻的华仔给人以孤傲清冷的感觉。

Leo 顾不得多想，连忙跟了上去。

华仔带他们来到一家烘焙店附近，停下了脚步，他指着那家店，说："他们就在店里头。"

"我去救她！"

Leo 说完将一辰往华仔怀里一塞，一心只想解救被黑社会恶霸绑架，生命正受到威胁的音羽，他勇猛无比地踹开了烘焙店的玻璃门。

店门上系的银铃铛发出清脆的响声。

店里有两个穿着制服的女店员，她们在看到 Leo 之后，激动地尖叫起来。

Leo 迈着大步，快速走到她们面前，急切地问："你们有没有看到一个个头小小的女孩……"他的话还没问完，就看到音羽和那个黑社会老大一起从后厨走了出来。

他三步并作两步，冲到音羽身边，将她拉到自己身后，用保护者的姿态，对黑虎说："她是我的人，你有事冲我来，别欺负一个小女孩！"

"嘿，兄弟，我可没欺负她。"黑虎一说话就露出一口大白牙，笑起来甚至还有两个可爱的酒窝，这玩意儿长在一个黑社会老大的脸上可算是一件搞笑的事！

Leo压根就不相信他说的话，用戒备的神情瞪着他们，小声地向身后的音羽确认："你没事吧？他们有没有对你怎么样？"

"没有。"她的眼中闪过一丝疑惑，但还是如实回答。

"是不是他们发现了你在跟踪他们，所以把你抓了起来……"

"他们是发现了我，但是并没有把我抓起来，是我自愿跟他们到这里来的。"

"你说什么？你傻吗？！"他用无法置信的语气问。

音羽皱了皱眉头，显然不喜欢他的问题，但还是平静地回答："这位大叔说想给他的妻子一个特别的礼物，庆祝他们结婚二十周年。"

"耶？他不是出轨了吗？"

"我可没有出轨！"黑虎可不愿意背这个黑锅，连忙澄清，"我最近老是跟小弟们暗地里商量怎么给我老婆一个难忘的结婚周年庆典，冷落了她，才会让她觉得我在外面有女人了。那个傻瓜，我那么爱她，怎么可能会做出背叛她的事呢！"

Leo愣住了，他没想到会从一个黑道大哥口中听到"爱"这个字，真是太稀奇了！

"在打台球的时候，小弟们给我出了个主意，建议我亲手给我老婆做个爱心大蛋糕，所以，我们就到这里来了。"黑虎有些不好意思地挠了挠寸头，指着音羽说，"我其实早就知道侦探事务所的人一直在跟踪我，之前我遇到了一些麻烦，多亏他们帮忙才得以顺利摆平，当我看到她的时候，就想到请她来帮忙，女孩子总是比我们这些粗糙的大老爷们更懂得女人的心思……"

"就是这样！"音羽做结论似的点点头。

"不早说……"

Leo有些尴尬地摸摸鼻子，看着慢悠悠地抱着一辰晃进店里来的华仔，他的脸上甚至挂着一抹欠教训的笑容！Leo 心想这个家伙肯定早就知道黑虎不会伤害音羽，还故意给他制造出音羽有危险的错觉，害他一个人这么丢脸！

"你是在担心我吗？"音羽凑到他面前，问道。

"谁？谁担心你了？我是正义感爆棚而已，怎么说，我也是国民偶像，怎么能见死不救呢？！"

"哦。"

"一辰，走吧！咱们回家！"觉得丢脸丢到外婆家的 Leo 连忙将一辰从华仔怀里抢了回来，撂下这么一句之后，消失在众人眼前。

黑虎摸摸下巴，好奇地问音羽："他是你的男朋友吗？"

"不是的。"音羽想了想，如是回答，"严格说起来他算是我的房东。"

只不过没向她收取租金而已。

"我看他很关心你哦！说不定他对你有意思。"

黑虎说完之后往后厨走去，他已经闻到戚风蛋糕的香味了。音羽说了，只要用心，就算他是一个大老粗也有可能做出取悦妻子的美丽蛋糕。

爱情，不管经历了多少岁月磨砺，都应该用心呵护，才会开出最美丽的花朵。

2

Leo 与一辰各自占领沙发两头，轮流发出哀叹声。

终于，一辰实在忍不住了，问他："爸爸，姐姐怎么还不回来，一辰快要饿死啦！"

"我怎么知道……"

肚子发出咕咕声，手机拿在手上转来转去，无数次点开外卖网站，可是一想到音羽做的营养与美味兼具的饭菜，就觉得外卖是怎么也吃不下去了！

"侦探事务所的工作有这么忙吗？大半夜了都还不回来！"

他边自言自语，边瞥了一眼手机屏幕显示的时间：晚上十点五十分！

他忍无可忍地站起来，将饿得只能啃儿童香肠的一辰拎起来，夹在腋下，火速往大门口冲去。

他打开门，与正在输解锁密码的音羽撞了个满怀。

"你！怎么这么晚才回来！"

"我刚刚下班，有什么问题吗？"她一脸疑惑。

一辰嘴里嚼着香肠，口齿不清地说："姐姐，我们都快要饿死啦！"

"你们还没吃饭？"她看向一脸心虚的 Leo。

他佯装出一副理直气壮的模样，说："你不是说不让一辰吃外卖！所以，我打算等你回来做饭。"

音羽暗自叹息，如果让 Leo 独自照顾一辰，恐怕他们俩都有饿死的危险！！

她越过父子俩，径自往厨房走去。

一辰嚷嚷着要下来，Leo 便把他放了下来，谁知这小子双脚刚一着地就屁颠屁颠地追着音羽跑了，艰难地挪了一张椅子，笨拙地爬上去，站在椅子上，用饥饿的眼神望着忙碌中的音羽。

Leo 轻轻敲了敲他的脑袋瓜子，笑道："你刚才已经吃了好几根香肠了，有没有这么饿啊？"

"有！"一辰点头如捣蒜。

"好吧。"Leo 耸耸肩，转而问迟归的音羽，"侦探事务所经常让你忙到半夜才回家吗？"

"不是，我是从咖啡馆回来的，今天轮到我上夜班，事务所的上班时间是不固定的。"

"那……平时，事务所就你和那个叫华仔的社长两个人？"

不知道为什么，他特别在意这一点，在他看来，那个华仔神秘兮兮的，态度散漫。从气质上来看，跟他家那个一天到晚犯困的小叔叔有点像，都是让人觉得有可疑过往、充满秘密的人！

音羽边搅着锅里的食材，边点了点头。

Leo摸摸鼻子，考虑了一下，说："要不，你把侦探社的工作辞了吧。"

"为什么？"她停下手中的动作，看着他，不解地问。

"呃……那个工作太危险了！你想，万一今天那个黑虎是个残暴的家伙，你跟踪他被发现的话极有可能会被……"他比了个抹脖子的动作，接着又说，"万一你有什么事，谁来照顾这个小家伙？"

一辰专注地看着锅里，仿佛进入了另一个世界似的，完全不闻窗外事了。

音羽一脸认真的神情，解释起自己的工作来："我做的都是一些没有危险的工作，比较难的案子，社长会亲自负责的，你不需要担心。"

"谁担心你了！"他别扭地将视线移开，"我担心的是一辰！"

"哦。"她随口应了声，继续搅着那锅散发出浓浓咖喱味的汤汁。

"一辰可以吃咖喱这种辛辣食品吗？"他没话找话地问。

"嗯，这是儿童专用的甘口咖喱，添加了许多水果成分，不辣，还有一点甜，你要试试吗？"她舀起一小勺咖喱，送到他的嘴边。

他只能顺势张嘴，尝了尝所谓的儿童咖喱的味道。

咖喱的味道确实有点甜，保留了香味，去除了辛辣，他不由得点点头，问："这些都是谁教你的？"

"用心就会的。"

她言下之意，就是他不用心咯？！

他老大不爽地想反驳，可一辰却抢先发言："姐姐，一辰也要吃！"

"马上就好了，等一小会儿，好吗？"音羽亲昵地捏了捏他的肉嘟嘟的脸颊，笑容灿烂。

Leo直勾勾地看着她，忍不住又想道："对我冷冰冰的，对一辰却笑得这么开心，亲切又温柔的……这待遇也差太多了吧！凭什么啊！还无条件地讨厌我！"

像是感应到 Leo 的不爽，音羽抬头看了看他，嘴边的笑痕犹在。

Leo 的双眼眨也不眨地望着她，此刻的她就像是一株发散着热量的向日葵，令人感觉温暖……他不由得露出一抹笑，像是回应她。

然而，她却突然转过身去，将不知何时煮好的咖喱装在了深盘里，然后用小圆碗装了米饭倒扣在深盘中央，在表面撒了一层熟芝麻之后拍拍手，满意地说："开饭了！"

Leo 尴尬地收敛笑容，挠了挠后脑勺，暗骂自己："人家又不是对你笑！你笑什么啊！丢脸死了！"

"是不是咖喱饭有点太单调了？"音羽还以为他是对饭菜不满意。

"不是……"他连忙学一辰用勺子挖了大大一口咖喱饭，塞进嘴里，边吃边问，"你不吃吗？"

"我在咖啡馆已经吃过了。"

她脱下树袋熊图案的围裙，随手抽了张纸，替一辰把鼻子上的米粒擦掉，突然想起一些事，连忙对"埋头苦吃"的 Leo 说："明天会有快递送过来，是买了以美姐姐别墅的刘太太帮我打包的我的行李，可以暂时先寄放在这里吗？"

"嗯，随便。"他还沉沦在刚才自作多情的微笑中，懊悔地想把自己埋进眼前的咖喱饭里。

"谢谢，行李有点多，希望不会给你添麻烦。"

"你总是这么客气吗？"他抬头，问道。

"客气？我认为这是基本的礼貌，本来我就是借住在你家，现在还要堆放行李，取得你的谅解与准许，不是必要的吗？"

"是！你说得都对！"Leo 有些气闷地回答。

她说的话好像总是充满了道理！可是，却令他倍感不爽！

音羽看得出来 Leo 有些恼怒，可却不知道自己说错了什么，只好抱着已经吃完咖喱饭的一辰，准备好换洗的衣服，帮他洗澡。

Leo 默默地把碗盘洗了，听着浴室里传来的一大一小的嬉笑声，心底有一股莫名的火气在熊熊燃烧。

感觉她能对全世界友好，就只对他一个保持该死的距离。

3

翌日一早。

Leo 被持续了良久的门铃声吵醒，他神情恍惚地踱到门边，打开门。

对方穿着联邦快递公司的制服，身后堆放着起码十几个大号箱子，把 Leo 看傻眼了。

只听对方恭敬地说："先生，这是洛音羽小姐的住处吗？这些是她的包裹，可以请她出来签收吗？"

"她不在。"

他想起昨晚她在帮一辰洗完澡后跟他说的，她今天要在咖啡馆上一整天班，麻烦他代她签收快递。

他伸出手，自顾自地拿走快递员手上的单子，龙飞凤舞地签上名，并说："把箱子搬进来吧，堆到客厅左手边第一个房间里。"

"对了，箱子里都装的什么东西？" Leo 实在看不出朴素的音羽能有这么多行李，好奇地问。

"有十七箱装的都是书籍。"

"总共几箱？"

"十八箱。"

Leo 不禁傻眼，洛音羽在搞什么鬼啊？搬这么多没用的东西过来干什么？当他家是仓库？！她该不会还干过倒卖二手书的买卖吧？他忍不住扶额叹息。

昨晚已经答应让她暂放这些东西，现在总不能把它们丢出去！

被吵醒的一辰揉着惺忪睡眼，在看到越叠越高的大纸箱之后，像是通电般来了精神，爬到一个纸箱上面，蹦蹦跳跳，用小傲骄的口吻说着："这些都是音羽姐姐喜欢的东西！"

"她喜欢的……"

Leo 不悦地撇撇嘴："她喜欢的东西的数量还真是够庞大的，她不喜欢的大概只有我！"

看着陷入自怨自艾的Leo，贴心的一辰站起身来，伸长短短的手臂，拍了拍他的肩，安慰道："爸爸，别难过，还有一辰喜欢你。"

"谢谢啊！"他露出一抹苦笑。

他怎么说也是全球知名的男明星，竟然沦落到要由一个三岁的小童来安慰受伤的心灵的地步。

Leo 将堆满纸箱的客房上了锁，眼不见为净。

他带着一辰去摄影棚里混了一天，回到家时已经晚上九点了。

一辰一直嚷嚷着要去找音羽姐姐。

Leo 拗不过他，只好驱车前往位于若耶路的"刻为咖啡馆"。

将车停好之后，Leo 带着一辰，远远地透过落地玻璃，观察着咖啡馆内的情况。

现在里头一个客人都没有，甜品柜台后面站着一个看起来和音羽年纪差不多的女生，正在收拾整理，听说打烊时间是晚上十一点，音羽现在在哪呢？

"爸爸，我们为什么不进去？"一辰感受到紧张的气氛，压低嗓音，用气音问他。

"一会儿就进去。"

Leo 继续在咖啡馆外探头探脑，夜风清寒，只穿着单薄风衣的他忍不住打了个哆嗦。

而咖啡馆里，施妍紧张兮兮地跑到厨房，对正在烤蛋糕的音羽说："糟了，我想我是见到'都市传说'中的那个猥琐风衣男了，那个人在对街路灯下徘徊很久了，是不是在等我们下班，然后趁我们不注意……啊啊，怎么办呀音羽，我们是不是要报警，叫警察叔叔来把他抓走？"

"你想太多了吧？"音羽为之失笑。

"真的！不信的话，你跟我出来看看就知道了！"施妍硬拉着音羽回到前台，指着对街路灯下修长的人影，说，"你看！我说得没错吧！那个人就是传说中的风衣男，专门攻击我们这种貌美如花的女生！"

音羽被她夸张的语气逗笑，推开玻璃门，径直穿过马路，向对方走去。

Leo没想到她会出来，连忙夹着一辰，拔腿就跑。

"Leo，你带着一辰来做什么？"

"呃……"既然已经被发现了，他只好停住脚步，转过身来，尴尬地解释，"一辰说想你想得睡不着，非要我带他来找你，我都说了我不愿意了……"

"进来吧，外面很冷。"她见他穿得单薄，有些担心。

"既然你这么说，那我就勉强进去坐一坐好了，对吧，一辰？"他摇晃了一下被他夹在腋下的小家伙，没想到他竟然睡着了！

"把一辰给我吧。"

"没事，还是我来抱他吧，这个家伙越来越沉了。"他换了个姿势，将一辰抱在怀里。

还没进咖啡馆就闻到了浓郁的香味，那是一种夹杂着奶油的香甜，咖啡的醇厚以及面包的朴实的令人打从心底想要深吸一口气的美妙味道。

他刚在靠窗位置坐定，刚才还吓得花容失色的施妍就激动地尖叫着凑了上来。

她兴奋地跺着脚，捂着嘴问："你是Leo吧！我是你的超级粉丝，我太爱太爱你了！对不起啊！我刚才还把你当成'都市传说'中的风衣男，差点要报警抓你，你会原谅我的吧？！"

"呵……"他露出一抹略显尴尬的笑容。

"哇！你笑起来简直就是绝杀！我完蛋了！"

"这位小姐，请你放松一点，小声一点，不要把孩子吵醒，好吗？"

"这不是一辰吗？"施妍总算看到 Leo 以外的人了。

一辰的妈妈经常带他来店里玩，她还是认得他的，只是不明白为什么 Leo 会抱着一辰？

她一脸狐疑，抓住端着一杯卡布奇诺回来的音羽，对她耳语："这是怎么回事？Leo 怎么会跟一辰同框？我没有看错吧？"

"嗯，他们……"她瞥了一眼正在替一辰拉拢羽绒服的 Leo，说道，"有点亲戚关系。"

"原来是这样！早知道我应该好好讨一辰的欢心！"施妍用懊恼不已的语气说着，可说着说着又觉得哪里不对劲，突然，用惊异的语气问，"你认识他吗？"

音羽笑得有些心虚："算是……认识吧。"

她为了顾及 Leo 的感受，没有告诉最要好的朋友，她现在寄居在 Leo 家的事，更没有透露他与一辰的亲子关系。为此，她内疚地不敢看她，将咖啡递给 Leo 之后就想逃走。

Leo 喝了一口，叫住她："咖啡是你煮的吗？"

"嗯，不合你口味吗？"她像个等待训话的小学生，乖乖地站着，一动也不敢动。

"我只是觉得从来没喝过这么好喝的咖啡。"他笑起来。

音羽没想到他竟会夸她，有些不好意思地红了红脸，小声说了句："烤箱里正在烤蛋糕，我失陪了。"

Leo 看呆了，望着她离去的背影，直到她彻底消失在眼前。

施妍趁机上前做自我介绍："我叫施妍，是音羽最要好的朋友，我们从小一块长大的，我也会煮咖啡，改天煮给你喝吧？哦，对了，你们是怎么认识的呀？是因为一辰的关系吧！要是当初我也搬过去以美姐的别墅，我们就可以早一点认识了……"

"不好意思，施小姐，我想一个人安静地喝完这杯咖啡。"

他言下之意即是嫌她太吵了，可她却丝毫没有察觉，以为只是大明星架子，想着以后还有机会近距离接触，她便知足地退回柜台去了。

喝完了咖啡，音羽还没出现，Leo不禁等得有些急了。

他让施妍看着睡着的一辰，用一个笑容就换取到了进入"闲人免进"的厨房重地的许可。

音羽正在专心致志地边转动裱花台，边轻巧地在抹茶戚风蛋糕的糕面上抹着淡奶油霜。此刻，仿佛有一道光笼罩在她的身上，周围变得一片漆黑，Leo就这么望着她，时间仿佛在这一刻停下了脚步。

他看到了一辰说过的，那道光芒。

美丽、圣洁的光从音羽的身上发散出来，照亮了她的周遭，他情不自禁向她伸出手。

她皱了皱眉头，将他的"爪子"一把拍掉，郑重其事地说："不可以！得等我把蛋糕裱好才可以吃！"

他猛地回过神来，发现自己失心疯似的想要碰触她。

幸好她没发现他的动机，单纯地以为他只是想偷吃裱花中的蛋糕，他连忙收回不受控制的手，假装着急地问："这蛋糕得弄到什么时候？我等得都快睡着了！"

"这个蛋糕是做给一辰的点心。"

"我不能吃吗？"他的嘴角不由得往下垮。

"当然可以，不过，得等我把它做完，很快的。"

他看着她动作熟练地转动裱花台，在抹平了蛋糕表面之后，拿起装好淡紫色奶油的裱花袋，从裱花嘴里吐出玫瑰形状的花朵，瞬间绽放在了纯白蛋糕的边缘，她又用淡绿色的奶油勾出了叶子。

他觉得太神奇了，忍不住问："你喜欢玫瑰花吗？"

"一辰喜欢，他家的花园里种了许多玫瑰花……但是，自从以美姐卖了别墅之后，他就再也没有家了，他还那么小，我想，至少要让他记住美好的东西。"她温柔地说着。

她对一辰真是好到没话说！

Leo不禁有些羡慕起天真无忧的一辰，他什么也不必做，就能得到音羽的喜爱。

在他发呆的时间里，音羽已经切好了一块蛋糕，将它递到他的面前。

鼻间闻到了一丝香甜的气息，还夹杂着水果成熟的香气，又一块放进嘴里，丝滑的淡奶油瞬间融化，戚风蛋糕松软绵润，抹茶的清爽香味掩盖了鸡蛋淡淡的腥味，还隐约有一丝云尼拿的香味……

"好吃吗？"她问。

"嗯，难怪一辰胖嘟嘟的，原来都是被你喂出来的啊！"

"我用的是日式健康的烘焙食方，淡奶油是牛奶制品，适当地吃是不会让人发胖的，小孩子本来就是胖嘟嘟的才可爱，你不觉得吗？"

"嗯，你说得都对！"

"你又在嘲讽我吗？"

"不是，这次是真心的！"他的眼中荡漾着笑意，竟然觉得听音羽讲话有一种被催眠的效果。她总是说得头头是道，好像将世间的道理全都整理领会了一遍，让他打从心底佩服。

音羽垂下眼睑，长长的睫毛像蝴蝶的羽翼一样轻柔地舞动着。

他痴痴地望着她，直到童稚的声音将他唤回现实。原来是一辰醒了，他蹭着小短腿跑到厨房，缠着音羽要吃蛋糕，看着他天真自然的动作，他心中百般羡慕……

小孩子真好啊，小小的世界里没有所谓的尴尬，丢脸……

当人们越长越大，就会被越来越多的社会规则与做人做事的准则束缚，无法再用天真的眼光看待世界，而世界……也不会再是年幼时那般美丽，不再只有蛋糕、玩具、旋转木马和水枪……

如何保有一颗未泯的童心，在这个复杂的世界？

想必，就算是伟大的哲学家也无法给人们指出一条明路，给出一个明确的答案。

不知不觉到了打烊的时间。

换好衣服的音羽与施妍两人相携走向等在门口的一大一小。

施妍惊奇地问："你们怎么还没回去呀？"

"等姐姐！"一辰认真地回答。

"哦，一定是 Leo 要送一辰回以美姐的别墅，顺道送音羽吧？真好啊！人家也想坐 Leo 的车……但是，太遗憾了，我们的方向是相反的。"施妍失望地垂下肩，一声叹息。

Leo 连忙捂住大嘴巴的一辰，干笑一声，拉着面露歉疚的音羽，火速驱车离开。

大概是连上了两天班，坐在副驾驶座上的音羽很快就歪着脑袋睡着了，而被困在后座儿童座椅上的一辰早已进入了睡眠，唯一清醒的人只剩下 Leo。

他瞥了他们一眼，心里暖暖的，想起巴黎飞回 F 城的航班上，那对恩爱的老夫妻说的话。

他们说——

他们是一家三口呢！

笑容，不自觉地绽放在他的嘴角，心情好得让他情不自禁地想哼唱歌谣。

第四章
搬家，不请自来的朋友们

1

胸口像被压了一块重石般喘不过气来。

Leo 不可思议地看着年幼的自己坐在长桌的尽头，身边一片黑暗，光打在他与面前的食物上。他穿着一身正装，系着领结，小小的脸上毫无表情，眼中可见的只有翻滚着寂寞与愤怒交汇而成的巨浪，他的心底充满了无助……想要逃离这种压得人喘不过气来的牢笼。

他艰难而缓慢地走到小小人儿身边，脸上的表情与他竟如出一辙。

光影闪烁，突然，他面前的食物变成了镶嵌粉红玫瑰的华美蛋糕，一个全身笼罩在光芒中的女孩微笑着走到他的面前，对他说："吃吧……"

他情不自禁地张开口，然而嘴里的冰冷是怎么回事……

一道水柱喷湿了他的脸，他的脑中闪过类似的记忆，双眼猛地睁开——

笑得像花儿一样荡漾的一辰坐在他的胸口，举着他的水枪正对他进行扫射，他咯咯咯的笑声回荡在房间里，将 Leo 彻底从梦中拉回到现实世界。

他一把将一辰拎起来，恶狠狠地教训："你想压死我吗？小胖子！"

"一辰才不是小胖子，音羽姐姐说一辰是全宇宙最可爱最帅的小伙子！"他得意扬扬地说着。

"不要动不动就全宇宙最帅！你个小屁孩！"

"爸爸，滋——"说着，他举起水枪照着 Leo 的脸又是一枪，打完之后还要求，"你都中枪了，你赶快倒下呀！我送你去医院……"

"信不信我揍你，小东西！"

"爸爸，我们来玩嘛！"

Leo 没理会他，由着他跟在自己屁股后面打转，径自打开衣帽间的门想把身上的睡衣换下，可谁知里头的景象令他彻底傻了眼。他僵硬地转动脖子，将视线转到一辰的身上，拼命压抑住心底早已爆发的那座火山，表情显得有些狰狞地问："谁教你在衣服上画画的？！"

一辰不但把他所有的衣服都画上了大大的宇宙星系，就连鞋、袜、帽子都没有放过！

他将他拎了起来，与自己平视。

小家伙突然意识到自己闯了祸，扭捏地不敢看他，小小声地解释："人家……想画画嘛！"

"我没给你画纸吗？"

"画完了……"

"天！那么多本你都画完了？"Leo 一副无语问天的恼火表情，拎着他，径直走进客房，地上满是摊开的画本，上面全都画得满满的，再看仍在睡梦中的音羽，他所有的火气在那一刹那全都消失不见了。

"哈哈哈！你竟然敢那么做！"

"嘘！"一辰调皮地将五官皱成一团，做了个嘘声。

Leo 坐在床沿，看着被画成猫咪脸的音羽，实在忍不住，爆笑出声。

她被他的笑声吵醒，眨了眨眼睛，迷迷糊糊地问："怎么了？"

"你知道吗？"Leo 憋笑憋到快内伤了，一手捂着肚子，一手指着她的脸，笑得断断续续地说着，"你现在的模样，实在太搞笑了！"

"我怎么了？"她不由得摸了摸自己的脸。

"你问这小子！"他将一辰塞进她怀里，火速冲出去，仰天大笑。

音羽一脸犹疑，掀开被子，走进洗手间，看着镜子里被画花的脸，不禁失笑。

她佯装生气，教训一辰："我说过不可以画在别人脸上，你都忘记了吗？"

"没有。"一辰乖乖挨骂，一副反省状，"我错了。"

"你啊！不要装可怜！除了画花我的脸，你还画在哪里了？"她完全不吃他那一套。

要是任由他胡作非为，以后就没人管得住他了，之前画花了 Leo 的家具，她已经深感愧疚了，如今他还变本加厉地明知不可为而为之。

"画了爸爸的衣服……"

"你——"音羽深深地皱起了眉头，赶紧跑到 Leo 的衣帽间，没想到"受灾"情况远比一辰所说的更加严重，简直就没有一块干净的地方，没一件没被涂画的衣服嘛！

她拉着一辰去同 Leo 道歉。

Leo 穿着被水枪射湿的睡衣，喝着一键完成萃取的胶囊咖啡机里出来的咖啡，瞥了她一眼，很辛苦才憋住爆笑的冲动，装作面无表情地说："现在满意了？这个房子，你觉得还能住人吗？"

"我会负责赔偿的。"她郑重地承诺。

"赔偿……就算了，这小子过一段时间也差不多该去幼稚园上学了，在那之前，先搬到别墅去住吧。"

"别墅？已经卖给别人了……"

"我家别墅！"他忍不住翻了个白眼，对藏在音羽身后的一辰勾勾食指，见他藏得更深了，干脆上前去把他揪出来，像抓小鸡一样拎着他，警告他："要是你敢把别墅也画成这样，我就把你扔出去，让你睡大街，那样你就再也见不到你的音羽姐姐，明白了吗？"

"只有我被扔出去吗？"一辰小嘴一扁，眼看就要哭出来了。

"只有你！到处乱画的可不就只有你一个吗？！"Leo瞪着他，佯装愤怒地说，"你要是敢哭，我现在就把你扔出去！"

"不要不要……爸爸，一辰以后都乖乖的，只把画画在本子上，不要把一辰扔出去。"小家伙害怕地大哭起来，手脚扑腾着，像是要游到音羽身边去，嘴里含糊不清地嚷嚷着，"姐姐，救救我……"

音羽收到Leo暗示的眼神，决定要给顽皮的一辰一点教训。

她严肃地说："一辰，身为男子汉说到的话就要做到。"

"我会做到的！"

"那好，你现在去房间里反省一下，想想自己都做错了什么事。"

在两个大人的紧盯之下，一辰边擦眼泪边慢吞吞地往房间走去。

音羽轻叹一声，再度道歉："都是我不好，没有教好他，才令你蒙受这么大的损失，对不起。"

"别再说对不起了，那小子也受到教训了，应该会学乖一些。"

"嗯。"她轻轻点了点头。

他别开脸，忍住笑意，干咳两声，才接着说："你先去把脸洗一洗吧。"

她恍然大悟，难怪他都不看着她说话，原来是……她想起自己顶着一张猫脸，跟他说了半天话，顿时又尴尬又羞涩地低下头，咬了咬下唇，轻声说："那我先去洗脸。"

说完，连忙往洗手间跑去。

Leo怕她听见，在她背后无声地大笑，夸张地用手拍着石板铺就的料理台，随即又吃痛地龇牙咧嘴，别提有多搞笑了！

原本没想过要带着他们俩搬去别墅，可是……也不知道怎么了，那些邀请的话就这么不由自主地说出口了，如今再后悔也有点太迟了！

Leo无奈地摇头叹息。

在匆忙的早餐之后，搬家公司的人就敲响了 Leo 家的门。

他看了眼客房里堆放的十几大箱书，犹豫地问音羽："你要带着这些书吗？"

"嗯。"

"你打算开书店？"他实在不理解她拿这么多书打算干什么。

"这些都是我收藏的书，有东野圭吾、岛田庄司、道尾秀介、京极夏彦，还有丹·布朗、埃勒里·奎因、爱丽丝·西伯德等。"

听着她如数家珍般列出一堆似乎很有名的作者名字，但他却一个也没听过！

怪只怪他平常只看杂志和新闻！

他显得有些尴尬地问："这些人都是作家吗？"

"嗯，悬疑小说的作家。"

"悬疑……"他突然觉得脑容量有点不足！

在他的印象里，悬疑推理小说特别需要专注力与逻辑推理能力，如果他有时间看那些费脑力的书，还不如用来补眠呢！

"是啊，我特别喜欢东野大叔的书，他是社会派推理小说的领军人物……他的代表作有《白夜行》《嫌疑人 X 的献身》等，前者将人性剖白、解析得极为透彻，而后者则设计出了相当高明的诡计……啊，你是不是对我说的这些不感兴趣？抱歉，一说起他们，我就有点停不下来。"

音羽突然停下来，心想，自己说的这些，一般人都不会感兴趣的，何况是平常只关注时尚界的 Leo 呢！

他摇头否认："你说得挺有意思的，让我也有想看看原作的冲动。"

"真的？你想看的话，我可以把书借给你。"

"改天……"

他没想到她在读书这件事上表现得如此热情，与平常少言、甚至有些懒得理会他的她比起来，让人觉得亲切许多，也许他真的该向她借几本书来读，那样一来，她一定有源源不断的话题要跟他说……

汽车的鸣笛声骤然响起，他回过神来，看到音羽跑向马路中央，而一辰竟然不知什么时候从屋里跑了出来，蹲在路中央玩着水枪。从坡上冲下来一辆小型货车，眼看就要撞向他俩……

他感觉自己的心脏提到了嗓子眼，时间在那一瞬间也跟着停摆。

他的身体超脱了大脑控制，不由自主地冲向他们，当他推开他们的那一刹那，心脏放松地落回到了原处，小货车迎面而来，他心想："我大概活不成了吧！"

他的瞳孔因惊吓而放大，音羽的尖叫声传进了他的耳中，伴随着一辰的哭喊声。

他绝望地闭上眼，等待死神将灵魂从这具躯体上勾走……

"喂，先生，麻烦你让一让！"

"嗯？"Leo 睁开一只眼睛，看着近在咫尺的小货车，有些反应不过来，愣愣地问，"我没死吗？"

"先生，你想死也不要害我啊！赶紧让开！"

"Leo，你没事吧？"

"爸爸……"

音羽与一辰将他拉到一旁。

她紧张地问："你知不知道你在做什么？刚才你差点就被小货车给撞了？要不是司机及时刹住车，你已经……"她说着说着有些哽咽。

他望着她低垂的蝴蝶般的长睫毛，泪水像水晶一般从她的眼角滑落。

他的心扑通扑通地狂跳，不知道是因为劫后余生，还是因为音羽因担心他而滑落的泪滴。

他小心翼翼地替她擦去眼泪，柔声说："我担心你们，所以……你们没事就好了。"

音羽凝眉望着他，有时候，她完全搞不懂他的想法，刚才那么危险，他居然奋不顾身地救下她和一辰，他为什么要那么做呢？因为，心中已经承认了一辰吗？！

"我收回我说过的话。"她突然说。

"什么话？"

"就是……说你不负责任的话。"她真诚地说，"你一定会是一个好爸爸！"

"……"

他总觉得眼前的情况好像有点脱离自己的掌控，但是，至少他在她心中不再是一个不负责任的人，这样也没什么不好的，想到这，他不禁咧嘴一笑。

2

Leo 的好心情并没有持续太久。

当他们"一家三口"抵达别墅所在的恩星社区时，远远就看到一辆蓝色的玛莎拉蒂停在路边，从车上下来两男一女，全是他熟悉的人。

他恨不得立马掉转车头离开这里，然而 Seven 已经在同他挥手。

"该死的！这两个人怎么知道我今天搬家的？！"

他暗自咒骂，心想肯定是路易那个大嘴巴把这件事捅出去，回头他非要狠狠骂他一顿才能解气。

将车停好之后，一辰就自行解开了安全带，欢快地跑下车去了。

音羽也紧随其后，跑到 Seven 和君灿面前。上回他们已经在 Leo 家门口见过面了，就连君灿身边的长头发女孩，她也在电视里见过，如果记得没错的话，她应该是君灿的女朋友，名叫凌烟。

"你们好。"

"你好，我们听说 Leo 搬新家，特地来帮他庆祝的。"凌烟举了举手中抱着的那支香槟酒，笑着说。

"欢迎你们。"

虽然她不是主人，但还是礼貌性地说道。

凌烟抛下君灿，挽起有些羞涩的音羽的手，往别墅里走去，搬家公司的人已经把他们的东西都运过来了，音羽那十几个大箱子被堆放在了书房里，Leo 不禁庆幸这座别墅的书房够大。

君灿自在地犹如回到自己家，将从车上搬下来的食材放到厨房，随后招呼 Leo："你过来帮忙洗菜。"

"为什么是我……"

"你最闲！"

"你就知道欺负我！"话虽这么说，他还是自觉地往厨房移动。

Seven 高高举起一辰，两人似乎沉浸在变形金刚这个不分年纪的永恒话题里，一会儿，就成了形影不离的好朋友。

音羽一边整理她心目中的大神们的书籍，一边向已经身为名编剧的凌烟介绍他们小说的特色。

凌烟平时也爱看悬疑小说，音羽那些书，有一大半她都看过，两人一聊起书中的犯案手法和动机就没完了，没事可干的人也确实只有君灿和 Leo 两个人了。

君灿在宽敞的露天大阳台上支起了烧烤架，用凌烟准备好的红白格子的桌布铺在户外木桌上。当他将香槟、三个高脚水晶杯以及一个儿童用饮料杯分别摆放好之后，烧烤架里的炭火也基本上稳定地燃烧起来了。他熟练地将鸡翅膀串在金属烤签上，在上头分别涂抹了烧烤酱、橄榄油以及少许蜂蜜。

Leo 将洗好的蔬菜与鸡肉用竹签串起，也扔到炉上去烤。

他瞅了一眼各自忙碌中的人，边烤边问君灿："你们到底来干吗？"

"烧烤。"

"切！"

他才不相信这两个比他还忙碌的兄弟为了一顿烧烤特地跑来他家。他猜他们一定听说了他家被一辰毁了，凄惨地搬到别墅来住，特地来看他笑话的!

"瞧瞧你,别总是用你那阴暗的思想把我们设定成邪恶的人。"

君灿一眼就看穿了他的想法,勾着他的肩,笑得略显邪魅:"我亲爱的说想看看你儿子长什么样,所以我们就来了。"

"你还说不是来看我笑话?!"

"怎么能这么说,我们是来分享你的幸福的。"

"你——"

"好了,鸡肉要烤焦了,你还不赶紧翻一面?"君灿闲散地提醒他一句。

Leo瞪了他一眼,没好气地哼道:"你们觉得一辰像我的儿子吗?"

"像极了。"

"……"

"你不会是指望我说不像,你就干脆不承认他吧?"

"我有那么阴暗吗?"

"有。"

"好吧,随你怎么说!虽然一辰长得很像我,但是我对他妈妈,还有她信里说的那一切一点印象也没有,难道不可能是她记错了人……"

"记错人,能把儿子生得跟你一模一样?"君灿用见鬼的表情看他。

"或许,对方跟我长得很像。"

"也跟你一样?四国混血?刚好在那场派对上?嗯,也不是没有可能发生。"

"对吧?"

"对,如果是小说里的情节的话,一切皆有可能。"

"你这家伙,就不能不泼我冷水吗?"他瞪着君灿,作无力的挣扎,"不管怎样,我觉得这一切都像是做梦一样,天上突然掉下一个儿子,

你似清风,姗姗来迟

还有……"

一个发着光的女孩。

"那就听从天意吧。"

君灿拍了拍 Leo 的肩，用"节哀顺变"的眼神看了他一眼。随即扔下他，找他亲爱的女朋友去了。

Leo 后知后觉地冲他的背影吼："喂，就留我一个人烧烤吗？"

回应他的只有一股幽幽发散出的烧焦味。

他忍不住咒骂一声："该死的！你们就等着吃炭吧！"

君灿倚在书柜旁边，看着肉嘟嘟的娃娃在两个漂亮女生之间跑来跑去，玩得不亦乐乎，而 Seven 则轻笑着在他耳边低语："看这情况，你有没有也想去生一个来玩玩？"

"你想太多了，我有她就够了。"

他可没打算这么早就葬送两人世界，把宝贵的时间都用来给小屁孩把屎把尿！

就在众人享受 Leo 的劳动果实，气氛和谐愉快地要飞上天的时候，一道清瘦的人影突降在 Leo 的别墅，他的眼眶底下有着浓浓的黑眼圈，亚麻色的头发依旧凌乱得像鸟窝。

他随手理了理头发，丝毫不拿自己当外人。他在音羽的身旁坐下，将 Leo 面前酒杯里的香槟一饮而尽。

然后，他才在众人的注目之下，自报家门："嗨，我是 Leo 的叔叔，我叫 Eric，中文名叫兰爵，你们随便叫我叔叔也行，名字也行。"

"你来干吗？" Leo 不记得自己约了他来。

"想你就来看看你呗。"

"切！"

"啊，对了，你就是音羽吧？"他突然转向坐在左手边的音羽，扯出一抹"狼外婆"般的笑容，"亲切"地问，"你是在保育院长大的孤儿吧？"

"叔！"Leo 没想到他会对音羽说这些，震惊得差点把刚吞下去的鸡肉吐出来。

然而，相较于他的紧张，音羽却轻淡地点了点头。

Eric 满意地笑了笑，接着又问："你今年二十二岁，对吧？"

"嗯。"

"你还记得你父母是什么样的人吗？"

"叔！你问这些是要干吗？"Leo 坐不住了。他无法容忍他继续问一些有可能会伤害音羽的问题。

"关你什么事，去，吃你的烤烧，别影响我跟音羽培养感情。"

Leo 拿这个小自己两岁却严重无视自己的小叔叔没辙。

他干脆挤进他与音羽之间，将她护在身后，对她说："你没必要一一回答他的问题。"

"没事。"她对 Leo 说完，才认真地回答 Eric 的问题，"我不知道我的父母是什么样的人，从出生就被遗弃在了保育院，从来没有见过父母。"

"音羽……"Leo 的心微微有些被扯痛。

他蹙着眉头，干脆下达逐客令："叔，如果你再问她这些问题，就请你离开。"

"好吧，我已经问完了。"

Eric 耸耸肩，露出一丝诡异的笑容，视线穿越过碍事的 Leo，落在了音羽身上。

她茫然不解地回望他，他的眼中有着令人捉摸不透的情绪。

听说他是 Leo 的叔叔，看起来是个神秘莫测的人，为什么一见面就问她这么隐私的问题呢？

她来不及探索更多，就被 Leo 强行挡住了视线。

他凝望着她，眉头紧锁，语气中透着显而易见的担忧："别理会他。"

她微微一笑，让 Leo 放松了心中那根紧绷的弦。

3

客人们回去之后，音羽在阳台忙着收拾，一辰也自告奋勇地要帮忙。

Leo 这才逮着机会，揪着 Eric 到客厅的一角。

他确认了从阳台是看不到这个位置之后，才肃然地问道："你是什么意思？"

"什么什么意思？"

"你问音羽的那些问题，总该有个理由吧？"

"不能随口问问吗？" Eric 一副颇为困扰的模样，推了推将自己压制在墙上的大侄子，端出叔叔的架子，干咳两声，说，"我只是对她有那么一点好奇心而已。"

"你难道不知道你问的那些问题有可能揭人家疮疤吗？"

"你这么紧张干什么？又不是揭你疮疤！"

"……"

Leo 突然失去了立场，或者说，他意识到自己从来都没有过立场！

他强自镇定，以监护人的口吻强调："现在她和一辰住在我家，我有义务保护他们不受伤害，我警告你，以后不准再问她那些问题，要是被我发现你还敢那么做，就算你是我叔叔，我也……"

他挥了挥拳头，冷着脸，沉声说："照打不误！"

"好吧。"

Leo 老大不爽地松开钳住他衣领的手。

Eric 不以为意地将自己抛进黑色真皮沙发里，他要是真心想摆脱 Leo 的束缚，那是轻而易举的事，不过以后说不定他会有对不起 Leo 的一天……现在就先让他得意得意吧。

他收敛眼中翻涌的暗潮，用轻松的口吻说："其实，我来这里是有事要告诉你。"

"嗯？"

"你堂哥杰西要订婚了。"

"哦，那又怎样？"Leo一副事不关己的模样，拿起茶几上的红蛇果，咬了一口，等待Eric的下文。

"老爸让我务必带你回巴黎参加这一家族盛事。"

Leo发出一声冷笑，眼神冷若冰霜，口吻极尽嘲讽："整个巴黎为艾奇家族的联姻而欢呼活跃，这样还不够吗？我不过只是家族中默默无闻的一个，有必要非得到场吗？"

"这是我爸，也就是你爷爷的命令。"

"如果我不打算遵守他的命令，他是不是打算让你把我绑回巴黎？"

"不排除这个可能性。"Eric的眼角闪烁着笑意，用商量的语气，说道，"绑架、迷晕、打晕，你更喜欢哪一种手段？"

Leo冲他翻了个白眼，神情透露出一股叛逆。

Eric明白他的想法，很显然，他是不可能乖乖跟他回法国的，那么……把Leo弄回巴黎这种麻烦事，还是交给别人来做吧！他可不想轻易就做坏人，被人恨不是一件好玩的事。

他站起身，双手插在裤袋里，用谈论天气的轻松口吻说了一句："Leo，你可千万别爱上音羽啊。"

Leo的反应是歪倒在沙发上，一阵猛咳。

叔叔搞什么鬼！他突然冒出这么一句，害他差点被刚咬一口，还没吞下去的苹果给噎死！

"你究竟想说什么？"

"我想说的就是，那个女孩，你最好不要招惹。"

"……"

Leo仍想打破砂锅问到底，可Eric却不给他机会，冲阳台外的音羽喊了一句："我先走啦！"之后便就快速消失在Leo眼前。

后知后觉的音羽拿着抹布，跑了进来，不解地问："他已经走了吗？"

"嗯。"Leo 心不在焉地回答。

"刚才是不是发生什么事了？"她看得出来，他的脸色很不好。

他强打起精神，对她挤出一抹伪灿烂的笑容，极力用轻松的语气打马虎眼："没事啊，那个家伙总是这样，来无影去无踪的……对了，他说的那些话，你不要放在心上。"

"没事的，没有父母也是没办法的事呀，并不是我可以选择的。至少我有疼爱我的院长，有好朋友施妍，还有社长、以美姐、一辰……我一点也不觉得孤独。"她扳着手指，一个个数着。

可是，数到最后，Leo 也没听到他的名字。

他不禁有些自嘲地想："虽然我在她心目中不再是'不负责任'的男人，但还是属于讨厌的男人吧！"

"还有，你。"

"耶？"他的表情像被雷劈中，有些无法相信。

"我说，谢谢你收留我，如果没有你，我已经流落街头了。"

她乐天地说着，嘴角扬起一抹动人心弦的满足的笑容。

他呆望着她，一时竟不知道该用什么样的话语回应她。

她知足常乐、待人接物淡然而有礼，遇事执着较真，从不轻易妥协……这样的女孩，她的父母为什么要遗弃她呢？他真想揪着她父母的衣领，狠狠地摇醒他们！怒问他们！

他的心头隐隐作痛，为命运对她的不公，也为着她的坚强乐天。

"Leo，你怎么了？"她的手在他眼前挥舞，小脸上有明显的担忧。

他抓住她的小手，用有生以来最认真的表情，郑重其事地说着："我没事！以后这里就是你的家，你爱住多久就住多久，我不会让你流落街头的。"

她因他的话而动容，满怀感激，对于这个她曾经误以为是渣男的冲动派男人，她还有太多不够了解的地方，她在心里为自己过往鲁莽的指控与轻率的言论感到抱歉。

"爸爸，你为什么抓姐姐的手？"

一辰钻进他们俩中间，眼睛盯着那只被 Leo 握在手中的小手，一脸好奇地问。

Leo 尴尬地松开音羽的手，讪笑两声，胡诌了一个理由："因为姐姐有点冷，所以……"

"哦，姐姐，一辰的手很暖，我来帮你呼呼。"

一辰闻言，连忙用他的小胖手轻轻握住音羽的手，小嘴往手上呼气，边呼边问："姐姐，你还冷吗？"

"不冷了。"

她被他稚气的言行逗乐，脸上漾起灿烂的笑容。

Leo 凝视着她的笑脸，心底升起一股暖流，滋润温养了曾经冰冷干涸的内心。

他们……是不是越来越像一家三口了呢？

他看着在夜色的衬托下，落地窗上映出来的和乐融融的景象，不由得扬起一抹愉快的笑。

如果时间可以停留在这一刻，那该有多好！

Eric 那番话像一根刺扎在了他的心中……

他，为什么不能爱上她呢？

会这么想的他，早已经将她收藏在了心中某个重要的角落了吧！

他认命地轻叹一声。

4

巴黎的街头。

一个拥有乌黑长发的亚洲女人穿着白色的羽绒服，脚踩卡其色的绑带过膝公主风皮靴，背着缀满流苏的民族风小包包，边翻看杂志边往前走。

她的目的地是位于这个街区尽头的那家极为有名的 Pub，招待的客人多是政商名流或明星大腕。

　　她悄无声息地溜到 Pub 的后门，将一个厚厚的信封塞给早已等候在那里的一位穿着制服的中年女人手中，女人打开信封往里头瞥了一眼，然后满意地点点头，用法语对她说："今晚的时间属于你了。"

　　亚洲女人露出兴奋的笑容，对她比了个赞。

　　中年制服女人将一个手提牛皮袋递给她，随即从后门离开。

　　她拿着袋子，摸索到了更衣室，从里面拿出一套与刚才那个中年女人一模一样的一套制服。她拿着衣服在镜子前比了比，白色略显透明的上衣的第一颗扣子开到了胸口，超迷你的黑色短裤勉强能遮住屁股，她没多想，快速地换了装，将乌黑的长发挽起，令自己看起来显得利索干练了几分。

　　她对 Pub 的环境并不熟，虽然前天白天来过一次，但是到了晚上，灯红酒绿的 Pub 看起来与白天的时候有很大不同，就在她准备推开一间包厢观察的时候，一道略带疑惑的声音从她身后响起。

　　"你就是给莫莉代班的那个中国女孩吗？"

　　她转过身，看到一个长得很漂亮，留着一头及肩长发，乍看分不出是男是女的人。

　　他穿着一套纯白的修身燕尾服，在 Pub 这种鱼龙混杂的环境里显得十分突兀，他冲她笑笑，做起自我介绍："我是这里的公关负责人，我叫妖月。"

　　"妖月……"好特别的名字。

　　看他的样子不像是中国人，怎么会起这么一个充满中国古风的名字？

　　他像是看穿了她的想法，笑着解释："我的初恋女友是一个中国人，我的中文就是从她那里学来的，她的名字里面有个月字，虽然我们没能长相厮守，但对她的爱，永远留在我的心中，所以我才为自己取了一个带有她名字的名字。"

"原来，他是男的啊！"她忍不住暗叹，"长得也太中性了！"

"虽然不知道莫莉为什么要找一个中国女孩替班，但出入我们Pub的都是有头有脸的人士，请你打起十二万分精神，用百分百真诚的笑容来亲切接待他们，好吗？"

她连忙点头答应。

他在离开前，又问了一句："你叫什么名字？"

"我叫柯以美。"她说。

"名字挺好听的，祝你今晚顺利。"说完，他转了个弯，消失在她眼前。

她暗自为自己打气，然后轻轻推开面前的包厢房门，里头有一个脑门上没剩几根毛的中年男人正在向身旁穿着暴露的陪酒女人调情，除他们以外，里头还有看起来地位明显低一些的人在默默地喝着酒。

看来，她要找的人并不在这里。

她悄然将门带上，随即来到第二个包厢的房门前，还没等她推开门，门就被人从里头打开了。

一个面无表情的男人走了出来，无视缩在墙角的柯以美，径直往洗手间走去。

她抚着胸口，心剧烈地跳动着，凝望着那个男人的背影，嘴角轻扬。

轻轻推开包厢的门，她又将脑袋探进去看了看，里面空荡荡的，一个人也没有，茶几上摆着酒与酒杯。

她连忙闪了进去，蹲在茶几前面，从口袋里摸出一个透明的袋子，里头装着白色的粉末。她颤着手，将粉末全都倒进了酒瓶里，其间还因过度慌张而将药粉撒得到处都是，她干脆用衣袖擦拭。

门外传来轻微的响声，她来不及闪躲，被来人撞了个正着。

他蹙起眉头，挡在门口，盯着她手里拿着的酒瓶，冷声问："你在做什么？"

他的法语说得很标准，嗓音厚重而充满磁性。

她拼命克制住自己激动的心情，佯装镇定，用略显生疏的法语解释："我还以为你已经走了，所以进来收拾……"

"你是新来的吗？"他眼中闪过一丝不耐烦。

"是的，我是新来的，这酒，您还喝吗？"

"嗯。"

他若无其事地走近她，眼神飘向酒瓶瓶口残留的白色粉末，眼神冷酷而绝情。

他趁她放松精神之际，一把揪住她长长的黑发，让她不由自主地往后倾倒，并趁机灵巧地夺走她手中的酒瓶，大手掌捏住她小巧的脸蛋，手下稍一使劲，令她不得不张开嘴，他丝毫没有犹豫，将酒瓶里的酒全数灌进了她的嘴里。

她难过地蹲在地上猛咳，就连眼泪都止不住地往下掉。

"谁派你来的？"他的声音冰冷得像来自地狱的最底层。

"没有人……"

"你在酒里下了什么？"

"我……"她无法说出真相，脸上的五官因痛苦而揪结，委屈地扁起嘴，逞强地说，"我什么也没下。"

"是吗？"

他霸道地将她压倒在沙发上，眼神除了冰冷，还覆上了一层恨意。

他此刻的模样就像是传说中的撒旦，阴暗、冷酷甚至有几分嗜血，他抬起她那削尖的下巴，狂乱的气息喷在她的脸上，他的脸就近在咫尺，浅褐色的眼眸中倒映出他此刻的狼狈模样。

她眼中蓄满的眼泪，一不留神就从眼角悄然滑落。

他心中的那座冰山似乎有所动摇，因为她的眼泪灼痛了他的眼，她无辜的表情似在控诉着他的残暴。

他错怪她了吗？

他身下的她眼神逐渐变得迷离，慢慢地失去了焦距，陷入昏睡。

她还说什么也没下？！

他心中的怒火重燃，猜测她是谁派来害他的，想要他死或丢人的人实在是太多了，一时间也没有一个清晰的对象，他考虑片刻，将瘦弱的她扛上肩，步出包厢。

妖月迎面走来，他的眼中闪过一丝诧异，连忙上前询问："艾奇先生，请问您要带她去哪？"

他们这是可以带人出场的，但只限于陪酒的公关，柯以美只是一个代班的侍应生而已，才这么一会儿工夫，她就把自己灌醉了？

妖月从没见过这位以冷酷严肃著称的先生从这里带走过任何一位公关，更何况是侍应生。

眼前究竟是怎样一种状况呢？

"她对我做了不可饶恕的事，我必须把她带走。"他简短地回答。

"这……"妖月一脸为难，赶紧解释，"这位小姐只是代班侍应生，您这样做，恐怕不合规矩。"

"规矩？"他冰冷的眼神射向妖月，令妖月不寒而栗。

但妖月也是有原则的人，不会轻易向他低头："是的。"

"需要我教你什么叫规矩吗？"

他打了个响指，随即从转角处涌出四个穿西装打领带的壮汉，将妖月团团围住。

妖月冷睨着他，心知在这个凡事讲究身份地位的地方，他若得罪眼前这位先生，只怕以后没法再在巴黎生存了，但他仍试图挽救他肩上扛着的可爱的东方姑娘："如果她有什么得罪您的地方，我代她向您道歉，希望您大人有大量，不要跟一个小女孩计较。"

"你知道她在我的酒里下了药吗？"他冷冷地问。

"这……"他没想到会是这样。

"你还要拦着我吗？"

"对不起。"

妖月无奈地侧过身，只能眼睁睁地看着迈开大步离去的男人，默默地为那个被他扛在肩上，像货物一样带走的女孩祈祷。

Pub 里发生的这一插曲并未引起其他人关注，它就像从来没发生一样，悄然消失在灯红酒绿、轻歌慢摇的颓败空气中。

5

"龙纹"代表了当今世界一大批人的时尚理念。

"龙纹"将在中国区开设第一家展店的新闻引爆了全球时尚圈，这一天，几乎所有与时尚相关的各界人士都汇聚到了 F 城中心的华林路段。

占地一千平的复古工业风展店即便挤入了数以万计名流，仍然显得宽敞、雅致、落落大方。

"龙纹"的总裁——龙鸢一头黑亮的齐肩中长发，极简的白色珠光针织及膝筒裙，外搭一件改良式小香风黑白相间的羊皮材质与毛料混制而成的小外套，胸前缀着一串玫瑰金色的水晶长链，肩颈处那只隐约闪动着五彩的晶蝶尤为抢镜。

而今天的 Leo 则穿着"龙纹"首席设计师设计的中长款墨绿色毛呢外套，内搭米色复古风琴纹立领衬衫，黑色九分修身西裤，以及露出脚踝的低帮黑色系墨绿鞋带的休闲鞋，脖颈上随意搭着一条深褐色的改良领巾款的领带，并不庄重地打了个结，显出十足的休闲风。

他熟络地与迎面走来的龙鸢拥抱问好。

她笑着在他耳畔说："学弟，听说你今天邀请了朋友们一起来，他们人呢？"

"一会儿就来。"

"找时间一起吃个饭吧，我真是好久没见到你了。"

"好啊，先忙完今天的走秀吧。"

他们应记者的要求，亲切握手合影留念之后，随即各忙各的去了。

"龙纹"的代表亲自与会，可见他们有多么重视这间全新的展店。

在三个月的筹备时间里，"龙纹"投入了大量的人力物力，志在将 F 城展区作为亚洲地区的枢纽，引领整个区域的时尚潮流。

Leo 来到休息室，瞥见沙发上摆放着十几套今天走秀要用到的服装。

其他模特都在后台紧张地试妆、排练，唯独他受到最高规格的特殊待遇，他坐在梳妆镜前，看着镜子里映出的进进出出忙个没完没了的路易，忍不住问："我让你派人去接音羽与一辰，怎么这么久还没来？"

"马上就来了，这附近的路全都交通管制了，堵得不得了啊，我的祖宗，你就再耐心地等等吧！"路易也很着急，脸上的肉因焦虑而一颤一颤的。

"早知道我就带着他们一起来了。"他后悔不已。

他想让他们多睡一会儿，所以才没有带着他们一起出门，谁知道周遭大堵车，把他们困在了路上，再过半个小时就要开始走秀了，他们赶得及看他的演出吗？

怀着忐忑的心情，他在休息间里踱起步来。

眼看走秀的时间马上就要到了，音羽才抱着一辰赶到"龙纹"亚洲一号店，她松了一口气，在一辰的要求之下，将他放了下来。

口袋里传来手机的震动声，她拿出手机看一看，是社长。她连忙接听。

社长听说她今天要带一辰来看 Leo 的时尚走秀，特地打电话来叮嘱她要看好一辰，在这种人多的地方，一不留神就会把他看丢，音羽满口答应，伸手想牵一辰却发现……

他不见了！

她顿时六神无主，周遭全是不认识的人，刚刚还站在她脚边的一辰一眨眼就不知道跑哪去了！

她慌乱地四处寻找，边跑边喊着："一辰，你在哪里？"

你似清风，姗姗来迟

人群中没有人回应她，她越发害怕起来。

她害怕一辰就这样消失在人海里。

身边的人穿着华美的衣服，却没有人上前询问她发生了什么事，只有她一个人孤独地在人海中寻觅那抹小小的身影，她的眼中因焦急而红了眼眶，因恐惧而泪流满面。

"一辰！"她歇斯底里地喊着。

Leo远远地就看见了跌跌撞撞的音羽，他连忙大步跑到她身边，抓着她的双肩，看着她无助哭泣的脸，心疼地问："怎么了？发生什么事了？一辰呢？"

"一辰他……不见了！"她拼命控制悲伤的情绪，咬着下唇，直到咬出血丝也没能让自己止住眼泪。

Leo虽然也很担心一辰，可他更担心眼前濒临崩溃边缘的音羽。

他将她搂在怀里，轻声安慰："没关系，我们会找到他的。"

"对不起，是我没看住一辰……对不起！"她哽咽着说。

"不关你的事，我们一起去找他，别哭了，好吗？"他温柔地拭去她眼角的泪，摸摸她的头，强自镇定地说，"走吧！这里这么大，一辰那么乖，不会随便跟别人走的，应该还在这里，我们发动所有人帮忙找他，他会回来的。"

"嗯。"音羽吸吸鼻子，为自己的脆弱而感到丢脸。

Leo拥着她，和她并肩来到"龙纹"的监控中心，向监控组长说明了情况。

组长将麦克风让给他，并做了一个"请"的动作。

Leo感激不尽地向他点头致意，而后深吸一口气，握住音羽颤抖的小手，默默地给她力量。

他清了清嗓音，对着麦克风说："各位，不好意思，我是Leo，请你们百忙之中抽空听一听我的请求，我的……儿子一辰，他在'龙纹'走失了，请大家看看周围有没有一个三岁的男孩，穿着……"

他暂时关闭声音输出，低声问音羽："一辰今天穿什么样的衣服？"

"他穿了一身浅色的夹棉牛仔上衣，巧克力色的长裤，白色小皮鞋，还背着树袋熊造型的背包。"

Leo 打开声音，将音羽的描述转述一遍，然后用无比真诚且郑重的语气说："拜托各位，请帮我找到他，并且带他到监控室来，我万分感谢。"

展店内一片哗然，记者们赶忙拿出手机将这一重大的新闻报给电视台、杂志社。

就连身处主裁办公室的龙鸢都显得无比震惊，她没想到 Leo 竟然有一个三岁的儿子！

她随即拨打助理电话，对她说："让所有安保人员帮忙找寻一辰。"

监控室里，Leo 揽着音羽的肩，边看着监控回放，边安抚道："不用担心，一辰很快就会被找到的。"

"你刚才那样说……可以吗？"

她不仅担心一辰，还担心即将陷入舆论风暴中心的 Leo，他当众承认了与一辰的亲子关系，这是她一直以来盼望的事，可是当愿望成为现实，伴随而来的……也许不仅仅是圆满的结局，她不是没有想过，一辰的出现极有可能毁了 Leo 的事业，虽然他从来没说过有多热爱他的工作，可是身处聚光灯下的他就像是一个温暖人心的天使，她不想害了他……

他拥有完美的羽翼，却因为他们而乱了套，被迫从云端跌落……

她愧疚地不敢看他。

Leo 却没有她想得那么多，淡然一笑，摸摸她柔软微卷的短发。

就在他们等得心焦，决定亲自去寻找的时候，门被大力撞开，一抹小小的身影跌跌撞撞地跑了进来，他小小的脸上纠结成一团的五官因看到熟悉的人而舒展，快乐地喊起来："姐姐——哥哥——"

"喊爸爸。"Leo 一把将他举起来，失而复得的喜悦令他眼角含泪。

你似清风，姗姗来迟

"爸爸！"一辰调皮地将脑袋埋进他的肩颈处磨蹭，小心地嘀咕，"你不是说，有人在的时候不可以喊……"

"以后随便你怎么喊。"他宠溺地用食指刮了刮一辰挺翘的鼻尖。

"一辰。"

音羽泪眼蒙眬地唤他，一辰看见她哭的那一刹那，立马扁起小嘴，也跟着哭了。

Leo 忍不住扶额叹息，监控室里哭声一片。

Seven 与君灿面面相觑，不约而同地想着，这小子完全没把他们放在眼里嘛！一辰可是他们找到的！早知道这小子这么没良心，他们应该慢吞吞地带着一辰参观完这座占地面积一千平的建筑之后，再把他归还给他。

看他眼里绽放出的慈父光芒，两人忍不住叹息："看来，这小子长大了！"

走秀如约而始，并没有因为一辰走丢的小插曲而有所影响。

不过，可以肯定的是，Leo 未婚生子，孩子母亲成谜的新闻一定会占据近期娱乐版头条，生活恐怕短期之内都别想平静了。

第五章
离别，说走就走的旅行

1

普罗旺斯的冬天气候严峻，这里的人们在其他季节里种植采收葡萄、薰衣草，用它们赚取优渥的生活费用，一旦到了冬天就像是织茧的飞蛾全都藏了起来，将自己裹得严严实实的，没事绝不会出门瞎晃悠。

远远地望去，鹅毛大雪覆盖住了那座尖顶建筑的顶端，白色高耸的墙体挡住了冷冽的寒风。

院子里在其他季节里开得俏丽的花草全都被埋在了风雪之下，厚实的木门板被人用力推开之后又合上。屋子里被捆绑后丢弃在火炉边上的女人正是从巴黎 Pub 里被人带走的柯以美。

她在沉睡了三天之后，终于幽幽醒来。

一双男人的脚套在棉质拖鞋里，在她面前踱来踱去，从地板上传达到她的大脑中枢的除了微微的震动，还有一股野生动物般的危险气息，透露着对方的霸道与烦躁。

见她醒来，男人停止了踱步，在不远处的柔软沙发上坐了下来。

他的声音依然是那般清冷无情，问话的态度显得十分无礼："你在酒里下了迷药，那药令你自己昏睡了三天，说吧！你受谁的指使，你们有什么目的？"

"你有被害妄想症吧！"她头痛欲裂，地板上虽然铺了厚实的羊毛地毯，可寒气仍然侵袭入体，令她头昏眼花，有种作呕的冲动。

终于，她忍无可忍地将肚子里残余的东西全都吐在了昂贵的地毯上。

酸腐的气息令他忍不住咒骂连连："你打算用这种招数折磨我吗？该死的，究竟是谁雇的你这种人！"

他烦躁地拨打了一通电话，随即有人来收拾走了那张被呕吐物弄脏的地毯。

她躺在冷冰冰的木地板上，听着门外呼啸而过的风声，悲伤不已。

想不到一趟巴黎之行会令她落到这种下场，他对她有太深的误会，令她百口莫辩。

她难道真的要在这种难堪的处境中对他说："我喜欢你，我对你下迷药只是为了把你从巴黎弄走？！"

不，她说不出口。

他看着她脸上的犹豫，气恼地单膝跪在她的身前，撑起她的上半身，与她对视，冷声问："你打算就这样什么也不说？你想在冰天雪地里死去吗？"

"不，我从没有想过害你。"她哑着嗓音，开口。

"那迷药你怎么解释？"

"那是因为……我爱你。"她扯出一抹凄惨的苦笑。

他瞪大眼睛，越发冷酷的表情明显地陈述了一个事实——他不相信她的花言巧语。

他将她推倒在地，沐浴着怒火站起身，背对着她，沉默了很久，久到她差点冻晕过去，才听到他说："你以为我会相信你说的话吗？"

"为什么不能相信呢？"她幽幽地反问。

"你爱我什么？"

"我也不知道，爱就是一种说不清、道不明、摸不透的感觉，如果可以用语言形容，那……就是一首诗，你听过吗？一棵开花的树……"她的气息有些紊乱，风寒令她咳嗽了好一会儿才勉强继续念完，只是改用了她熟悉的中文，"如何让你遇见我，在我最美丽的时刻，为这，我已在佛前求了五百年，求它让我们结一段尘缘，佛于是把我化作一棵树，长在你必经的路上，阳光下慎重地开满了花，朵朵都是我前世的盼望，当你走过，请你细听，颤抖的叶是我等待的热情，而当你终于无视地走过，在你身后，落了一地的，朋友啊，那不是花瓣，是我凋零的心。"

他听得懂中文，诗的含义也大体上能明白，只是不懂她眼角滑落的泪。

她哽声说着："这首席慕容的诗是我的最爱，而你……是比它更重要的存在。"

"我们认识吗？"

他被她眼中的深情震撼住了，不得不重新打量眼前的娇小女人。

她的长相既令他感觉陌生，又有一种说不出的熟悉。

她悲凉地一笑，任由眼中的泪滴落在手背，烫痛自己那颗脆弱的心，用灵魂里最傲慢的那个表情仰望着他那张模糊不清的脸，倔强地说："不认识。"

她竟然对一个不认识的人告白？

他的眉头深深地蹙起，心中的怒火更炽，可是，更多的却是因为自己！

他可以让她悄无声息地消逝在巴黎街头，明明没有理由带她来到这个远离家族大佬盯梢的偏僻城镇，更没有理由苦苦守候她三天，等到她醒来，听她说爱他，之后再将他狠狠地推到千里之外！

她究竟是谁？做这一切是为了什么？

如果只是想获得他的关注，那么，她成功了！他对她的好奇心已经令他散失了部分理智，做出在这个特殊时期绝对不该做的事，那就是带着她逃离巴黎！

他该拿她怎么办呢？

他陷入了纷乱的思虑之中。

而她的心里则充满了绝望，跟他相处的每一分每一秒，都如万蚁钻心，令她痛苦不堪。

他对她的恨意、蔑视、粗暴狠狠地将她在心中构建出的那个过于完美的形象击溃，让她在崩溃的爱情城堡里兵败如山倒，慌不择路地逃亡……

她爱他吗？

也许，她爱的只是她心中的那个他！

2

Leo 的私生子风波在"龙纹"总裁龙鸢的强势介入之下，迅速从负面新闻转变为人们茶余饭后津津乐道的绯闻，只因龙鸢当众认了一辰做干儿子。媒体纷纷猜测她会不会就是一辰的亲妈，如果是那样，谁敢招惹来自神秘家族的龙鸢呢？！

Leo 乐得躲在家里暂避风头，一家"三口"其乐融融地吃着早餐。

他见一辰无聊地频频打哈欠，心中一阵凌乱，忍不住想："一辰需要认识同龄的朋友，比他年纪还小的小朋友都已经进入幼稚园这个大环境学习、培养团体意识了，我是不是应该把一辰也送去呢？"

"你在想什么？"音羽看着他，不解地问。

"我是在想……要不要把一辰送去幼稚园。"

"嗯，之前以美姐姐提到过这件事，可是，选择哪家幼稚园是一件很令人头大的事。"

"你之前念的那家小天使幼稚园好像离这不远，要不，就把一辰送到那去？"

他私心里想去那里看看音羽的成长环境。

可是音羽却摇头反对："小天使幼稚园收的都是无父无母的孩子，像一辰这样在健全……呃，不对，应该说是有家长疼爱的小朋友在那里有可能会受到排挤与欺负。"

她想起自己小时候特别讨厌那些被家长带着来幼稚园参观的正常人家的小朋友，羡慕他们有人疼爱，如果没有院长的慈爱与关怀，她一定会变成内心阴暗的不良少女……在世界的某个角落堕落。

"不管怎么样，我们先带一辰去那里看看吧？"

"有那个必要吗？"她还是持反对意见。

Leo却说："你不是长成了一个正直、善良、有主见的大人吗？只要本质是良善的，稍加引导，他是绝对不会变坏的，有我们爱他，他要是敢学坏，我就……狠狠抽他的屁屁！"

"爸爸，一辰没有乖！"当事人惊恐地瞪大眼睛，连连摆手。

"哈哈！我就是那么一说！"

在承认了一辰之后，他心中的父爱无限膨胀。

他轻轻捏了捏小家伙的脸蛋，笑问："你想不想跟别的小朋友一起玩？跟他们 起画画，一起上课……"

"要！"

"那爸爸带你去姐姐小时候念书的小天使幼稚园参观一下，好不好？"

"好！"

Leo得意地对嘟着嘴的音羽挑了挑眉，露出胜利的笑容。

他已经越来越擅长诱哄这个小家伙了，在不久的将来，说不定他真的能成为一个称职的奶爸呢！

他想着想着，咧嘴哈哈大笑起来。

音羽看着他，不禁被他快乐的情绪感染，放弃坚持，也跟着轻笑起来。

虽然不知道他为什么非要一辰去她曾经待过的小天使幼稚园，但她最近忙着照顾一辰，也好久没有回去了，就趁这个机会去见见孩子们以及她所敬爱的院长和老师们。

想着即将见到久违的亲人，她动容地湿了眼眶。

Leo偷偷瞥了她一眼，暗自称许自己做了一个正确的决定，那里是教养她成人、被她视同家一样的地方，她最近花了大旦精力照顾一辰，他相信她一定想家了。

他将一辰举过肩，让他骑在自己肩上，拉着发呆中的音羽，轻快地说："咱们去逛超市吧，好久没有三个人一起去逛过了，还记得上回吗？一辰把人家用来试吃的水饺全都吃光了……"

他说着属于他们三个人的回忆。

他说的好久也不过就是上周才发生的事。

冬日的暖阳洒在他们身上，暖暖的。

3

如果行动力惊人也算是一个优点的话，那么Leo绝对是极具这项优势的人。

上午刚决定带一辰去小天使幼稚园参观，下午就载着他们来了。

远远地，可以看得到幼稚园的蓝色铁门，门上焊着几个天使模样的卡通，还有可爱的星星，门顶上有一块拱形的质朴的招牌，上面写着：小天使幼稚园。

Leo眼尖地看到有一道熟悉的人影闪进了停在铁门旁边的银灰色宾利轿车，那飘扬的衣角与桀骜不驯的背影怎么看都像是Eric，他来这里做什么？

"到了！就是这！"音羽指着蓝色铁门，语气中透着喜悦。

Leo无暇多想Eric来这的目的，停好车后，将一辰从车上抱下来，父子俩不约而同地发出一声感叹："原来这里就是小天使幼稚园！"

"嗯，我成长的地方。"

"走吧，不知道那位玛丽亚院长在不在呢？"他边说边推开铁门。

一位身穿修女服装的女士顶着一头花白的头发，鼻梁上架着一副金边老花眼镜，仔细看了看来人，眼中露出一丝惊喜，她连忙从座位上站了起来，快步走到音羽身前给了她一个大大的拥抱。

她的嗓音慈爱而又优雅："我的孩子，好久不见，你过得还好吗？"

"我很好，院长。"音羽像个孩子一样将脸埋进玛丽亚院长的肩颈处。

"我听施妍说你最近很忙，暂时没有空回来，瞧见你我实在太惊喜了。来，跟我说说，你忙的事情进行得还顺利吗？"她拉着音羽话起了家常，眼角余光瞥见门口站着的一大一小两位客人，连忙礼貌地向他们问好，"不好意思，刚才没看见你们，你们是跟我的孩子一起来的吗？"

"是的，院长。"Leo 对眼前散发着母爱光辉的院长抱以最大的敬意，深深地向她鞠了一躬。

"音羽承蒙你照顾了。"

"您太客气了，是她照顾我和……我儿子。"Leo 看了一眼安静乖巧的一辰。

一辰连忙也有模一样地学爸爸的样子，向院长鞠躬，认真地说："我叫一辰，院长，您好。"

玛丽亚院长慈祥地点点头，摸摸一辰的头，笑道："你好啊，一辰，你喜欢这里吗？"

"嗯！"

"院长，我们今天就是带一辰来参观小天使幼稚园，想说能不能让一辰在这里学习呢？"Leo 趁机将此行的目的和盘托出。

"这样啊……"

"我听说这里的小朋友都来自您经营的保育院，像一辰这样的孩子是否适合……"

"可以的。虽然大部分孩子都是来自保育院，缺乏家庭的关爱，但最近也有不少正常家庭的父母送他们的孩子到这儿来学习，因为我们幼稚园的老师们是远近有名的爱心人士。"

"那，一辰就拜托您了。"Leo 再度向她鞠躬。

一辰也连忙有样学样，跟着说："那一辰就拜托您了。"

院长高兴得连连点头，摸着一辰的头，赞许道："一辰真乖，以后就在小天使幼稚园和其他小朋友们一起学习吧，院长希望你以为成为优秀的大人，就像音羽姐姐一样。"

"好！"一辰冲她天真一笑。

音羽见他真心挺喜欢这个地方，打从心里感到高兴。

以后，她就有更多时间回来当义工了，每每见到亲切的院长与老师们，她都有一种得到救赎的喜悦，家给人的感觉不就是这样的吗？她并不害怕没有亲人，最令人恐惧的应该说是……没有归属感，而她早就拥有了这些，在这个温暖的地方。

玛丽亚院长带着他们一行三人参观幼稚园，边走边说着音羽小时候的趣事。

当她说到音羽站在高高的滑滑梯上面，将自己困成一座孤岛的时候，她跟音羽讲的那个故事，如今仍然很有感触，如果那个时候音羽没有向她伸出手……大概，她就不会是现在的她了。

Leo 想起音羽对一辰唱的那首摇篮曲，心想那个歌词大概是改编自院长说的故事吧。

关于天使的右翼，不管是否曾经失去过，想必人类穷其一生都在不断地寻找着……有的人，明明拥有却视而不见，直到它从身上消失；而有的人，不畏艰难执着的追寻，终有一天会寻找到……那发着光的另一半翅膀。此刻，他拥有了完整的羽翼了吗？

他的心微微悸动，不自觉地看向音羽。

或许……她，就是他的右翼，他的光！

他拼命伸手想要抓住的那一只灵动的精灵，纯真的天使，他希望成为她的右翼，使她完整。

　　玛丽亚院长虽然老花眼了，可却一眼就看出了 Leo 对音羽的感情。她不动声色，暗自想着："这个孩子是否意识到了，有一个人正在默默地爱着她呢？"

　　音羽正在跟一辰讲解每一个班级的位置，每一项设施的注意事项。Leo 的目光追随着她，直到一道清脆的嗓音介入他们之间。

　　施妍扎着两个粗麻花辫，脸蛋因兴奋而显得红扑扑的，她老远就瞧见他们了，边挥舞着双手边朝他们跑来，当她终于跑近，气喘吁吁地说："你们来了怎么也不跟我说一声呀，刚好，我已经做完事了，陪你们一起逛逛吧！"

　　"好啊！"音羽很自然地接受她的提议。

　　而 Leo 则无所谓地耸耸肩，将没睡午觉、显得有些困的一辰抱在怀里。

　　施妍看着他们，小心翼翼地问："我前两天看新闻，听说一辰是你的亲生儿子……那，以美姐是一辰的妈妈，她不就是你的……女朋友？"

　　音羽没想到施妍这么八卦，当面问 Leo 这种隐私问题。

　　她望向收敛笑容的 Leo，心想："他大概生气了吧？虽然承认了与一辰的亲子关系，可是他并不愿意承认跟以美姐姐有什么关系。"

　　之前，她不小心说等以美姐姐回来，他们就可以一家三口团聚了，Leo 听完之后立马黑脸给她看，还一整天都不跟她说话，从那之后，她再也不敢在他面前提以美姐姐了。

　　施妍不知道以美姐姐是他心中的禁忌，现在她该怎么救火呢？！

　　音羽一脸苦恼，笨拙地想挽救渐渐僵硬的场面。

　　"施妍，不如我们去那边逛逛吧！上回我让小一班的小朋友做的手工，不知道他们有没有乖乖地做好呢。"她拼命转移话题，想将施妍拉走，可是施妍却雷打不动。

她不怕死地又问了一遍："以美姐姐是你的女朋友吗？"

"施妍！"音羽无力地想要叹息。

"她不是我的女朋友，但她是一辰的妈妈。"Leo不忍见音羽夹在中间为难，十分干脆地回答。

"那……她在你心里，什么也不算，是吗？"

"是。"

"太好了！"施妍松了一口气，竟然拍手叫好，用略显亲昵的语气对Leo说，"我早就觉得以美姐姐不适合你，她就跟音羽一样，每天宅在家里……"

"那你觉得，我适合什么样的人呢？"

Leo的眼中有团怒火在燃烧，他可不想听别人说音羽的坏话，就算她是宅女那又怎么样？喜欢看书做饭有错吗？要不是看在她是音羽的好朋友的分上，他早就发飙了！

然而施妍却一点眼力见也没有，继续自顾自地说着："当然是阳光、开朗、热情、活泼的人呀，还要和你一样懂时尚，有品位……"

她想说的其实是，就像她一样的人，可是碍于这么多人在场，不好意思说得那么直接。

Leo冷哼一声，并不反驳她的话，算是给足了她的面子。

音羽连忙拉起施妍往小一班走，她好担心Leo会揪起施妍的衣领，把她扔得远远的，还是眼不见为净比较好。

在她们走后，玛丽亚院长笑着说："施妍这个孩子天生没什么眼力，嘴也快，还请你多多包涵。"

"没事。"他淡淡地回道。

"音羽……你喜欢她吧？"

院长的话乍听之下是问句，其实是一句再肯定不过的话。

Leo愣了一下，没想到她一眼就看穿了自己，有些不好意思地说："这么明显吗？"

"是哦，我可以拜托你吗？"

"嗯？"

"帮我好好照顾她。"

"当然，义不容辞，我用我的生命担保！"他郑重地承诺。

院长欣慰地点点头，再度摸了摸他怀里已经睡着的一辰，眼中浮现一丝忧虑，随即用微笑掩饰。

参观结束之后，施妍非要坐他们的车回去。

听说附近的车站半个小时才发一班公交车，Leo 碍于音羽的面子，无法拒绝施妍的请求，只好让她上了车。谁知她在打听到以美的别墅已经卖掉，音羽与一辰现在寄宿在 Leo 家之后，死皮赖脸地非要跟着他们回去，美其名曰为参观好友的生活环境。

音羽为难地看着 Leo，用眼神向他请示。

他轻叹一声，自动自发地做出让步："仅此一次。"

"哇！太棒了！"施妍开心地欢呼起来。

而音羽则歉然地小声对他说："对不起，给你添麻烦了。"

Leo 瞥了一眼后视镜里映出来的手舞足蹈的施妍，转头对音羽露出包容的笑，心想："好在她只有一个好朋友，不然我还有清净日子过吗？"

车子快速驶上了高架桥，音羽安静地坐在副驾驶座上，一辰已经睡着了，Leo 专注地开着车，唯一的说话声来自后座上那个陷入极度兴奋中的施妍。

她并没有意识到自己并不受欢迎，一心只想着，终于能去偶像家里做客了。

为了少受一点噪音折磨，Leo 果断打开了车载收音机，里头传出 Seven 最近发布的新歌——《爱的迷宫》，这首歌一经推出就火速蹿升到了各大音乐排行榜的榜首，能撼动他这种王者地位的，估计只有君灿了，听说他的新歌是为了他心爱的凌烟而作的，想必非同凡响。

X-start 组合从出道爆红到快速解散，各自单飞不过才用了短短半年时间，他们三人虽然仍在同一个圈子里，却有各自不同的工作重心，君灿数度问鼎影帝，而 Seven 也几乎是当今流行歌坛神一样的存在，只有他……虽然逃离了巴黎的那个家，却还是依靠他们给的外在条件登上国际 T 台，说到底，就像音羽当初批评他的那样，他除了长得帅一点，腿长一点，还有别的优点吗？

唉！他在她心目中，大概就是一个虚有其表的花瓶吧！

这样的他，有资格让她爱上吗？

Leo 有些泄气地想着：“或许，该找个时间好好向 Seven 与君灿学习怎么编曲……会作曲的男人可能更容易获得女孩子的芳心吧？！”

4

一辰蹲在书房的地上，将 Leo 揉成一团团、扔在地上的纸捡起来。或许是纸团实在太多了，他捡了几个之后，怀里装不下了，又滑落了几个，捡来捡去都捡不完。

他有些生气地跑到书桌旁，身高还没桌脚高的他仰着头，不高兴地对正伏案疾书的 Leo 嚷道：“爸爸，你不要再往地上扔纸团了，要是音羽姐姐回来，会骂你的！”

“爸爸正在忙，一会儿就捡。”他随口回答，说完又撕了一张乐谱，揉成一团抛到了身后。

“爸爸！”

“我知道了，一会儿我会收拾的，你别管它们了。”

“音羽姐姐会生气的！”

“好吧！我现在就捡！”

Leo 无奈地放下手中的笔，陪一辰蹲在地上，把满地纸团捡起来，扔进垃圾桶里，直到桶也装不下了，他只好又拿了个大号的垃圾袋来装。

他已经在这坐了一整个下午了，却连一个乐段都没有写出来！

该死的，哪个浑蛋说的只要心中有爱，生活就充满了音乐与笑声？为什么他什么也写不出来？果然还是没有作曲的才能吗？！他忍不住叹息。

昨天与 Seven、君灿视讯通话，向他们请教作曲的技巧，可谁知 Seven 说——当他心中充满爱的时候，旋律就自然而然地出现在脑中，他只是负责将它们记录在纸上而已，最可恨的还是君灿！他竟然说天才只需要坐在钢琴前就能自动自发地弹奏出天籁，压根不需要什么灵感。

他是蠢才，所以脑袋空空！

他们就是这个意思咯！

他气闷地掐断通话，整夜翻来覆去睡不着觉。今天趁音羽不在家，抱着空白乐谱本子，搜肠刮肚整整一个下午，只制造出了一地垃圾！

"爸爸，你画的是什么呀？"

一辰将皱巴巴的乐谱纸摊平，看着五线谱上头凌乱潦草的符号，好奇地问。

Leo 本着认真负责的态度，指着乐谱，教他："这是高音谱号，后面这是连续十六个八分音符，短而急促，就像是人的心跳声……扑通扑通的，然后是欢快的附点音符，就像是你蹦蹦跳跳的节奏……"

"好好玩！爸爸，你写完了吗？"

"没有，写不出来了！" Leo 重新将那张纸揉成一团，扔进大垃圾袋里，对求知欲旺盛的一辰说："虽然写不出来，但我可以弹一首有意思的曲子给你听，跟我来吧。"

他在黑色的三角钢琴前坐定，活动了一下手指，深吸一口气，手指在黑白琴键上以极快的速度弹琴出 a 小调快板，下行的半音阶翻滚逆流直上，旋律生动活泼，有很强的画面感。

一辰不由自主地跟着节奏，用他的脑袋瓜子打着节拍，旋律越来越快，他点头的速度已经跟不上 Leo 手指飞舞的速度，晕乎乎地嚷嚷："太快啦！太快啦！一辰都跟不上了！"

"傻瓜，别点头！"

"好像有蜜蜂在飞……"

"你还挺有乐感的！"Leo 夸着歪倒在地的一辰，眼角余光瞥见不知何时出现在书房门口的音羽。他的手僵在了黑白琴键上，有种做坏事被抓现行的尴尬，连忙解释："我可没有叫一辰疯狂摇摆，是他自己把自己摇晕的……"

"这是里姆斯基·科萨科夫的《野蜂飞舞》，需要有很高的钢琴素养才能弹奏得这么快这么完美。"音羽显得极为震撼，没想到，Leo 的弹奏技巧与她所崇拜的鬼才——马克西姆不相上下。

马克西姆将电音融入了《野蜂飞舞》中，听起来很炫很奇妙，而 Leo 的《野蜂飞舞》更纯粹自然，带着一种脱俗的清新浪漫，让人不禁想起普希金的歌剧《撒旦王的故事》，这首《野蜂飞舞》就是为其中一幕——王子变幻为野蜂痛蛰邪恶的织布工和厨娘时的配乐小曲，极具动感与激情，是最能体现钢琴家实力的检验曲目之一。

Leo 将倒在地上打滚的一辰抱起来，小心翼翼地问："你觉得我弹得还不错？"

"嗯。"

"我已经十年以上没弹过这首曲子了。"

被她认同的喜悦在他心里炸开了花，先前写不出曲子的苦恼顿时烟消云散。

他嘴角的笑容无限放大，问道："你喜欢这首曲子？"

"嗯，我喜欢马克西姆弹奏过的所有曲子，还喜欢 X-start 创作的流行歌曲，可惜你们那么快就解散了。"她用无比怀念的语气说着，"再也听不到你们的完美合唱，尤其是你们的多声部阿卡贝拉，当今乐坛再也找不到比你们更完美的组合。"

"所以，我并不是一无是处的，对吗？"

"当然，如果没有你，就不会有 X-start 的奇迹组合。"她肯定地点头。

"我就说嘛！"

他得意地笑着，动作轻柔地将晕倒睡着的一辰放在沙发上。

放好一辰后，Leo 将双手搭在音羽的肩上，郑重其事地说："我不仅是长得帅一点，腿长一点，也许还有其他一些你没注意到的才华，好好看着我，不要移开视线！"

"啊？"她一脸茫然，看着他闪闪发亮的双眸。

"我要说的就这些！"

说完，他哼着改编成小调的《克罗地亚狂想曲》，愉快地走出书房。

音羽看了看他的背影，再看看书桌旁那一大袋满溢而出的已经成为垃圾的乐谱纸，实在有些理解不了他跳跃的情绪，算了，他高兴就好了！

她露出一抹淡淡的笑意，拿出一条树袋熊图案的小毛毯盖在一辰身上。

5

激烈的厮杀声在小小的商住两用一居室里时不时地响起。

在社长宝座上埋头整理账目的人却是个头小小的音羽，她将整理好的票根按标好的顺序夹好，收进右手边的小抽屉里，看着电脑屏幕上显示的赤字，不禁叹了一口气。

她望向仍沉浸在游戏的世界里不可自拔的社长，小声地问了一句："我们事务所真的不会倒闭吗？"

账目一览表显示每个月账目结算都是赤字，原因竟是社长挪用大量资金购买游戏装备！

他抽空瞥了一眼面露担忧的音羽，嬉皮笑脸地说道："有我在，怕什么！"

"就是因为有你在……才会出现赤字……"她小声地嘀咕。

"小羽，过来。"

等她走到身边，他用脚尖指了指像块破布一样扔在沙发上的皱巴巴的风衣，眼中仍盯着手机屏幕，大喊一声："干掉它！"接着，他的萌宠在高级装备发挥作用的前提下，终于艰难地干掉了黑暗势力。

他松了口气，笑盈盈地接着对音羽说："口袋里有东西，我很忙，你自己拿一下吧。"

"是什么？"她迟疑了片刻，还是拿起了衣服，从衣服口袋里摸出一个信封。

"我昨天在商业街打游戏抽中的头等奖——一家三口京都五日游，怎么样？想去吗？"

"这……"

她看着信封里的三张招待券，有些犹豫地问："三个人？"

"是啊，我孤家寡人，一个人去显得有点凄凉，而且我太忙了！走不开！这个就送给你了，你不是刚好有'一家三口'，你愿意的话就带他们一起去度假吧！"他说完又投入了虚拟的世界。

音羽只好把招待券收好，对他说了声："谢谢。"

"一家三口。" ……她倒是可以带一辰去京都走走逛逛，开阔眼界，但是 Leo 那么忙，不，就算他一点也不忙，应该也不会陪他们一起去的吧……

带着些许苦恼，她背上包，踏上回家的路。

晚餐时间，她试探性地问 Leo："你最近都有什么工作安排？"

Leo 愣了一下，没想到她竟然会对他的行程感兴趣，不过工作都是路易安排的，她突然这么问他，他也回答不上来，干脆拨打路易的电话，问了他同样的问题。

路易翻开行程记录本，按照上面列的工作安排，念了一遍——

为早前签约代言的某游戏形象拍摄宣传海报；与"倾城"文化公

司宣传部开会，讨论参与演出的某电影的角色定妆问题；与"龙纹"总裁龙鸢开会，探讨明年新春发布会服装主题；与君灿、Seven 于新世纪文化中心进行年度演唱会彩排……

他念了一堆，却只是短短两天内的行程计划。

Leo 看了一眼若有所思的音羽，将仍在汇报中的路易抛诸脑后，好奇地问："你为什么想知道我的工作安排？是不是有什么事？那些工作都可以挪……"

"没事！"她连忙摇摇头。

他工作那么忙，要他陪她和一辰去京都度假，这种话，她怎么说得出口呢？

她摸了摸口袋里的招待券，暗自决定，由她一个人带一辰去京都，虽然她的日语水平只到基础打招呼阶段，但是，有万能的谷歌翻译，她一定没问题的。

Leo 盯着她的脸，总觉得她有什么事瞒着他！

一直埋头苦吃的一辰突然开口拖他的后腿："爸爸，你为什么一直盯着姐姐看？是不是姐姐的脸上也粘上米粒了？"说完，他摸摸自己的嘴边，还真的抠到两颗米，随即又塞进嘴里咀嚼。

Leo 尴尬不已，连忙否认："我哪有盯着她？明明是她……在问我问题，我只是认真地回答她，你难道不知道，跟一个人说话的时候，得看着她的脸吗？这是基本的礼貌哦！"

"是这样吗？"一辰嘟起小嘴，表示不信。

"当然是这样！"

"你今天也很忙吧？我一会儿上去咖啡馆上晚班，要不把一辰也带去吧，如果你早回来，就到咖啡馆先把他接回来，这样可以吗？"音羽突然开口。

父子俩互看一眼，不约而同地点了点头。

Leo 还补充了一句："我等你下班，接你们一起回来。"

你似清风，姗姗来迟

"可是我下班已经十一点了……"

"我晚上也要忙到那么晚。"他随口胡诌，明明晚上就只是约了Seven 练习演唱会上要用的新歌。

"那好吧。"

6

刻为咖啡馆。

临时出去二十四小时水果店采买装饰蛋糕用的车厘子与牛奶草莓的施妍，在回来之后，显得一脸兴奋，她身上套着音羽的外套，从口袋里摸出那三张招待券，在音羽面前晃了晃。

"这是哪来的呀？京都五日游耶！我也好想去，你有三张券，可不可以把我也一起带上？"她抱着音羽的手臂，撒娇似的将它左右摇晃，脸上流露出深切的企盼。

音羽心想："反正 Leo 也没有空，我和一辰也只用两张券，施妍想去的话，就带她一起去好了。"

她轻轻点点头，应允。

施妍开心地亲了亲手中的招待券，兴奋地说："Leo 是不是跟我们一起去呀？我们三个人！"

"不是的，我本来是打算带一辰去的，就两个人。"

"哦，可你不是有三张券吗？"

"那是社长游戏抽中的奖品,他把三张都给了我。"她耐心地解释。

"是这样啊，我还以为 Leo 也跟我们去呢，原来你只有你跟一辰。"施妍的语气略显失望，但从来没有坐过飞机的她立刻又进入了兴奋状态，自顾自地说着，"听说京都有很多庙宇、神社都超灵验的。怎么办！音羽，我好开心啊！"

被施妍的喜悦感染，音羽也忍不住扬起一抹笑容。

但她很快就开始担心施妍的大嘴巴，连忙叮嘱她："这件事，你不要告诉 Leo，他一会儿会来店里。"

"Leo会来吗？那我得赶紧去补补妆！"

施妍想想又觉得哪里不对，抓着音羽问："为什么不能告诉Leo？"

"因为他最近很忙的样子，我不想他知道了之后推开工作陪我们去。"

"嗯，工作要紧！我保证不告诉他！"她在自己嘴上做了个拉上拉链的动作。

音羽笑着挥挥手，说："你快去吧。"

施妍赶忙往更衣室跑去。

即将见到Leo的喜悦让她觉得冗长无聊的工作也变得轻松愉快起来，真希望每天都能见到Leo，他那浅褐色的眼眸就像是神秘遥远的星河，立体深邃的五官简直帅到令人心花怒放，高挑的身材配上超然的品位，穿什么都那么好看！

最近他把头发染黑了，即便是那样也盖不住他浑身上下散发出的贵族气息。

是的，他是她心目中最完美的男人！

他离她是那么地近！

仿佛，她一伸手就能抓住他……

最近，她每天都会梦见他，他对着她说话，微笑……张开怀抱……

7

风雪飘摇的野外，一串凌乱的脚步延伸到了远方。

这里仿佛是天与地的尽头，原本接天的是一大片脱俗的紫色花海，如今全都埋在了皑皑白雪之下，显得荒凉哀凄，四周雾蒙蒙的，好像全世界只剩下她一个人在……蹒跚前行。

她只着单薄的白色衬衣，雪白的大腿被风雪冻得发紫，头发上融化的雪变成水，顺着发梢滴落，冷冽刺骨的风冻得她想打哆嗦，可是她却无力动弹，心好似被抛入了冰窟中，已经冻到……痛到没有知觉。

如果可以倒下，该有多好！

她恍恍惚惚地想着，脑中闪过无数熟悉的人影——

第一次开口喊她妈妈的一辰宝贝；酒会上一见钟情的那个男人；T台上自信走秀的她的偶像——Leo；租住在她家别墅，纯真善良的音羽……

她心中百感交集，对他们有爱、有恨、有愧。

如果她在这里倒下，这辈子就再也见不到他们中的任何一个人了吧！

风越刮越大，雪越下越深，雾将她重重包围，很快，她就会消失在这片陌生的国度……

8

杰西站立在单人床边，望着床上重度昏迷、不时发出呓语的女人。

他的表情显得有些茫然，脚像生了根似的，杵在那儿，无法再靠近她，因为来历不明的她对他下了迷药；无法狠心转身离开，因为她对他说的那番话……也许，还有心中莫名的彷徨。

厚重的木门被人从外头推开，一位围着白色围裙、头发花白的老人端着一个锡制的托盘，缓慢地朝床边走来。她越过他，在床头边蹲下，从托盘上拿起冰袋，搁在她发烫的额头上。

看了一会儿昏睡中的女人，老人发出一声几不可闻的叹息声。

杰西蹙起眉头，犹豫地问："她怎么样了？"

"如果能及时退烧就好了。"

老人一生服侍艾奇家族，退休之后便被安排到了这处偏僻的别墅，权当养老。她缓慢站了起来，端起托盘，走到他面前，脸上有着宽容与慈爱，她对他说："家里的人还不知道你在这儿吧？"

"嗯，请别告诉他们。"

"明白。"老人理解地点点头，随即又说，"你打算拿她怎么办呢？毕竟你马上就要……订婚了。"

"我也不知道。"他坦白地回答。

"你喜欢这个女孩吗？"

"我不知道。"他的眼中浮现痛苦，声音有几分挣扎，最后无力地说，"我不知道她是一个什么样的人，她的言行太令人无法理解了，尤其是在那样的情况下……竟然说她爱我。"

"她看起来不像是会撒谎的人呢。"老人以过来人的姿态说着。

"也许吧！"

"你终究是要回到巴黎，回到纷乱的争斗中，好好想想吧，孩子，什么才是你最想要的。"

看着老人离去的背影，杰西痛苦地低下了头。

什么才是他最想要的？

名利、权势、金钱……他都有，但是，在那种家族争斗中，每个人都想爬得更高，拥有更多，商业联姻是他们的必经之路，在他与那个女人结婚之后，他将拥有更强大的力量……

这些就是他这三十年人生里为之奋斗、拼搏想要得到的！

他是不可能为了一个素不相识的东方女人……一个言行举止怪异到可疑的女人……一个眼神那般倔强的女人而动摇三十年以来坚定无比的人生目标，他不会那么做的！

他握紧了双拳，最后看了一眼床上的女人，冷酷地转过身，消失在这间阴暗、潮湿的阁楼。

第六章
追寻，人潮人海中邂逅

1

F城国际机场，粉丝高举着写满爱的牌子，将抵达厅的出口堵了个水泄不通。

Leo在路易以及众多保镖的保护之下，向热情的粉丝们打了个招呼之后火速闪入VIP通道，粉丝们的尖叫声响彻整个大厅，久久未散去。

路易小跑步跟上迈开长腿的Leo，边跑边向他汇报接下来的行程。

然而Leo却说："我已经三天没回家了，下午的行程往后推推，我得先回家一趟。"

"呃，可是后面的行程也挺紧张的……"

"经纪人的职责就是协调！你做不了？"他挑着眉，习惯性地语带威胁。

"做得了！怎么会做不了呢！"路易尴尬地干笑两声，连忙讨好地说，"你想儿子了吧？都三天没见了，肯定想得不得了，赶紧回去看看，后面的事就交给我来处理吧！"

Leo瞟了他一眼，没好气地哼了声。

这个家伙是典型的没有压力就没有动力！不给他点脸色就提不起

精神做事！

就在 Leo 一行人走进通往地下停车场的电梯的同时，音羽一手牵着一辰，一手拖着行李，与携带两个大行李箱，还背着一个巨大的双肩包的施妍一起走进机场出境大厅。

她包里的电话响了好几遍，但是机场环境太过嘈杂，她并没有听见。

Leo 一遍又一遍地听着手机里传来的 Seven 的《爱的迷宫》，直到唱够了六十秒，对方机主还是没能接听，他好想念那个正直、娴静的声音……更想念声音的主人，她到底干吗去了？为什么不接电话呢？！

会不会又被她那个二次元宅男社长命令去跟踪什么可疑人士？

他越想越觉得不安，对司机说：“以最快的速度开回家！”

司机加足马力，坐在副驾驶座上的路易则偷偷瞥了 Leo 一眼，忍不住调侃他：“马上就到家了，真看不出来你这么急切地想看一辰，这个小家伙真是幸福啊……呃，我说错什么了吗？”

Leo 的白眼令他识趣地闭嘴，不敢再随便出声。

约莫十几分钟之后，车子终于抵达 Leo 家所在的恩星社区，他让司机跟路易先回去，自己则大步往家走去，推开门，家里空荡荡的，他兴奋地扯开嗓子喊着：“音羽，一辰——”

没有人回答他。

他心里突然有一种不祥的预感，快步走到客房，推开门，里面收拾得整整齐齐，衣柜里只有很少几件衣服，最令他惊慌的是——音羽的行李箱消失了！

他亲眼看着她将小箱子塞在衣柜里的！

她、她去哪了？

他像一只无头苍蝇一样在房子里踱来踱去，再度拨打音羽的电话时，提示对方已经关机了！

你似清风，姗姗来迟

他一刻也待不住了，想冲出去寻找他们，就在他大步走过客厅的时候，眼角余光瞥见地毯上躺着的便利贴。他颤着手将它捡起来，悲伤地想着："又给我留这么小一张纸条！不会打电话、发信息嘛！等他们回来，我一定要好好抗议这件事……"

他看着早已失去黏性的便利贴，上面写着——

我带一辰去京都旅游了，五天后回来。

底下落款是音羽，还写着日期。

居然就是今天！

也就是说，他前脚刚回国，他们就抛下他，自己出国玩乐去了？！

想到这儿，他不禁怒火中烧，亏他出国走秀时分分钟都在思念他们，而他们呢，去玩都不叫上他！连说都懒得跟他说一声！不对……

之前音羽问过他最近的行程，难道说……她原本想过叫上他一起去旅行？

都怪该死的路易把他的工作排得满满的，她一定是担心影响他的工作才撇下他，独自带一辰去京都的。嗯，一定是这样，音羽那么善良……

他自我安慰之余，不禁想道："她哪来的钱带一辰去旅游呢？"

越想越觉得不放心，他干脆拨打路易电话，对他说："把我最近一周的工作都取消，或者往后推，我要去一趟京都，五天之后回来！"

"不是吧！"路易难以置信地再三向他确认，"我是不是听错了？"

"你没听错！"

"为什么呀？你突然去京都做什么？"

"我凡事都要向你汇报吗？"

"不用不用……"

"那就这样，在这期间，天塌下来也不要打电话烦我！"他径自说完，不给路易抱怨的机会，火速结束通话，从衣柜里拿了件厚羽绒外套，就直接奔机场去了。

与此同时，搭乘 F 城飞往大阪关西国际空港的航班已经飞行在离地面三万英尺的云层里。

头一次坐飞机的施妍发现一切并不如她所想象的那般美妙，尤其是大气压力令她产生耳鸣、耳痛的现象。虽然音羽给了她口香糖让她嚼着，说是感觉会好一些，但她却一路痛到了大阪，直到双脚着了地，呼吸到新鲜空气，才感觉舒服了一些。

两个漂亮女生带着一个可爱小男孩的奇特组合很快引来了许多国际游客的注意，甚至有人上前要求和他们合影，施妍顿时来了精神，拉着羞涩地想婉拒的音羽以及迷糊困顿的一辰，热情地和各种肤色的游客合影留念。

音羽看了看时间，连忙对施妍说："我们得走了，JR 特快列车——Haruka，每半个小时一趟，从这到京都大概一个小时，你要是再耽误下去，我们抵达京都的时候，天都要黑了！"

"好吧！那我们赶紧走吧。"施妍对日本的交通完全不懂，音羽怎么说她就怎么做，那样准没错！

当她们搭乘上 Haruka 时，Leo 已经在 F 城飞往名古屋中部机场的航班上。

以他常年飞行的经验推算出一条最快飞到音羽身边的航线，当他赶到机场时，刚好最后一班飞往名古屋的飞机正要起飞，他通过关系硬是弄到一张头等舱机票，顺利登上了飞机。

他乐观地想着，等到了名屋古，搭乘 Meitetsu 不到半个小时就可以抵达京都……

在这之前，他委托 Eric 查到了如果侦探事务所的电话，通过华仔得知她们将在京都车折神社附近的旅店投宿。那附近有很多家酒店都是他给她的招待券上在列的参与此次活动的，只要在那附近挨家挨户地找，总能找到他们的，虽然车折神社是有名的艺能神社，有很多艺人会去那祈福求好运，是粉丝们撞明星的最佳场所，但相较旅游景点来说，那里算是比较冷门的地方……旅店不如热闹的景区附近那样多如牛毛。

然而，当他抵达车折神社附近时，就被眼尖的日本粉丝认出来了，她们将他团团围住，尖叫、拍照、索要签名……而他虽然心急如焚，却也不能太粗鲁地对待她们，只好压住心头的烦躁，一一满足她们的愿望，直到太阳落山，天都黑了……

他仍被不断聚拢的粉丝们围困着。

他暗自懊恼，应该先把自己包成一个木乃伊再在大街上晃的！那样一来，就没人认得出他了！

2

翌日清晨。

施妍将赖床的音羽与一辰叫醒，拉着他们去附近的车折神社参观。

听说在那里有很高的几率遇到日本的艺人呢！

许多明星喜欢去那里参拜，因此留下了代表他们印迹的名牌，光是跟那些红色名牌合影都令她兴奋万分，在古朴的旅店餐厅匆匆吃过早餐之后，一行三人就出发了。

神社位于嵯峨朝日町，过了月渡桥，往前步行不到千米就到了。

音羽与一辰对那些红色艺人名牌实在不感兴趣，便坐在石阶上看着因褪色而变得有些粉色的小小的神社的外观，有几个身着呢大衣，却搭配超短裙的学生模样的女生聚在不远处，不时地跺跺脚，大概是被冻的，看她们的模样像是在等候着谁……

她隐约听到了 Leo 的名字，转念一想，这里是日本，不可能有粉丝在岚山这种相对偏僻的地方等他。

她不知道的是这几个学生妹昨天在这里还跟 Leo 合影了呢，她们的同学听说之后，非要再来这里"守株待兔"，万一他今天又出现了呢？！

花了将近一个小时与明星名牌合照的施妍依依不舍地回到他们身

111

边。

她的脸被冻得红扑扑的，说话时吐着白雾："你们真的不过去拍照吗？难得来一趟的说！"

音羽与一辰不约而同地摇摇头。

施妍只好放弃说服，叹道："好吧，那我们走吧，去下一站——清水寺。"

而此时，经过了一番精心乔装打扮的 Leo 正在清水寺找人，音羽的手机一直处于关机状态，Eric 没法帮他查找到她的所在，他只能按照华仔给的行程，在她们必经的路上寻找……

看着人满为患的清水寺，他不禁想到曾经在 Seven 家看到的那本古诗词上的一句——

众里寻他千百度，

蓦然回首，那人却在，

灯火阑珊处。

然而，他一而再，再而三地回首，却还是见不到他心中挂念的那抹身影。

"他们已经离开清水寺了吗？还是……还没来到呢？"

他顺着奥院石阶而下，见到了那个与她同名的瀑布，流水清冽，常年不绝，它一分为三，据说分别代表智慧、长寿与健康，许多游客虔诚地捧起泉水品饮，祈求平安。

他望着水中倒映出来的既熟悉又陌生的脸，那是他吗？脸上带着焦急、不安、企盼……

轻叹一声，他拾阶而上，前往悬空的清水舞台。

当他的身影消逝在石阶的尽头，从另一方下来的音羽一行三人缓缓走向了音羽瀑布。

她在 Leo 刚刚站过的位置，望向瀑布的源头，这里是她名字的出处，对她来说是既熟悉又陌生的存在，虽然是第一次来这，却有一种

你似清风，姗姗来迟

安心的感觉，仿佛有一股力量牵引着她，保护着她，水中倒映出来的她神情坚定，没有不安、焦躁……有的只是一丝牵挂。

不知道发现他们不见的 Leo 是否会暴跳如雷呢？

他应该还在忙碌地工作吧，她取出手机，犹豫了一下，随即又将它收了起来。

万一开机看到来自他的未接来电，或者信息……责怪她没有向他报备就带着一辰来旅游，她怕自己没有勇气在接下来的几天无视他的情绪而继续前进，还是不要想那么多吧，等回到国内再向他道歉。

她情不自禁地点了点头，发现一辰与施妍正捧着泉水边喝边许愿，不由发出一记轻笑。

"你笑什么呀？人家都说这泉水很灵的！你也来喝！"

"嗯，你喝吧！"

与其相信水有神力，不如相信自己，凡事只有付出努力才会有所回报。

清水舞台始建于一千两百多年前，甚至比京都更加古老。音羽一行人从左侧拾阶而上，登上了舞台，从这里看，清水寺被漫山遍野的八重樱所环绕。春赏樱花，秋看枫红，冬天来到这里也别有一番风情……白雪重重地压在枝头，偶尔摇摆的身姿仿佛行走在风雪中的雪女，那样高雅清幽。

舞台上有很多人，在人群的另一端，Leo 正转身离去。

他们之间仅仅相隔了不到十米，然而人群围起的墙却令他们看不到彼此，只能在呼啸的风声之中，离对方越来越远……

一辰蹦蹦跳跳地想攀上舞台的护栏，音羽连忙抓住他。

他扭动着肉嘟嘟的身子，挣扎着说："我想上去看看嘛！"

"音羽，有我们看着，没事的，就把他抱近一点看看呗！"

"不可以哦！在很久以前，日本有一句谚语——抱着从清水寺舞台跳下去的决心，那是用来形容一个人破釜沉舟的决心，但很多人却故意从舞台往下跳，有传说从这里跳下去的生还几率达到百分八十以上呢，后来政府颁布了禁令，就再也没有人那么做了。"音羽认真地向一脸懵懂的一辰以及不以为然的施妍解释，并且告诫一辰，"如果你再靠近一点，那边的保安爷爷就会来把你带去警察局哦！"

"一辰不要被抓走！"

"那你就乖一点，往后退一些。"她牵着一辰的手，往舞台内侧退了些。

如果她没有那么做的话，或许会看到舞台下方，不远处，正渐行渐远的 Leo 的身影。

离开清水寺之后，Leo 无奈地继续在华仔列出的那几十个位于京都岚山附近的旅店问询，由于刚过完年，各地涌到京都参拜的游客众多，每到一间旅店都要花费不少时间等待客服查询，他一次又一次地抱着希望进去，带着失望的情绪，垂头丧气地离开。

他看着不远处那间略显老旧的旅店，几乎不抱希望地走了进去。

身着浅金色绣着夕颜图案和服的老板娘亲自迎了上来，她跪坐在木质玄关处，向 Leo 行了个大礼，他礼貌性地向她鞠躬回礼，用熟练的日语向她询问："请问，昨天有没有一个女孩带着三岁大的男孩住在你们旅店？女孩个头很娇小，大约这么高……"

他边说边比了比自己胸口的位置，然后接着说："男孩肉嘟嘟的，很可爱。"

"是有那样的客人入住小店，但是并不是只有一个女孩，同行的还有另一个女孩子呢。"

"她们现在在店里吗？"他眼中绽放出喜悦的光芒，心想另一个同行的女孩说不定是音羽的好朋友，那个话痨症女孩施妍呢！

"他们一早就出去了，您或许可以在这里的茶室等他们回来。"

"你知道他们去哪里了吗？"

"短头发的女孩曾经向我问过路，我听说她们今天的行程挺紧凑的、上午去车折神社、清水寺，中午沿着鸭川一路往东北方向，下午的目的地应该是伏见稻荷神社，她说想去看那里的千本鸟居，啊！对了，这两天那边有庆典活动，应该有不少人往那个方向去呢。"老板娘认出了 Leo，她也是他的忠实粉丝，但碍于身份，只能热情地知无不言，把所知道的和盘托出。

Leo 感激地向她致了谢，飞奔出旅店，往伏见稻荷神社方向赶去。

他让司机沿着鸭川行驶，路上并没有见到音羽一行人，当车子行驶到神社附近时，前方道路已经进入管制中，司机略显为难地问："先生，车子已经无法再往前开了，您是否要下车步行到神社，或者我们再绕个路看看？"

远远地已经能看见妖艳似火的鸟居，据说那座鸟居是当年丰臣秀吉捐赠给神社的。

Leo 考虑片刻，决定下车走过去。

诚如老板娘所说，这里正在搞盛大的庆典活动，虽然是大冬天，小摊点已经从神社底下一路摆了上去，石阶上挤满了来参拜游玩的人，他在人群中搜索着目标人物，然而他不知道的是……他要找寻的人并不在这里，而是在这附近的锦市场。

锦市场离神社并不远，沿着鸭川就能走到，这里简直就是吃货们的天堂，施妍与一辰强烈要求去神社参观之前先到这里来填饱肚子，他们已经吃了两家小吃店，可是……

一辰的腿还是像生了根一样，粘在了炸海鳗鱼排的小店前，眼巴巴地望着炸着金黄酥脆，飘溢出诱人香气的鳗鱼排，闪亮的眼睛里闪烁着两个字——想吃！

他咽了咽口水，转过头，拉了拉音羽的手，可怜兮兮地说："姐姐，一辰饿了，可不可以吃这个？"

"你已经吃很多东西了哦！"

"可是，一辰还没有吃饱嘛！"他甩着她的手，撒起娇来。

"那，吃完这个，在晚餐之前就不可以再吃别的东西了。"她提出要求。

他连忙点头，向老板要了那个勾引得他口水直流的炸海鳗鱼排，一拿到手就迫不及待地咬了一口。

施妍也要了一个，边吃边赞："太好吃了！音羽，你真的不吃吗？"

"我已经吃饱了。"

她真是佩服这两个大胃王，看着他们狼吞虎咽的模样，不禁失笑。

在他们总算吃饱喝足之后，音羽拉着他们离开了锦市场，步行一段路，从三十三间堂坐几站巴士，抵达下午的目的地——伏见稻荷神社。

施妍发现附近有一家和服租售店，一时兴起，就拉着音羽与一辰进去租和服。

她说："穿和服逛神社，这样多有气氛呀！"

"一辰也要穿！"

"好吧，反正租金也不贵，我们就一人租一套吧。"音羽见和服出租是按时间来计价的，普通质地的和服所标示的租金，她还是支付得起的，于是便同意了他们的请求。

她为自己选了一套雪青色打底，白色八重樱图案的和服，店员还帮她把短发稍微整理了一下，出借了一个浅米色的山茶花发夹给她夹在耳朵的斜上方。施妍挑的和服则是粉色夏荷图案的，长发挽成一个可爱的发髻。一辰穿了一身蓝色的儿童和服，腰带上还挂了一只毛绒小球，更显可爱了。

三人装扮妥当之后，终于踏上了伏见稻荷神社的台阶。

路两旁摆满了小摊子，有卖吃的，卖玩的，还有卖平安符的……每个小摊前都围着好些人，就连石阶上也是人山人海，音羽紧紧抓着一辰的手，生怕被人群冲散，但东张西望的施妍很快就消失在了人海里，音羽着急地喊着她的名字。

一辰也跟着喊："施阿姨——"

卖狐狸面具的小摊子前，Leo隐隐约约听到了音羽与一辰的声音，但周遭的人实在太多了，他无法判断声音是从哪个方向传来的，只能像一只无头苍蝇一样，在人海里奔走，寻觅……

音羽的每一次呼喊，都像是一道光束，射进他茫然的世界里，他寻着光的方向，追逐着她的身影。

终于，他透过依稀的人缝，看到了那张他日夜思念的脸。

她今天化了淡淡的妆，头发上夹着的那朵山茶花与她是那么般配。他几乎要看痴了，呆呆地伫立在原地，眼睁睁地看着人群再一次将她推得远远地，他连忙追了过去，在那些陌生的身影中，浅米色的山茶花若隐若现，他焦急地喊了起来："音羽！"

然而山茶花却越飘越远，似乎没有听到他的呼唤声。

就在他急得快爆炸了的时候，一道清脆的叫声，拉回了他的注意力。

他急急地转过身，看到的却是一脸惊喜的施妍，她拉住他，并未发现他眼中的不耐烦，兴奋地说："Leo，没想到会在这里见到你！我们真是太有缘分了！早上，我还在清水寺祈求……"

"不好意思，请问，音羽与一辰呢？"他按捺不住内心的焦虑，打断她的话。

"我也不知道，刚刚我们还在一块，可是这里人太多了，我们被人群冲散了，但我知道他们肯定会去神社参拜的，只要往上走就一定会……"

施妍的话还未说完，Leo转身消失在了人海中。

她一脸茫然，心口像被人捅了一刀似的，怅然若失，她的话都还没说完，他怎么就走了呢？

啊！他一定是担心他的儿子一辰！

她应该体谅他作为父亲对儿子的担忧，他说不定会嫌她没有眼力见呢，下次，她一定不能让他觉得她冒失……在这里见到他，真好！神明一定是听到她的祈祷了，所以才把他送到了她的身边。

在未来的几天里，她要把握机会，向 Leo 告白！

3

音羽牵着一辰，艰难地穿越人群，抵达伏见稻荷神社的主殿。

一抹熟悉的身影立在门旁，他微喘着气，眼睛直勾勾地盯着她，见他们迟迟没有向他走来，他终于耐不住性子地冲他们喊："还不飞奔过来？！"

"爸爸！"一辰当真飞奔过来，抱住他的大腿。

他将他一把高举过头，让他骑在自己的脖颈上，瞪着仍犹豫着杵在那儿的音羽，没好气地问："你不过来吗？还是说，怕我揍你？"

"你会吗？"她有些犹豫地问。

"你觉得我会吗？"

他放下面子，率先走到她身边，望着山茶花一样清纯动人的她，轻叹一声，道："好久不见。"

"嗯，你怎么会来？"

"你觉得我会放心你们一大一小在京都晃来晃去？你怎么会有这么大的胆子，连日语也不会，身上也没什么钱，还带着这么小的孩子，万一出什么事……你要怎么办？"

在找到他们之前，他担心得连觉都睡不着，可看他们的模样，倒是玩得挺愉快的嘛！

她低下头，小声地反驳："不会有什么事的。"

"万一有事呢？！"

"对不起，我应该先问过你，再带一辰出来的。"

"我担心的不只是一辰……"他瞪着她头发上别致的山茶花，真想强行让她抬起头看看他，他都已经那么多天没好好看过她了！

"对不起！"她再次道歉。

"算了，总算是找到你们了！"

他长长地舒了一口气，一手抓着一辰的腿，一手勾着她纤细的肩膀，往里面走去。

神社里到处都是狐狸石像，据说狐狸是稻荷神的使者。这里祀奉以宇迦之御魂大神为首的诸位稻荷神，是京都地区香火鼎盛的神社，来这参拜的人求什么的都有，据说相当灵验。

在主殿的后面，是成百上千座火红色的鸟居，通往稻荷山的山顶。

音羽看着朱红色的光鲜亮丽的鸟居与褪色之后显得有些暗红的鸟居穿插交织在一起，形成壮观独特的景象，午后的阳光透过鸟居，洒在他们的脸上、身上……有些微暖意。

音羽突然想起被他们遗忘了的施妍，紧张地说："她找不到我们会着急的！"

"不会的，她知道去哪找你，而且在找到你们之前，我已经遇见过她了，她看起来挺机智的，应该会在主殿那儿等我们。"

"要不要回去找她呢？"她回头望了一眼，已经看不到鸟居的尽头了。

"往上走吧，如果她没有跟上来，也必定会在原地。"

"好吧！"

"一辰，你要下来自己走一会儿吗？"音羽怕Leo累着，于是问道。

一辰点点头，在双腿着地之后，立马一级一级地往上跳，看起来相当开心。

Leo追随着她的脚步，边往上走，边问道："为什么想来伏见稻荷神社呢？你有什么愿望吗？"

她摇摇头，指着头顶上的鸟居门，眼中闪烁着光芒，语气轻快地说着："我就是想亲眼看看壮观的千本鸟居才来的，还记得第一次看到它是在《艺伎回忆录》，后来陆陆续续在电视上看到过一些关于它的报道，每每被它妖娆华美的身姿吸引……所以，就想身临其境，感受一番。"

原来如此，早知道的话，他就在这里守候着她不就好了！

他想更多地了解她的想法、喜好……她的一切！

这一段鸟居的终点是奥社奉拝所，挂着整排整排的狐狸造型的祈愿牌，每块牌子上都写有"伏见稻荷大社"六个大字，狐狸的脸被富有想象力的游客画出各种表情，喜怒哀乐一应俱全。

一辰被那些祈愿牌吸引，非要嚷嚷着停下来。

Leo拿了三块祈愿牌，分给音羽与一辰，叫他们把愿望写在祈愿牌上，然后一起挂上去，谁也不准偷看对方写了些什么。

但是一辰边写就边念了出来："一辰想见到妈妈！"

音羽拿着牌子，看着一辰的眼神带着些许心疼，他毕竟只是一个三岁的小朋友，长时间见不到自己的亲生妈妈，想念是很自然而然的事，是她忽略了一辰内心的需求，满心以为可以代以美姐姐照顾好他，等待她的归来……真希望一辰的愿望能够早日实现。

以美姐姐，你现在在哪里呢？

她蹙着秀眉，在祈愿牌上写下——希望一辰如愿。

Leo偷偷瞥了一眼，忍不住暗自叹息："她总是这么善良！心里优先想着别人……"

无奈，他也只好把愿望送给了一辰。

挂好祈愿牌之后，音羽看了一下时间，已经将近下午三点了，至此也不过走了整段路程的四分之一。如果他们执意要走到稻荷山的顶峰的话，至少还要两三个小时，算上折返的时间，估计要摸黑下山了，虽然现在神社在办庆典，到了晚上八九点应该还是热闹非凡的，但一辰肯定要挨饿……

思及此，音羽决定："我们回主殿去吧！"

"不走完吗？"

"嗯，走到这儿就够了，何况施妍还在下面等我们，我不想让她久等。"她边说边扯了扯身上和服，有些不好意思地说，"而且，我们只租半天时间，天黑之前要下山，把和服还回去呢。"

"就这样穿着吧，挺好看的。"他由衷地赞美。

她红了脸，呼吸略微有些急促，羞涩地说："谢谢！但衣服还是要还的！"

他迷恋地盯着她粉嫩白皙的脸颊，直到一辰抱着他的大腿，把他摇醒。

一辰嚷嚷着："爸爸，我累了，你抱抱我！"

他随即将一辰抱在怀里，对音羽说："走吧！那就回主殿去！"

"嗯。"她轻轻点点头，跟上他的脚步。

4

旅店木质结构古色古香的和室餐厅里，Leo 一行四人受到了老板娘的热情款待。

她含蓄地向 Leo 表达了钦慕，特意亲自下厨做了一桌雅致的怀石料理供他们享用，并且柔声提醒他们："后院有几口露天的温泉，平常是不向游客开放的，今天，我专门让人去整理了一番，煮了茶，备好了茶点，你们用餐完毕，休息一会儿之后，可以去那泡泡，消解旅途疲劳，祝你们用餐愉快，有什么事请随时叫我。"

Leo 他们向老板娘道谢之后，她便恭敬地告退了。

施妍连忙拿出手机，对着一桌子美食一通狂拍，边拍边赞叹："这简直就是艺术品啊，怀石料理，以前就只是听说过，今天真是大开眼界，没想到豆腐还能做出这么精美的菜肴呢，我都舍不得吃它们了！"

桌上按上菜先后顺序分别上了七道小菜——碗盛、生鱼片、扬物、煮物、烧物以及食事，每一道菜都分别用不同的精美脱俗的陶、瓷、漆器装盛，量少而精致，令人大饱眼福之余，不禁为它赞叹。

"不以香气诱人，更以神思为境，说的就是怀石料理。"

Leo 夹了一块生鱼片，放在音羽的碗里，随即又喂给早已嘴馋的一辰一块细嫩的豆腐，唯独施妍没有享受到这种贴心的待遇。

她眼巴巴地望着他，可他却像是看不到她似的，径自对音羽说："要说怀石料理，在京都最有名的就是三条的辻留，如果你喜欢的话，我们明后天可以过去吃。"

音羽安静地吃着，偶尔才应两句。

Leo知道她吃饭的时候总是习惯沉默，只好唱起了独角戏，不时跟她说说京都好吃好玩的地方，当说到清水寺的音羽瀑布时，她才总算又有了说话的兴致。

"早上我们去过那里，还上了清水舞台。"

"我早上先是去了清水寺，可是没在那里找到你们，就在这附近挨家挨户地问，最后听这里的老板娘说你们去了伏见稻荷神社，就赶紧过去了，幸好找到你们了！"

"你应该在这等我们。"

"我一刻也等不下去了……"他凝望着她，眼中有着痴恋，明眼人一眼就能看出他对她的爱早已经不可自拔，可在座的……大概不是看不见，就是有意视而不见的。

施妍就属于后者，她不愿意相信自己所看到的，宁愿告诉自己，Leo对音羽的亲昵只不过是因为他们一起住，产生了如同亲人一般的感情而已。

她转过身去，拿起手机说要自拍，而Leo与音羽则成了她的背景。

她有意往右挪了挪，这样一来，被镜头圈住的人就只剩下她与Leo，她满意地准备按下拍照按钮，可谁知Leo突然往音羽身边靠了靠，一手揽着她的肩，一手伸向不远处装着现磨芥末的小罐子。

音羽见状，连忙伸手想帮他拿，一不小心，两人的手就碰到了一起。

她缩回手，感觉自己的心越跳越快，就像擂鼓一样，Leo就在她身旁，他的气息拂动着她耳边的发丝，淡淡的佛手柑夹杂着令人心安的沉香的香味，她不由自主地红了脸。

Leo凝望着她，手心感受到微微的颤抖。

她在紧张吗？

他嘴角扬起一抹笑，耳边却传来略显尖锐的说话声："Leo！音羽！你们看镜头，我要拍照啦！"

他与音羽闻声，不自觉地看向施妍，只听得咔嚓一声，镜头记录下了这一瞬间。

施妍半侧着身子，望着Leo，而Leo却揽着音羽的肩，两人十分亲密地一起看向了镜头。

施妍盯着这张越看越令她感觉到妒火中烧的照片，悄悄地删除了它。

餐桌上唯一一个专注于美食的，恐怕只有小馋猫一辰了！他吃饱之后，爬到音羽的腿上，舒服地背靠着她，用甜腻的嗓音撒起娇来："音羽姐姐，等下我们一起泡温泉，好吗？"

"好啊！"她学他的腔调，甜甜地笑着回答。

"音羽姐姐，我也要泡！"Leo玩性大起，也学着儿子的口吻，向她撒起娇来。

她忍俊不禁，轻笑出声。

他眼中幸福满溢，可眼角余光却瞥见坐在对面的施妍一脸气愤地站起来，强调自己的存在感似的跺了跺脚，他不禁心想："要是施妍不在，这趟旅行可就算完美了！"

"施妍，你吃饱了吗？"音羽见状，不解地问。

她面前的餐食几乎没有动过的痕迹，音羽不禁有些担心起来，语气里透着浓浓的关切："是不是中午在锦市场吃了太多小吃，现在没有胃口？"

"嗯，我不吃了，你们吃吧！"她气闷地转身，离开这个令她感觉极度没有存在感的地方。

看着她离去的背影，音羽忧心忡忡地问Leo："我可不可以拜托老板娘为施妍煮一些清淡的粥？"

"既然她没有胃口，你就别管她了吧。"

"可是……"

"别可是了，她要是饿了会去找吃的，乖，吃你的饭！"

音羽暗自叹息，心想："会不会是我们冷落了施妍，令她觉得不开心了呢？她那么喜欢 Leo，应该是希望得到他更多的关注，我是不是该帮帮她呢？"

她兀自陷入了沉思，直到 Leo 的话将她拉回现实。

他说："看来你也吃不下了，不如，我们先去泡温泉吧，要是一会儿你饿了，我们再出去找吃的！"

"好啊！我要泡我要泡！"已经有些犯食困的一辰一听说要去泡温泉，立刻来了精神，举起小手，蠕动着他胖嘟嘟的小身子，扑到 Leo 的怀里。

"怎么样？"Leo 问音羽。

她点点头，让他照看一辰，自己则回房间换泳衣。

老板娘说温泉是露天的，而且是男女混浴！她光是想到要跟 Leo 一起泡温泉，就心跳加速，从小到大，跟男人一起泡澡，这种事她还从来没有经历过呢！

她被一种强烈的尴尬侵袭，想叫上施妍一起去。可施妍却蒙在被子里，闷闷不乐地说了一句："你们去泡吧，我没有心情！"

"那我先过去，如果一会儿你想泡了，就过来吧！"

音羽也不勉强她，换好泳衣之后，套了一件厚实的浴衣，踩着木屐，在松木铺就的地板上咯噔咯噔地踩出一串节奏。走廊的尽头，Leo 与一辰已经换好衣服等候着她了。

她略有些不自在地拢了拢掉落在脸颊的发丝，将它们拢到耳后，感觉耳根子有些发烫。

他上下打量了他一番，忍不住赞道："你穿浴衣的模样真好看！"

他今天频频夸她，令她感到有些不知所措，除了"谢谢"，她不知道该说些什么才好。

然而他却油腔油调地说："除了谢谢，你可以说，你穿浴衣的模样也很帅！"

她抬头看着他，他的眼里盛满了笑意，显然刚才那番话是为了捉弄她才说的，她嘟起嘴，瞪了他一眼，没好气地说："你穿什么都很帅！"

"是吗？"他摸了摸下巴，极度自信地说，"人长得帅，确实是穿什么都是帅的，你总结得很好！"

她被他说话的方式逗乐，掩嘴偷笑。

一辰也跟着起哄："爸爸，我和你一样帅！"

"是是是，一辰是仅次于爸爸的小帅哥！"

"才不是！"一辰不满地摇摇头，噘着小嘴，转而问音羽，"姐姐，你说是我帅，还是爸爸帅？"

音羽没想到会被问这种问题，思索了片刻之后，回答："等一辰长大了，到时候一定会比爸爸更帅！但是现在呢，爸爸比一辰帅，一辰比爸爸可爱，这个回答你满意吗？"

"好！我现在比爸爸可爱，以后比爸爸帅！耶！"

"你真会说话！"Leo 忍不住翻了个白眼。

"我说的是事实呀！"

她冲他露出俏皮的笑容。

他伸手揽住她的肩，牵着陷入自恋中的一辰，往后院露天温泉走去。

音羽看了看肩膀上的手，不禁想着："什么时候，我们已经亲密到勾肩搭背的程度了呢？"

Leo 眼角余光瞥着她，嘴角咧出大大的笑容。

然而他并没有高兴太久，就因愤怒而暴吼出声："你是认真的吗？

这些话都是出于你的真心？"

他赤裸着上半身，站在石头堆砌的温泉池子里，小小的池子直径不到三米，音羽在离他最远的地方，将肩膀以下全部没入温暖的池水中。她没想到自己只是稍微提了一下施妍，他就雷霆大怒。

"你说话啊！哑巴了吗？刚刚不是还振振有词地夸你的好朋友，认为我应该找她当女朋友？"他气闷地用力拍了拍池水，溅起大大小小的水花。

一辰被眼前的景象吓到了，哇哇大哭起来。

音羽连忙哄他："一辰，乖，别哭了，爸爸不是生你的气，而是……生我的气！"

她不知道他对施妍这么反感，之前明明相处得好好的，她还以为，他不至于讨厌施妍。

她因为不想再看到施妍继续闷闷不乐，所以才跟他提了施妍喜欢他的事，但是他听完之后激烈的反应大大超出她的预料，她原本以为就算他不喜欢施妍，顶多是拒绝她的提议……可是，他却怒火中烧，一副气得想掐死她的模样，令她慌乱，不知所措。

他怒瞪着将嘴巴以下全都缩进水里的音羽，怎么也想不到她竟然要把他推给别的女人！

她对他就一点想法也没有吗？

难道就只是他……单恋着她，像个傻瓜一样！高兴着她的高兴，悲伤着她的悲伤？！

她眼中的无辜更加令他怒不可遏。

他冷着一张脸，撇下她与一辰，踩着怒火离去。

雪，突然洋洋洒洒地飘落。

落在音羽长如蝶翼般的睫毛上，融化成水，与眼角委屈的泪水一起顺着脸颊滑落，融入了温暖的水中，她知道自己也许是多管闲事了，可暴怒的 Leo 眼中的指控却像一只无形的手掐住了她的心脏，令她感觉疼痛不已，她不明白为什么会有这种感受，可是那疼痛感真实得令她感到害怕。

雪越下越大，眼前的景象变得有点模糊……

她努力想撑开沉重的眼皮，耳中隐隐约约传来一辰的喊叫声，她想回应他，可是却张不开嘴……

在意识从身体抽离之前，她仿佛听到了 Leo 焦急又自责的声音。

他不停地唤着她的名字——

音羽！

5

仿佛又回到了小时候的小天使幼稚园。

她高高地站在滑滑梯的顶端，风呼啸地刮着她的脸皮，吹痛她的脸，小朋友们都害怕她，不敢靠近她，她感到前所未有的孤独与悲伤……

如果她有爸爸妈妈，此刻，她好想扑进他们的怀抱，尽情地撒娇，可是她没有。

一道带着力量的呼唤声将她从冰冷绝望的世界边缘拉了回来。她一辈子也不会忘记，那个时候，在玛丽亚院长身上看到的那束祥和圣洁的光芒，她像一位真正的妈妈对她说着温暖的话语，她说了关于天使的羽翼的故事，从那以后，那对发着光的翅膀再也没有从她的心上消失。

她不由自主地伸出手……

向着阳光的方向。

Leo 连忙握住音羽的手，她双目紧闭，眉头深蹙，仍陷在梦里。

他轻轻拍了拍她有些发烫的脸颊，在她耳边唤她的名字："音羽，醒醒……别睡了！"

"嗯……"她轻轻地呻吟，眼皮缓缓张开。

"你怎么样？"

他小心翼翼地扶起她，让她靠在他的怀里，动作轻柔地探了探她的额头，感觉热度消退了些，心头的大石总算落回了原处。

她显得有些迷糊，茫然地问："我怎么了？"

"你晕汤了！"

"晕汤？"

"嗯！要不是我听到一辰的喊叫声，及时把你抱出来，你有可能已经淹死在温泉里了！"他光是想到那种可怕的画面，都不免胆战心惊，他竟然差点就失去她了！

他怪自己为什么要让怒火蒙蔽了眼睛，没看出来音羽的不适。

他眼中满是愧疚与自责，拳头握紧了又松开，呼吸显得有些急躁，好半晌才接着问："你有没有觉得哪里不舒服？医生还在外头，如果你不舒服，我去叫他……"

"我没事，就是有点晕晕的。"

"口渴吗？"他体贴地问，"要不要喝点水？"

"嗯。"

他伸手拿起早已备在一旁的粗陶水杯，帮她端着，看着她小口小口地喝着。

他咬了咬唇，挣扎了几秒钟，还是开了口："之前是我反应过度，吓到你了，对不起。"

她摇摇头，说："是我不好，不应该自作主张，多管闲事的。"

"不是那样……"

他知道她误会了，但是一时半会儿却也解释不清，她现在还这么虚弱，他还是不要给她更大的刺激。

"我们和解吧！"

"嗯。"

"那件事，再也不许提！"他不放心地又补充了一句。

"嗯。"

"躺下休息一会儿，好吗？"

"嗯。"她点点头，又觉得哪里不对，连忙摇摇头，刚退了热度的脸上又悄然染上了红晕，羞涩地说，"这里是你的房间……"

"我让一辰去跟施妍睡了，现在已经是半夜两点，你打算过去把他们吵醒吗？"

"不是……但是……"她紧张得话也说不利索了。

"放心吧！这里有两床被褥，我还不至于饥渴到侵犯一个病人！"他忍不住笑了起来，问她，"还是说，你不信任我？"

"我相信你。"她乖乖地躺好。

Leo 替她把被子盖好，将自己的被褥紧挨着她的放好，裹着被子，挂在褥子的边缘，面朝着她，盯着她的侧脸，眼睛一眨也不眨。

音羽感受到他热切的眼光，不由得睁开眼睛，转头看向他。

他连忙装睡。

她望着他几近完美的脸庞，心，微微有些悸动。

她不知道自己是什么时候睡着的，醒来的时候，Leo 已经不见了，就连被褥也收了起来。

她突然觉得心里空荡荡的……

直到他端着热乎乎的米汤推门而入，冲她灿烂地笑了起来，她才感觉安心。

一整天 Leo 都监督着她，让她静养。

所谓静养，就是躺着睡觉！可是，她早就已经睡饱了，感觉头也不晕了，总想趁他出去接电话或上洗手间的空档偷溜出去透气，可是他就像是在房间里安装了监视器一样，她一有点动静，他立马就能察觉并且阻止，于是乎，她被迫又当了一天病人。

到了晚餐时分，他终于肯让她离开房间，和大家一起用餐。

大概是爸爸交代过不可以骚扰音羽姐姐，所以一辰乖巧地坐在她的身旁，安静地吃着老板娘用心准备的餐食，按原定计划，他们今天应该退房前往另一家位于市中心的酒店。

但是 Leo 却说在这再住一晚，大概是不想音羽在身体还未完全恢复之际奔波劳顿吧。

施妍脸上带着几分羞愧，还有几分歉疚，她低声对音羽说："对不起，听说……都是因为我，你们两个才吵架，害得你晕倒在温泉池子里……"

"不关你的事，是我自己晕汤了。"

"真的吗？"施妍松了一口气。

昨晚听一辰说音羽和 Leo 吵架，而且还提到了她的名字，因此她彻夜难眠，几次想去 Leo 的房间看望音羽，但又怕她仍在昏睡中，好不容易到了天亮，她都走到门口了却被 Leo 拦下劝了回去，害她今天一整天都惶惶难安，现在见她没事，她总算放心了。

音羽淡淡地点了点头，不想让施妍担心。

面对面坐着的父子俩沉默无声地扒完了饭，一辰忍不住了，对音羽说："姐姐，你今天能泡了吗？"

"一辰！"Leo 出声制止他。

可音羽却说："可以哦！"

"不行！"

"听说这儿的温泉泡了对身体很有好处呢，昨天可能是我在里头泡得太久了缺氧才晕汤，今天我会注意的！"音羽不想成为那种"一朝被蛇咬，十年怕井绳"的人。

施妍也来了兴致，昨天生闷气没泡成温泉，难得今天还住在这里，应该抓住机会泡一泡。

她给音羽帮腔："一起去泡吧！这么多人看着，她不会有事的。"

三票对 Leo 反对的一票，少数服从多数。

他被迫同意，陪同他们一起去泡温泉，老板娘亲自端着茶点在旁守候，池子里不时爆出女孩与小男孩的欢笑声，唯一闷闷不乐、紧迫盯人的 Leo 眼神一刻也没从音羽身上移开。

老板娘优雅地笑着，在他耳边低声说："音羽小姐真的很可爱呢！"

"是啊……"他不由得附和，话说出口才发现自己吐露了心声，尴尬地解释，"这个年纪的女孩子都挺可爱的，不是吗？"

"是呢，但她在你眼里，是特别的吧。"

老板娘向他礼貌性地鞠了一躬，端着空托盘，退下。

Leo 的目光再度落在了音羽身上，她透过氤氲的水雾，依稀察觉到他热切的视线，微微有些愣住了。

最近，总感觉 Leo 看她的眼神有些灼热呢！

也许是她的错觉吧！

第七章
尴尬，总在告白之后

1

冷风从门缝里溜了进来，电脑屏幕微弱的光照亮了怔怔出神的男人。

凌晨四点，搁在桌面上的黑色 Iphone 7 plus 发出微弱的振动，随着时间的推移，振动越来越强，直到男人伸手拿起它，按下了同意键，开始视讯通话。

屏幕显示对方身处书房，背后的精装书籍摆设作用多于实际阅读，对方已是满头白发，爬满皱纹的脸上仍能看出年轻时的英俊潇洒，即便是七十多岁的老人，五官还算看得过去，说起话来中气十足，显然身子骨十分硬朗。

他有一种不怒自威的气场，只一皱眉就能让人感受到他此刻的不满，他冷哼一声："Eric，你怎么不开灯？乌漆墨黑的，鬼看得见你！"

"老爸，我看得见你不就够了？"Eric 话虽如此，还是顺着他的意，打开了床头灯。

虽然比刚才的黑暗好不了多少，但至少能模糊地看见他的脸了。

班杰勉强忍受手机屏幕显示的粗糙画面质感，也不跟 Eric 多废话，直奔主题："我让你说服 Leo 回巴黎，你办得怎么样了？"

"搞不定！依我看，传统的手段对他是没效的！"

"传统的手段？"班杰挑了挑花白的眉峰，眼中闪过一丝疑惑。

"就是威胁、捆绑、利诱……，Leo压根不吃这一套。"

"那就别用传统的手段，给他来个出其不意，中国不是有一本书叫作《孙子兵法》吗？你妈妈没有让你读一读它？"班杰的语气竟透着几分调侃，对于眼前这个对他来说特别珍贵的老来宝，他总是顺着他母亲和他本人的意思，让他自由成长，没想到长成了……这样邋遢的模样。这样也好，省得他的兄弟姐妹们老是打他的主意，成天想着害他。

"改天我会抽空读的。"Eric忍不住翻了个白眼。

"杰西的订婚典礼就在两周之后，到时候我要看到你和Leo出席。"

"我尽量把他带过去。"

"是必须！"班杰皱了皱眉头，随即又问，"你怎么半夜不睡觉？"

"应该问，你为什么总是半夜打我电话？"

"这不是有时差嘛！"

他们之间有一个冬令时差——7小时，也就是说，巴黎现在不过才晚上九点钟，班杰吃完饭，看会儿报纸，喝了杯茶之后，想起来给儿子打电话，基本上都是这时间。

反正都是要被父亲的电话吵醒的，还不如干脆晚一点睡。

班杰叫儿子赶紧睡觉，然后结束视讯通话。

Eric望着手机，发了一会儿呆，在脑中将即将要做的事归纳总结了一番，更加睡不着了，Leo再过两天该从京都飞回来了，那件事，到时候再跟他说吧。

2

"Leo，请你等一下。"

在泡汤结束之后，Leo从男更衣室走出来，被守候在一旁的施妍叫住了。

他挑了挑眉，用眼神向她询问。

她低下头，深呼吸，鼓起勇气之后，抬头直勾勾地看着他，大胆地说："我喜欢你……"

"谢谢。"

"不仅仅是粉丝的那种喜欢！"

"哦？"

他碍于她是音羽朋友的身份，才没有立刻走开，而是选择听她说完，算是他对她最后的礼貌与尊重。

她从他淡漠的表情中读到了结果，可还是义无反顾地向他告白："自从在咖啡馆见到你本人之后，每天每小时每分钟，做任何一件事，我都会想到你，你的身影占据了我生活的全部，我想我是爱上你了。"

"谢谢，但是，你对我来说，只是音羽的朋友。"

"如果你没有先认识音羽，有可能喜欢上我吗？"她的语气显得有些低落。

"你值得遇到更好的人，用音羽的话来说，我只是长得帅一点，腿长一点，一无是处的家伙，谢谢你对我的厚爱，但是……我已经有了喜欢的人，如果你愿意，我们可以做朋友。"他态度十分诚恳。

她望着他清澈的眼，良久，露出一抹释怀的笑容。

他很坦率，只差没告诉她，他喜欢的人是谁而已。

但她心中已经有了答案，在重重地叹了口气之后，她说："你喜欢的人是音羽吧！"

他淡淡点了点头。

她的眼中带着些许落寞，缓缓说道："就算是我，也很喜欢她呢！她是那么美好，爱读书懂好多知识，还特别讲道理，不搬弄是非，只是做好自己……我有时候特别羡慕她，想象着自己变成她，拥有巧手能做出甜美的蛋糕，辛苦跟踪调查目标只为了论证一个小小的疑点……想想，都觉得好辛苦。"

"她就是她，你就是你，谁也不能说变就变成另一个人。"

"是啊，所以，我想通了，输给音羽，我认了！"

"帮我保密。"他对她眨了眨眼。

"好吧，但我是有名的大嘴巴，拼了命也保守不了太久秘密，你自己看着办吧！"

她耸耸肩，大步往房间的方向走去，脚步比之前轻快多了，像是放下了心中的一块巨石。

音羽与她擦肩而过，不解她最近的情绪怎么时阴时晴的。

Leo走到她面前，轻轻抓住她娇小的双肩，想说点什么，但终究还是忍住了，他想……等待一个更成熟的时机再向她表白，至少，在那之前，他要努力让她的眼里满满地全是他。

她看着连眉眼都带着笑意的Leo，实在搞不懂，这些人都怎么了？！

3

莲华大道，沃德咖啡馆。

Eric坐在之前Leo坐过的位置，将自己的身影隐藏在阴暗之中，他无聊地打了个哈欠，瞥了一眼手腕上戴着的表，显示离约定时间已经过去十五分钟了，他不禁叹了口气，继续等待。

在约莫又过了十五分钟之后，一抹人影闪了进来，在他对面洒满阳光的沙发椅上落座。

她乌黑的长发的发尾挑染成紫色，穿着一身黑色毛呢面料的斗篷，搭配苏格兰格子迷你短裙，踩着羊皮材质光滑油亮的过膝长筒高跟皮靴，手里除了一个闪着细碎黑钻的手拿包，还有一个黄色的牛皮文件袋。

她冲Eric眨了眨眼，嘴角勾出一抹笑容，细长的眼线令她的丹凤眼笑起来时多了几分妖媚。

"这么一大清早的就对我抛媚眼，合适吗？"他随口问道。

"少废话！"她用涂着黑色指甲油的修长手指捏住他正欲拿走的文件，眼中闪过一丝好奇，问，"你要拿这个文件做什么呢？"

"那个你不需要知道。"

"你这么说，我可就不高兴了！每次都嬉皮笑脸地托我办事，等办完了就把我踹下水，我们可是坐在同一条船上的……好朋友。"

"岂止是同一条船上，我们还上过同一张床！"Eric 冲她抛了个飞吻，趁她分神之际，快速抽走她手中的文件，拿起桌上的账单，恢复嬉笑，"文件，谢啦！改天有空了再找你叙旧！"

"喂！Eric！"

她瞪着他快速消失的方向，气得跺了跺脚！

咖啡馆另一个角落里，Seven 从一堆写满音符的纸张中抬起头来，顺着声音传来的方向看去，不料却看到了意想不到的人，他饶有趣味地托腮，对坐在对面、戴着耳机俨然沉浸在另一个世界里的君灿说："你看，那个是安琪家的李李儿吧？"

没想到君灿火速将耳机拿下来，看向正往门口方向走去的那个穿着时尚有个性的女孩。他眼中闪过一丝困惑，印象中的李李儿是很温顺谦恭的，总是用几乎让人听不清楚的音量说话，没什么存在感，与那个一身黑色装扮的女孩在个性与装扮上有很大的不同，但从开门时的侧脸来看，她长得真的很像李李儿。

"管他的！你到底填完词了没有？小烟还等我回家吃饭呢！"他不耐烦地催促 Seven。

Seven 摇摇头，瘫在沙发上，一副"生无可恋"的郁结不解的表情，心想，真应该也像君灿一样谈一场恋爱！那样的话，就会有源源不断的灵感涌现，不至于像现在这般遇到瓶颈，搜肠刮肚都写不出一个字，真是悲凉啊，他再一次深深地叹息。

君灿忍不住翻了个白眼，拿起桌上的稿子，干脆自己填起词来。

这家伙一副睡眠不足的缺氧样！还是早点让他回家睡觉吧！唉！为什么明明是 X-start 三个人合体的年度演唱会，认真干活的人却只有他一个呢？！

该死的逃到京都去度假的 Leo，他最好别回来！要是被他逮到，他就死定了！！

4

Leo 接连打了好几个喷嚏，不禁怀疑有人在背后骂他。

走在他身后的音羽关切地问："你怎么样？是不是昨晚着凉了？要不要去那边喝点热茶？"

"爸爸，你生病了吗？"一辰也连忙抱大腿，问道。

"没事，你们不是要去丸久·小山园吃抹茶蛋糕卷吗？快走吧，前面不远处就是了。"Leo 揉了揉有些痒的鼻子，冲他们笑笑，表示自己没问题。

音羽还是有些担心，非要拉着他到一旁的百年抹茶店——伊藤久右卫门的总店休息。

这家店紧挨着平等院。

说到平等院，那是被联合国教科文组织列入世界文化遗产，平安时代的池泉舟游式寺院园林，甚至被印在十元硬币上。它是依照佛教的末法之境，引入宇治川水，打造出的净土庭院，水池之东建以阿弥佛堂，于水池之西构筑拜堂，是日本庭园建筑的代表之作，吸引众多园林爱好者前来参观。

而伊藤久右卫门从创立到现在也有三百多年历史了，总店提供现场制作的抹茶夹心饼干、抹茶水晶糖、抹茶布丁等一系列与抹茶相关的茶点零食，还可以点上一杯热腾腾的抹茶，品味苦尽甘来的美妙滋味。

Leo 喝了热茶之后感觉好多了，但小馋猫一辰却被店里形形色色的点心吸引住了。

他嘴里塞满店员送给他试吃的糖果点心，音羽则不好意思地边替他道谢边每样买了一些。但玛丽亚院长更喜欢丸久·小山园的抹茶，因此，在一辰吃饱喝足之后，他们一行人又继续往前走。

宇治市并不大，他们先是去了对外营业的"对凤庵"学习基础茶道，然后又去了堪称全日本最早的神社建筑——宇治上神社参观，最后才去了丸久·小山园的门店。

木质结构的茶屋门口用灰、白、淡绿三色的布做门帘，显得十分清爽简约，即便是白天，那盏写着汉文"茶"字的灯笼也是长亮着，店里虽然也出售抹茶周边的小点心，但主要卖的还是抹茶。

从浓茶到薄茶再到烘焙用茶，被严格地分出了十几个等级。

音羽为玛丽亚院长选了她最喜欢的"天授"，为自己选购了"若竹"等几款烘焙用的抹茶，社长并不喜欢喝抹茶，嫌它苦涩难入口，她考虑了片刻，决定一会儿再去一保堂为他选购那款名为嘉木的煎茶，配点心什么的挺好的，只需要简单冲泡就可以品饮了。

施妍看不懂日文说明，对抹茶又没什么研究，无聊地拿手机到处拍照。

Leo 看着认真专注地选购伴手礼的音羽，感受着这宁静美好的时光，就算是枯燥的购物，在她做来，都别有一番味道，她总是能将每件事都细致地考虑到。

他不禁问她："如果我没来，你要为我选什么礼物？"

"嗯……"她托腮，想了想，然后说，"宇治没有适合你的礼物呢。"

"好吧，你并不想送礼物给我！"他故意曲解她话里的意思。

"不是的，啊，我想到了！"

"什么？"

"车折神社！你是艺人嘛，我可以帮你在车折神社祈祷事业顺利……"

"我的事业还需要更顺利吗？"他翻了个白眼。

"那……替你在千本鸟居写一块绘马？"

"为我而写？"

"嗯。"

"这还差不多！"他满意地点点头，接着又问，"为我写点什么呢？"

"希望你拥有一对完美的羽翼！"

"万一，我已经拥有了呢？祈愿牌不是白写了吗？"他为之动容，嘴角的笑容灿烂。

"那也无妨呀，本来愿望就不是写写就能实现，不努力的话，是不行的！"

"你倒是很清楚嘛！"

"嗯！"

Leo抢着买了单，陪音羽去一保堂买完嘉木之后，一行人离开了宇治，往京都市中方向前进。

明天就要离开京都了，两个女生还没逛够似的，与馋嘴的一辰一路吃一路买。

一辰一手拿着用白芝麻和白大豆酱做成的狐狸仙贝，一手抓着雪人造型的福达摩，转眼间就来到一间装修时尚并且兼具古韵的日式甜点店。

这里的和菓子做得太可爱了，八桥除了传统的花朵虫鸟造型，还有许多可爱的卡通形象。

音羽对名为八桥的装饰点心类食物有某种程度的痴迷，骨子里的吃货精神在此刻爆发，她把喜欢的造型全都点了，边吃边分析其中的成分和可能的制作工艺，这令Leo有些哭笑不得，吃东西能吃得这么认真的人估计也只有她了！

而施妍与一辰则显得干脆很多，一个忙碌地拍照，一个无条件将吃的往嘴里塞。

Leo 不得不出声制止他："一辰，你再吃下去，就要胖死了！"

"不怕！我还在长身体呢！"

"……"

Leo 不知道这些话都是谁教给他的，现在的小孩也太难哄骗了！

他忍不住又问："这些甜点有这么好吃吗？"

"有啊有啊！不信，你问音羽姐姐嘛！"一辰含糊不清地回答。

"有吗？"Leo 顺势问她。

"嗯。不仅好吃，还很健康，基础材料就是豆馅，你要不要吃吃看？"她边说边拿了一个钢琴造型的八桥，递到他的面前。

他也不接，直接就咬了一口，吃起来还挺清爽的，透着一丝淡淡的甜味。

音羽显得有些尴尬，一时间不知道该收回手，还是继续举着。

"好吃吗？"她问。

"挺不错。"他说着又咬了一口，嘴唇轻轻触碰到了她的手指尖。

她像只受惊吓的小兔子，反射性地将手缩了回去，看着被他咬了一半的八桥，随即又将它塞进他手里。他憋住笑，哪怕心里高兴得乐开了花，也必须先安抚眼前的小人儿："其实，我觉得最好吃的甜点是你烤的蛋糕，那是别的甜点都比不上的。"

他不说还好，一说她的脸瞬间涨得通红，不知是尴尬多一些，还是羞涩多一些。

她转过身，不再看他，怕再多看他一眼，就控制不住心跳加速。

施妍瞄了他们一眼，轻轻叹了口气，继续她的美食摄影。

一辰则压根没发现爸爸与姐姐之间微妙的变化。

一行人来到行程计划里的最后一站——位于京都 JR 和巴士的终点站——The Cube 地下购物，这里从化妆品、服装到旅游纪念品应有尽有，一辰为自己挑了一个伏见稻荷神社的迷你鸟居门挂坠，之前从神社回来之后，他就一直对红色鸟居念念不忘，施妍用她的预算买了一大堆药妆和小饰品，音羽在一家卖形形色色放大镜的店前停住了脚步。

她看着搁置在玻璃橱窗里，镶着白色碎钻的迷你放大镜，在它的尾端有一个小孔，店员介绍说可以将它做项链或手链的吊坠，或者钥匙手机的挂饰，见她喜欢得很，店员更加卖力地推销："这款放大镜全世界只剩下一只了哦，如果今天不买的话，下次再来，恐怕就买不到了呢。"

"你喜欢这种东西啊。"Leo啧啧称奇。

"才没有……"她像是被踩了尾巴的小猫，连忙逃开。

Leo端详着这只号称全球仅剩一只的迷你放大镜，冲店员露出一抹迷人的笑容。

5

次日一大早，Leo一行四人匆匆搭乘计程车前往名古屋中部机场。

Leo偷偷在网上提前划好了位置，将原本的普通经济舱升到座位宽敞舒适的头等舱，并帮"碍事"的一辰和施妍选到最后面的位置，而他和音羽则在离他们好几米开外的首座。

可没想到，登机之后，一辰嚷着要跟他换座位。

他假装睡觉，不理会他，他折腾了一会儿，被施妍抱回了座位上。

他偷偷睁开一条眼缝，隐约看到音羽正在闭目养神，只好继续装睡，今天的天气不太好，出门时就有些阴沉沉的，到了机场之后更是下起雪来，飞机虽然没有晚点起飞，可在上升过程中还是避免不了气流的撞击，显得有些颠簸。

广播里传来机长的播报声："各位亲爱的旅客，你们好，我是机长休·莫奇，很荣幸陪伴各位从名古屋飞往F城，今天的天气有点糟糕，有可能会影响各位的搭乘体验，我在此代表机组所有人员以及航空公司向各位致歉，请扣好安全带，在飞行平稳之后再走动，感谢各位的支持与配合。"

音羽在广播结束之后，睁开眼，看了看 Leo，犹豫了一下，还是解开自己的安全带，蹲在他面前，小心翼翼，想尽量不吵醒他，轻柔地替他把安全带扣上。

飞机突然又来了一个大颠簸，音羽在惯性作用之下，往左边歪倒。

一直在装睡的 Leo 连忙拉住她，将她往自己怀里带。

气流的撞击仍未结束，更加激烈的颠簸引起了乘客们不小的恐慌，空姐空少们连忙用小广播安抚他们，而 Leo 则紧紧抱着受到惊吓的音羽，安抚她："没事的，一会儿就好了。"

她缩在他的怀里，将脸蛋埋在他的颈窝。

他的脉搏强而有力地跳动着，散发出安定人心的熟悉的佛手柑与沉香混合交织出的气味，她感觉自己的脸颊有些发烫，害怕他会发现，将小脸埋得更深了。

约莫一分多钟后，飞行渐趋平衡。

她挣脱他的怀抱，赶紧回到自己的座位上，扣好安全带，几不可闻地说了一声："谢谢。"

他扯出一抹笑，叮嘱道："别再解开安全带了，今天的天气很不好，指不定一会儿还有更大的颠簸，跑来跑去是很危险的。"

"嗯，我就是想……帮你扣好安全带。"她露出羞涩的笑容。

"谢谢，但你可以跟我说。"

"你不是睡着了吗？"

"我装的！"他大方承认装睡，笑得有些贼，回头看了一眼最后一排角落方向，对音羽眨了眨眼，顽皮地说，"我怕一辰一直缠着我，这样多好，他应该乖乖去睡觉了。"

"嗯，起得太早，他估计还困着呢。"

她不放心地也回头看了一眼，发现从她的角度压根就看不到一辰和施妍，被隔在中间的座椅挡住了。

飞机再度发生颠簸，她不禁有些担心起来。

Leo 握住她的手，安抚道："没事的，天气不好，这样的颠簸是很正常的。"

　　他常年飞行，但这么频繁的颠簸却不是常见的事，为了让音羽放松下来，他撒了谎。

　　不久，机长的播报再度响起，他的声音里透着一丝无力："亲爱的旅客朋友们，我必须诚实并且深表遗憾地告诉各位……刚才的强烈气流导致飞机的制动系统出了一点故障，我们的工作人员正在进行紧张地检测维修，希望能够在飞机抵达 F 城机场……或者说是燃料燃尽之前，修好这架飞机，万一……我是说万一，没能修好，我会陪同各位到最后一刻，愿主与我们同在！"

　　头等舱里顿时一片哗然。

　　音羽有些茫然地看着皱着眉头的 Leo，向他确认："刚才机长的意思是说……我们很快就要遇难了吗？"

　　"不排除这种可能性。"他语气沉重。

　　"对不起……"

　　"为什么道歉？"

　　"如果不是因为我，你就不会来京都，更不会搭上这趟航班……"

　　"傻瓜！中国有句话是这么说的，生死有命，富贵在天，该来的躲也躲不掉，不是吗？"他摸摸她的头，用无比温柔的语气安慰惊慌失措，陷入自责中的音羽，"何况，能跟你死在一块，也没什么不好啊！"

　　她凝望着他，不明白他怎么会如此淡定？

　　空姐拿着一叠纸，走到他们身边，分发给他们每人一张，语气沉重地说："各位，为了以防万一，你们可以将一些想对家人、朋友、爱人说的话写在纸上，我们会妥善保管好它。"

　　"是让我们写遗书吗？"音羽看着手里的空白纸张，闷闷地说。

　　"或者，你可以理解为，人生最后的作文，要把所有要感谢的、要抱怨的话都写进去，还要说说你的愿望，有哪些实现了，还有哪些来不及实现，希望别人替你实现的……嗯，但愿拿到这张纸的，作文能力都还不错！"他卖力地逗笑，只为了缓解她紧张的情绪。

不知道是不是他的努力奏了效，音羽露出一抹淡淡的笑。

"你有什么愿望还没有实现的吗？"他问，"例如找到你的亲生父母，恶狠狠地质问他们为什么要抛弃你，或者成为名侦探、科学家之类的愿望？"

"我没想过那么多，并不是所有的事都能找到发生的理由，如果非要说未完成的愿望的话，倒是有一个，那就是……天使的右翼。"

"右翼？玛丽亚院长说的那个天使的羽翼的故事吗？"他恍然大悟。

"嗯，没想到，这么快就要死了，恐怕没有机会找到它了。"

"看来，你对寻找天使的右翼有很深的执着呢！所谓的右翼不就是人类的感情吗？你不想知道父母是谁，抛弃你的理由，并且已经拥有了一个好朋友，那么……你缺的就只有爱情了！对吧？"他没等她回答，又前言不对后语地抛出一个看似不相关的问题，"在这飞机上，有比我帅的人吗？"

"应该没有吧。"

"那就对了！在你眼前的是一个举世无双的大帅哥……"

"然后呢？"她一脸不解地问。

"你怎么还不开窍啊？你，缺一个男朋友，而我，是如此完美的一个男人！你说，要实现你的愿望还不简单吗？只要我成为你的男朋友不就解决一切问题了吗？"

"……"

"怎么？我的提议不好吗？"他见她默不作声，有些急了。

"不是，只是……你已经有一辰了……"

"你歧视单身爸爸！"

"我没有！"

"那你提一辰干吗？你就是看不起我带着一个拖油瓶，所以，才放着我这么一个大帅哥不要！距离你实现愿望只有一个点头的距离，而距离你的愿望变成永恒的遗憾也只剩不到一个小时时间，你考虑考虑，需要我的帮助尽管开口，我不会见死不救的。"他一副傲娇嘴脸，故意拿话刺激她。

　　她陷入了沉思，而就在这时，熟悉的哭声从不远处传来。

　　原来一辰被气流颠醒了，听到大人们哭丧着脸说着要死要活的话，他虽然年纪小，可是却亲眼见到外公在他和妈妈面前闭上眼睛，从那以后再也没有醒来，妈妈说外公死了……去了天堂，如果他也死了，那就没有人保护妈妈了！

　　一想到这些，他哭得伤心极了，惹得施妍也一把眼泪一把鼻涕地跟着哭起来。

　　Leo 眼看自己就要忽悠成功了，却被他们的哭声打断。

　　音羽不顾危险，解开安全带，跑到一辰身边，抱着他柔声安慰。

　　Leo 忍不住叹息，心想："我也很需要安慰啊！眼看就要死了，这么卖力都没能把自己推销出去！"

　　就在众人皆悲的时刻，机长的声音再度响起，这一次他一甩之前的忧郁，语气显得无比欢快："各位尊敬的旅客们，还是我——休·莫奇，我在此高兴地通知各位，经过工作人员奋力抢修，故障的制动系统已经恢复运转，我们将准点在 F 城机场降落，感谢各位的支持与配合。"

　　"我们不用死啦！"机舱里一片欢呼声。

　　Leo 心里却百感交集："我竟然错过了那么好的机会！下次不知道什么时候才有机会拐到她了！"

　　音羽在哄睡了一辰之后，干脆就坐在一辰的位置上不走了。

　　施妍见她心事重重的样子，心想大概与 Leo 脱不了干系。不过，作为刚刚失恋的人，她实在提不起精神安慰一个被人狂热地爱着的人，哪怕她是她最要好的朋友！

Leo 时不时地往后面看看，早知道他就不把位子划得那么远了。

这下好了，她逃到了他的目光捕捉不到的地方……

他一脸忧郁，大概是眼下整个飞机上唯一一个劫后余生却高兴不起来的人。

6

音羽看了看出勤表，施妍已经两天没来上班了。

她对推门而入的学弟——季景泽招了招手，请他帮忙 独自看一会儿店，她想抽空去施妍家看看她。

"施妍姐的电话好像也关机了，要不要我陪你过去？"他面带担忧。

"不用了，我去一下，马上就回来。"

她将印有"刻为"两字象形图案 Logo 的围裙脱下，在衬衫外头套了一件白色的厚羽绒服，背起包就往外跑。施妍租住的小公寓就在隔壁街，公寓已经有些年头，外观上看显得挺老旧的，但里头的装修还是不错的，屋主前两年搬到国外去住了，所以租金算得十分便宜。

她按了一阵门铃，来开门的人是与施妍合租的附近服装店的女老板。

她烫着一头夸张的卷发，即便在家也是穿着一身挺正式的长裙，之前见过几面，她还记得音羽，便把她请了进去，顺便跟她说："那丫头已经闷在屋子里两天，看样子像是失恋了，你是她的好朋友，去安慰她一下吧，男人嘛，满大街都是，要多少有多少，何必单恋一枝花呢！"

"我会劝慰她的，谢谢你的关心。"音羽礼貌性地向她点了点头。

她敲了敲房门，里头传来略显低哑的回应声："门没关，进来吧。"

音羽推门而入，见施妍顶着一头乱发，眼眶红红的，眼周还有明显的黑眼圈，神情十分憔悴，她担心不已，蹙眉问道："你怎么了？请了两天假，一直窝在家里吗？"

"嗯，我失恋了呀！"

"那你可以跟我说，我陪你喝酒解闷！"

"拜托，你又不会喝酒！说什么大话呀！"施妍瞥了她一眼，没好气地说，"不过，我请假虽然跟失恋有那么一丁点关系，但主要还是因为……我的欧巴马上就要过关了，可是却在紧要关头被杀了！我为了他不眠不休奋战至今……我不甘心啊！所以请华仔帮忙给我搞了一些装备，终于又把分给打回来了！"

"……"

"你担心我呀？"

"你以为呢？！"音羽忍不住叹息。

施妍要是不说，她都忘了，她与华仔两个人都是超级游戏迷，可以为了升级几天几夜不眠不休，真是的！害她那么担心她，不过……

"你刚才说你失恋了？"

"是啊，前几天我向 Leo 表白，不过他很干脆地拒绝我了。"她对那件事已经释然，却还是苦笑着说。

"他……那么做了吗？"她可以想象得到！

"嗯，他还说，他已经有喜欢的人了！就算没有那个人，他也不可能喜欢我。"

"那，你没事吧？"

"我能有什么事呀！其实我心里早就知道 Leo 并不喜欢我，只是如果不向他表白的话，我一辈子都会带着遗憾，也许每当我遇到人生的十字路口时都会忍不住地想，要是当初向 Leo 表白的话，说不定就不会是现在的光景了……现在好了，我可以毫无顾忌，昂首挺胸地继续我的人生路。"

音羽欣慰地点头称赞她："你做得很对！人生，终究是要向前看的。"

"你就不好奇 Leo 喜欢的人是谁吗？"

施妍虽然答应了 Leo 暂时替他保守秘密，可是她也说了她自己是大嘴巴，不保证能保守多久呢！

她暗自决定，如果音羽向她的话，她一定如实相告。

可是音羽却摇摇头，说："如果他想告诉我的话，会自己告诉我的，万一他并不想让我知道，我又何必去好那个奇呢？"

"难怪他……"

那么喜欢你！但施妍没有说出口。

施妍算是服了她了，总能找到最适合自己的位置，安静舒适地过日子，不贪、不嗔、不痴、不怨，在她认识的人中，再没有比她更美好娴雅的女孩。Leo 的眼光真是顶好的，不愧是她的偶像！

"你知道吗？你就像是一颗黑珍珠，乍看不起眼，却默默地发着光，是个超级宝贝呢！"

"你有闲情夸我，还不如收拾收拾你自己呢，看看你都变成什么样了，为了你的欧巴，你也真是鞠躬尽瘁了，可别生病，我们都是孤儿，只能自己照顾好自己。"音羽望着眼神有些暗淡的施妍，轻轻地拥抱了她一下，柔柔地说着，"别总让我担心你！"

"我又不是小孩！还比你大一岁呢！哪里轮得到你担心我呀！"她拍拍她的背，安抚道，"我明天就去上班，你赶紧回去吧，这会儿肯定又是景泽一个人看店吧？那小子太不靠谱了，也不知道成天在想什么，总是把客人点的单搞错，去去，快回去帮他收拾烂摊子。"

音羽点点头，在施妍的催促下折返回店里。

景泽一点也不辜负施妍的"期望"，不幸地将一号桌客人要的卡布奇诺做成了焦糖玛奇朵，又把五号桌客人要的炸鸡排三明治写成了金枪鱼火腿三明治，最最严重的是他还一不小心将咖啡洒在七号桌那位身穿白色皮草的年轻女客人的衣服上。

万万没想到，女客人一点也不生气，反而盯着他看了半天，脸上的表情从狐疑转变为惊喜。

他再三向她道歉："对不起，洗衣费我会负责赔偿的……"

"不用！你是不是漫画家季景泽？"女客人将落在胸前的长发撩到身后，眼中闪烁着光芒，在他点头确认之后，连忙从随身的皮包里拿出一张名片，语气难掩兴奋地自我介绍，"我叫晴雅，路晴雅，是Z杂志的总编，我们杂志社向你约了几次专访，但你都拒绝了。"

"不好意思，我不习惯接受采访。"他仍然纠结于赔偿的事，再度提出，"要不，我赔你一件新的吧？"

"不用不用，这衣服反正也是旧的，如果你方便的话，可不可以让我为你做一次专访呢？你画的四格漫画在Facebook火得不行，常年占着漫画榜榜首，如果能约到你的专访，是我们杂志社的荣幸……"

"可是……"

"你看，我都已经这样了，你就给我个机会嘛！"她指了指衣服上明显难以根除的咖啡污渍，撒娇、卖萌，各种拜托的姿态，只求他同意接受她的专访。

景泽实在拗不过她，只好答应："我不太会说话，而且对陌生环境很排斥，如果你不介意的话，访谈就在这里进行吧，等一会儿我工作结束之后。"

"你那么火，为什么还要在这种小咖啡馆打工呢？"她实在难以解理，眼前斯文帅气的他光是四格漫画的版税就足以维持优渥的生活，真的没有必要打这份工。

景泽不知道该怎么回答她，刚巧音羽回来，他冲她露出和煦的笑容，连忙三步作两步，走到她面前，问道："施妍姐怎么样了？是生病了吗？"

"她没事，明天就会来上班，刚才谢谢你帮我看店。"音羽边说边往柜台走去。

他亦步亦趋，眼睛追随着她，没话找话地说："对了，你最近有没有回小天使幼稚园当义工呢？我打算这周末去帮忙，听老师说，园里要举办迎新活动，很需要人手呢。"

"好啊！那周末我也跟你一起回去帮忙吧。"

"太好了！那就这样说定了！"

他笑得像得到心爱玩具的孩子，阳光、温柔，虽然被漫画界奉为异军突起的鬼才，但在这里，他就只是小音羽一届在小天使幼稚园毕业的学弟，一个迷糊的打工者，暗恋她的普通男生。

在与音羽约定之后，他如沐春风般带着一脸笑容回到一直在等他的路晴雅身边，愉快地提议："不如我请你喝咖啡吧，这里有特别好吃的天使蛋糕，你要尝尝吗？"

"当然好啊！"她受宠若惊。

一直以为漫画天才季景泽是一个很难相处的人，所以才让各大杂志社碰得一脸灰，没想到竟然是这么阳光亲切的大男孩，这种诱人的小鲜肉，简直太令人沉迷了！

7

门口传来细微的开门声。

音羽如惊弓之鸟，慌忙将看了一半的东野圭吾的《假面前夜》塞回书柜上，然后往自己与一辰住的房间跑去，一辰今天没有画画，像一个普通三岁孩子一样被满地的玩具环绕着。

他见音羽一脸慌张地跑进来，还把门关上，好奇地问："姐姐，有谁在追你吗？"

"呃，没有……"

"那你跑这么快做什么呢？"

"我……"

敲门声适时响起，她下意识地用自己的背抵住门，不让门外的人进来。

Leo 轻轻旋了旋门把，感觉到了一股阻力。

他无奈地轻叹，露出一抹苦笑，对门后的音羽说："你要这样一直躲着我吗？"

明明在同一个屋檐下，他竟然两天都没见到她了。

除了打工的时间，只要他也在家，她就躲在房间里，用手机帮他们点外卖，明明是她说外卖不健康的，他觉得有必要改善他们目前的紧张关系，至少得让气氛回到"飞机出故障"之前！

"音羽，我们聊聊好吗？"他耐着性子，隔着门板，对她喊话。

但回应他的只有一辰稚气的声音，他说："爸爸，音羽姐姐不想看到你呀！"

"你让音羽姐姐把门开开。"

"姐姐？"一辰爬出玩具堆，跑到她身边，拉扯着她的长外套。

音羽显得有些犹豫，虽然看到 Leo 会令她觉得很尴尬，但是如果她再不把门打开的话，把他惹急了，是不是会把门给拆了呢？

她咬了咬下唇，后退两步。

门顺利地打开了，望着几乎两天不见的她，他有些哭笑不得："有必要这么躲着我？"

她不言语，只是低着头。

"是因为在飞机上我说的那些话吗？拜托！那是因为事态紧急，我怕你年纪轻轻带着遗憾离开这个世界，那样多不好！我身为全民偶像，为了粉丝，做一点牺牲……"

"我不是你的粉丝……"

"那个不重要！"他忍不住翻了个白眼，继续忽悠，"在那种情况下，善良伟大的我发挥一点爱心，帮你完成梦想，你不感激我也就算了，成天躲着我，不给我……我们饭吃，你想恩将仇报，饿死我们吗？"

"不是那样的！"她只是不知道该用什么样的心情面对他。

"那是怎样？"

"我也不知道……"

"那就当作什么都没发生过。"他说着将手探向她的额头，用修长的食指在她的眉间轻点了一下，对她眨眨眼睛，顽皮地说，"现在系统已经重置，一切都归位了！你不喜欢的情节已经删除，不许再去想它！"

"重置……归位……"她咀嚼着他的话。

"对！"他可怜兮兮地说，"你看，我们父子俩吃了整整两天外卖，都饿瘦了两圈，你看一辰都快皮包骨了，多悲惨啊！你怎么能忍心这么对待一个孩子……"

"爸爸，一辰好饿啊！"一辰接收到 Leo 的眼神暗示，连忙捧着肚子喊饿，明明肚子圆滚滚一如当初。

"你们……好吧！我去给你们煮点吃的，冰箱里面应该还有一些能用的食材。"

Leo 见她被自己的哀兵策略打动，连忙拉着她往厨房走，边走边说："我刚才已经把你有可能需要用到的食材都买回来了，要不要我给你打下手？其实，别看我这样，厨艺还是不错的。"

他显然把话说得太满了，不过几分钟时间就把厨房搞得一团乱！

切西红柿把汁喷贱到自己身上的纯白毛衣上，肉不先解冻就拿刀一通乱剁，差点没把自己的手指给剁了！最可怕的是几乎没什么生活常识，把鸡蛋放在微波炉里加热……结果，砰的一声，爆炸了！

他企图挽救自己吹破天的牛皮，一边将硬邦邦的法棍在料理台上敲了两下，一边逞强地说："其实我更擅长行政主厨的工作，这些洗洗切切的琐事，我还需要多练一练……"

"要不，你先出去吧？"她不忍心戳穿他，毕竟他已经尽力了！

"让我留在这帮你吧！你叫我做什么我就做什么！保证完成任务！"

"那，你先把料理台清理干净吧。"

她指着一片狼藉的台面，又看了看他毛衣上的各种颜色，有些忍俊不禁，虽然有些晚，但她还是拿起一个围裙替他穿上，在他的身后系了个漂亮的蝴蝶结。

Leo 转过头看着她专注的神情，勾起一抹幸福的笑容。

就让一切回到"飞机故障"之前，中国有句话叫作——欲速则不达！还有个词叫作——来日方长，他应该耐着性子，渗透到她生活的方方面面，驻扎进她的心里，让她离不开他！

音羽，你就等着吧！

她像是感应到他内心的呼唤，抬起头看他，嘴角的那抹笑让他显得十分阳光、开朗，令人备感温暖。

她不禁回应似的绽出一抹淡笑，就像他说的那样，那些话只是他在紧急状态下为了帮她才说的，是她把事情想得太复杂才把气氛弄得这么尴尬。在那种生死关头，他丝毫没有显露出惊慌失措，明明有可能下一秒就机毁人亡，却还能保持镇定安抚她……那个时候，因为有他，所以才令她感觉心安。

她躲着他是因为她竟然不断回想起他在他们濒临死亡危险的时刻对她说的那些……玩笑话！是她太当真了……有些在意过了头！

第八章
生日，社长的神秘礼物

1

出了摄影棚，路易一路小碎步追赶着 Leo 的脚步，嘴里念念有词："不能怪我妈把我的腿生得太短，实在是 Leo 这个家伙的腿太长了！"他对着快步往停车场走去的 leo 的背影喊着，"你等等我！明天的行程我先跟你说一下！哎呀，你走这么快赶着去哪里？咱们今天的工作已经结束了……"

"我要去小天使幼稚园，你别跟着我。"他头也不回地说着。

"你早说呀！累死我了！"

"明天的行程发信息给我，我有空再看。"

"一辰要下周才入学吧？你现在去幼稚园做什么？"路易终于在 Leo 坐进驾驶座之后，气喘吁吁地追上，趴在车窗上喘着粗气，用"我很了解"的口吻说着，"是不是赶着去给园长老师们送礼，让他们多照顾照顾一辰？这种粗活我在行，让我跟你一起去吧！"

"你会不会想太多了？！"他懒得理他，发动车子，驶离停车场。

路易看着远去的车子，不禁自问："我想太多了吗？！"

回答他的只有呼啸而过的冷风。

与此同时，小天使幼稚园小 A 班的迎新活动刚刚结束，玛丽亚院

你似清风，姗姗来迟

长带一辰去跟其他即将入读小 A 班的小朋友们玩去了，音羽与景泽则负责留下来收拾善后，原本施妍也要来的，但店里有一场临时约的生日派对，她当值走不开。

看着音羽专注地蹲着擦拭刷了蓝色环保油漆的小桌椅，景泽一副欲言又止的模样。

终于，他鼓起勇气，对她说："音羽，一会儿事情结束之后，能不能到后院来一下？"

"有什么事吗？"她抬起头问。

"嗯，有那么一点事，你可以来吧？如果你不方便的话也没关系，那就改天好了……"

"不，没事，这些收拾完就没什么事了。"

"那么，我们就约好了一会儿后院见。"他边说边卖力地拖起地板来，希望尽早完成工作。

担任小 A 班班导师的是与景泽同龄的蔡老师，她也是从小在保育院长大的，跟年长一岁的音羽并不算很熟，她从窗外探进脑袋，脸上洋溢着笑容，热情地问他们："要不要帮忙呀？"

"不用了，你不是还得带新来的小朋友们做游戏吗？"音羽笑着说。

"但是，他们现在正在吃点心呢。"她边说边看向景泽，眼中闪烁着爱慕的光芒。不管他们需不需要她帮忙，她拿着早已准备好的抹布，在靠近景泽正在拖的那块区域，也蹲着擦起桌子来。她的心思全在景泽身上，边擦边问："你下次什么时候来呀？我听说你最近在画一本新的四格漫画，名字好像叫作《失翼的天使》，等它出版了，能不能送给我一本签名本呢？"

"还在连载中呢。"他说着瞥了一眼音羽，想看看她对这本漫画的名字的反应。

音羽果然颇感兴趣地抬起头，好奇地问："失翼的天使？是我之前跟你说的那个故事吗？"

"是啊，你有兴趣的话，可以去我的 Facebook 主页看看。"

"嗯，我会去看的。"

"景泽，我们住的地方相隔不远，如果你没这么快走的话，不如等会儿我们一起回去吧？"蔡老师跟着景泽的行进方向移动，也不管桌子有没有擦干净。

景泽瞥了一眼压根就没摆正的小桌椅，不由得蹙起眉头，严肃地说："一会儿我就走了，估计等不到你下班跟你一起走，还有，如果你做事这么马虎的事，还是请你出去陪小朋友们玩，别在这儿帮倒忙。"

"我哪有帮倒忙……"她有些心虚地看了看刚才已经擦拭过的桌角那处明显的污迹。

还是音羽出声打圆场："小蔡老师，如果我们回去的时候你差不多要下班了，就等你一起走，你要不先去看看小朋友们，他们估计要吃完点心了。"

"那好吧，等我哦！"

她恋恋不舍地看了一眼景泽，走出小 A 班教室。

在她走后，音羽用姐姐的姿态教训起景泽来："你干吗对小蔡老师那么凶呢？她那么善良，有一点空就来给我们帮忙了……"

"音羽，不是所有人都像你这样……把事情想得单纯美好。"他对她的后知后觉感到不可思议，明明是侦探事务所的员工，竟然对感情的事如此迟钝，她难道看不出来小蔡是因为喜欢他才来的，而不是真心想来帮他们干活！

"你别总是这么老气横秋的！人心哪有那么复杂呀！"

"会这么想的人，全世界大概只有你一个！"他摇摇头。

她撇撇嘴，不想跟他争辩，明明她才是年岁比较大的那个，每次都被他用哥哥一样的态度说她想法太单纯，把事情想得简单一点，难道不好吗？有些时候，就是人们把事情想得太复杂了，才会变得难办。

"我拖好地了,现在去把这些工具清洗一下。"他边说边收拾着拖把与水桶,在走出教室之前,再一次提醒她,"我在后院等你,不见不散。"

她点点头,开始将桌椅摆放整齐。

大概十分钟之后,她站在讲台的位置,看了看整齐洁净的教室,满意地点点头,随即往与景泽约定好的后院方向走去。

小 A 班离后院很近,出教室往左拐,经过一条长廊之后,就到了种满桂花树的后院。除了花草树木,这里还圈了一小块地放养一些没有攻击力的小动物,像兔子、小鸡、小鸭之类的。

在一棵树龄十几年的老四季桂底下摆着防腐木做的长椅,此刻,景泽正坐在椅子上等她。

她小碎步跑到他面前,问道:"你找我什么事呢?"

"这个,给你。"他站起身,从口袋里取出一个淡粉色的绒布盒子,盒子还没巴掌大。

"这是什么?"她犹豫了一下,接了过去。

"你打开看看。"

她轻轻打开盒子,里面赫然躺着一只银质的天使右翼造型的链坠,长约两厘米,像是手工锤打锻造出来的,在翅膀的顶端钻了个不规则的孔,一条细细的银链子从中穿了过去。

很显然,这是一份精美的礼物,可是,景泽为什么要给她这东西呢?

似乎看穿了她眼中的疑惑,他主动解释:"后天就是你的生日了,这个羽翼链坠是我用三能纯银土亲自烧制打造的,是这个世界上独一无二的链坠,你喜欢吗?"

"这太贵重了!"

她从来也没有送过他礼物,他却突然送给她一份这么独具匠心的礼物,她不知道该不该收。

他将链子从盒子中拿了出来，打开链扣，绕到她身后，想帮她把链子戴上。

她反射性地退开了，犹豫了一下，还是说："这个礼物我不能收。"

"为什么？我花了两天时间画好它的草图，又反复多次练习才将它从一张图变成一件令我满意的作品，恰逢你的生日，我将它送给你，有什么不好吗？还是说，你不喜欢它？"

"它很好，但是，那是你花那么多时间和心血才做出来的，应该把它留给自己，而不是送给我。"

"但我就是为了你才做的，如果你不要，那它就没什么存在必要了。"他说着将链子往兔子窝的方向扔去。

音羽连忙拉住他，有些无奈地说："好好的东西干吗要扔掉！"

"你又不要……"

"好吧，那你把它给我吧。"

"你真的喜欢它吗？"他漾出大大的笑容，摊开右手，项链赫然躺在他的手心里。

"嗯。"

"那我帮你戴上……"他上前一步。

音羽不习惯别人太过靠近，依然后退了一步，景泽不愿意再保持一米以上安全距离，他选择继续迈出一步，他与音羽之间的距离缩短到了五十厘米。

他为二十一年来头一次离她这么近而感到雀跃，但是却有人因此而火冒三丈。

Leo 黑着脸，大步走到音羽身边，将她拉到自己身后。

他一副敌对的态度，全身竖起了刺，火大地怒问："你在干什么？靠她那么近，有什么企图？"

"我只是……想帮她戴上这个。"景泽明显感受到 Leo 的愤怒与敌视，他扬了扬手中的右翼项链，慢条斯理地解释，"这是我送给音羽的生日礼物。"

生日……

音羽的生日……

Leo 顿时有些傻眼，僵硬地转身问她："今天是你的生日？"

"不是……"

不等她说完，他又怒对景泽："她说不是！你小子少扯些有的没的！你就是对音羽有不良企图！"

音羽见状，连忙说："后天才是我生日。景泽说的没错，那个……是他送给我的生日礼物。"

"是真的……"Leo 顿时没了立场，一边惊讶于音羽的生日马上就要到了，而他却完全没留意这么重要的事！另一边则恼于居然有别的男人赶在他前面为音羽准备了生日礼物！

他瞥了一眼手工痕迹明显，但做工十分精良的羽翼项链，暗自不爽地想着："这小子显然也知道音羽对天使的右翼的执着，居然搞出这种礼物来！我要拿什么战胜他呢？"

景泽扬起一抹略显得意的笑容，靠近音羽，想要继续为她戴上项链。

她却说："给我吧，我今天穿的衣服不适合搭配这样精美的项链。"

她穿着一件粉色、胸前画有五芒星图案的加绒卫衣，搭配九分紧身牛仔裤，确实与精致的项链有些不搭，他只好将项链放回绒布盒子里，将它塞进她的手中。

Leo 瞪着那盒子，真想把它丢到太平洋深处，但他是成年男人，不可能当众做出那种幼稚的事。

"Leo，你……你喜欢这项链吗？"

"嗯？"

他下意识地顺着她的目光，看着不知道什么时候被他抢过来，紧紧揣在手心里的盒子，尴尬地干笑两声，说道："是啊，我觉得这小东西做得真是精巧，想拿来仔细看一看，你不介意吧？"

她点点头，说："你喜欢的话就借给你吧。"

"我已经看完了，确实是很不好搭配衣服的单品，你还是好好地把它锁在抽屉里当纪念品吧。"他边说边瞥了一眼瞪着他的景泽，勾起嘴角，搭着音羽的肩，亲昵地说道，"咱们去接一辰回家吧。"

或许是早已经习惯了 Leo 勾肩搭背的动作，她并没有表现出抵触的情绪。

景泽看在眼里，不由得皱起眉头，他花了那么多心思，守候了那么多年，刚刚有机会缩短与音羽之间的距离却被一个空有其表的家伙抢了先机……音羽她，喜欢这个男人吗？

或许，这个男人也和他一样，只是一厢情愿。

他看着喜欢了多年的女孩被别的男人带走，心里颇不是滋味，他还是回去把《失翼的天使》赶紧画完，只要音羽看了那个漫画，就会理解他对她的爱了……

他把所有想对她说的话，都画在了那本漫画里。

2

Leo 从后视镜上瞥了一眼坐在后座抱着一辰，在他的纠缠要求之下，给他唱"天使催眠曲"的音羽。

一曲还没唱完，玩累了的一辰就已经沉入了梦乡。

Leo 趁机把憋了半天的问题一股脑地问出来："那个小子是什么人？跟你是什么关系？他为什么要送生日礼物给你？如果刚才我没去幼稚园接你们、没阻止的话，你是不是会让他替你把项链戴上？你知不知道这么亲密的事，不是随便跟哪个男人都可以做的？"

"你一下子问这么多问题，要我怎么回答？"她有些失笑。

"一个一个回答，先说你们是什么关系？"

"我和景泽是一起在保育院长大的，他比我小一岁，是个有名的漫画家，偶尔来咖啡馆打工，除了咖啡馆，他还打过很多种工，算是一种体验生活的行为吧。"

"你喜欢他吗？"他忍不住问出最为困扰他的问题。

"喜欢啊。"

"喜欢？！"他因震惊而踩下刹车，好在后面没有车子跟着，否则难免要酿成一场追尾的悲剧，但那些对此刻的 Leo 来说都不算什么事，他更在乎的是，"你说你喜欢他？我没听错吧？"

"景泽就像是我的弟弟，姐姐喜欢弟弟有什么不对吗？"她一脸不解地问。

"哦，是这样啊！姐姐当然可以喜欢弟弟，你说得不错！"他莫名地乐开了花，想到那家伙刚才还那么得意地笑，他就觉得开心。

虽然音羽对他不是男女之间的那种喜欢，但是那家伙很显然不是用对待姐姐的态度对她！

他越想越不轻松，赶紧叮嘱她："就算是姐弟，也不可以太过亲密，容易让人误会，万一他误会你喜欢他，那样就不好了，对吧？所以，以后离他远一点。"

"不会有那种事的，我们是一起长大的姐弟呢。"

"你把事情想得太简单了！"

"怎么你跟景泽说一样的话呢？他也说我想法太简单……"她蹙起眉头，不解地问，"有什么是我想漏的吗？你告诉我吧。"

"这种事，等以后你就知道了。"他打马虎眼。

他可不想帮那小子把他的心思挑明，那不就是在给自己制造情敌吗？

他得抢占先机，在那小子有进一步行动之前，让眼前迟钝的音羽明白——

他爱她！

3

刻为咖啡馆外，一个人影时不时地趴在落地窗上探视着馆内的情况。

景泽与路晴雅面对面坐着，在上回专访之后，她约了他好几次想让他确认一下稿件内容，他都表示没有空，今天终于在这里逮到他了。

她刻意打扮得青春亮丽，就连口红颜色都换成了裸粉色。

等景泽看完稿子之后，她撩了撩头发，眨巴眨巴眼睛，用生平最温柔轻细的嗓音问他："怎么样？稿子有问题吗？如果你觉得有不合适的地方，尽管提出来，我立刻改正。"

"稿子写得挺好的，没什么问题。"

他将打印稿递还给她，随即站起身来，准备回厨房去给正在烘焙蛋糕的音羽帮忙。

她连忙放弃假装矜持，拉住他，大胆地问："景泽，我可以喜欢你吗？"

"对不起，我有喜欢的人了。"

"没关系，我可以当备胎，万一你跟她分手了，还有我呀！"她从来不懂得放弃为何物。

他摇摇头，看了一眼厨房方向，用坚定的语气拒绝："我不会跟她分开的，谢谢你的心意，不要将时间浪费在我身上。"

她看着他渐行渐远，眼神难免失落，这是她生平第一次被男人拒绝！

她暗自决定："唯有坚持，才有可能看到胜利的曙光，我路晴雅可不是轻言放弃的人！季景泽，你等着看好了，迟早我要让你变成我的男人！"

她将稿子塞回包包里，转身离开咖啡馆。

施妍再度瞥向贴在落地玻璃窗上的那抹人影，虽然他一身黑色运动装，头上还戴着棒球帽，故意把帽檐压得低低的，可她还是一眼就看出来了，那人是 Leo。

毕竟她喜欢了他那么多年，在告白被拒之前，每天都是看着他的海报入睡的，不管他怎么变装，都难逃她的法眼，她趁店里没什么客人的时候，溜到咖啡馆外，拍了拍他的肩，问道："Leo，你穿成这样，在外头鬼鬼祟祟的做什么？"

"谁！谁鬼鬼祟祟了！"他一脸尴尬，连忙拉着她闪到一旁，压低嗓音问，"你知不知道今天是音羽的生日？"

"我当然知道啊，你该不会是为了这件事来的吧？那也不需要打扮成这样啊！"就算是她也能一眼认出他来，更何况是音羽呢！好在她今天忙着在厨房烤蛋糕，压根就没有出现在馆内。

"我问你，我要怎么做才能让她开心？"他也不隐瞒了，单刀直入地问。

"要讨音羽的欢心说难很难，说简单也很简单，像我送了她一套梦枕貘的《阴阳师》全集，她就高兴得不得了，如果你问的是送什么礼物她会比较开心，那我会告诉你选她感兴趣的。"

"我知道她感兴趣的除了那些书，还有……烘焙！"他像是突然开了窍，双手一击掌，兴奋万分地拍拍施妍的肩，对她说，"我知道该怎么做了，谢谢你，施妍，我得先走了！记住，千万别让音羽知道我来过，更不能让她知道我们之间的对话！"

"知道了！保密嘛！我尽量！"她耸耸肩，挥手送别 Leo。

当她回到柜台时，景泽正捧着音羽刚烤好的蒙布朗蛋糕走出来。

她用饱含同情的眼神看着他，忍不住安慰道："景泽，万一你追不到音羽，姐姐答应你，陪你喝酒喝到天亮，一醉解千愁。"

"你别乌鸦嘴！我一定会追到她的。"他微微皱了皱眉，想起前天在幼稚园见到的 Leo，虽然他从来不关注明星，但至少也知道那个人是享誉国际舞台的名人、时尚界的宠儿。

音羽怎么会认识他？甚至两人还显得极为亲密。

他不想嫉妒别人，但是……当他看着 Leo 揽着音羽的肩，两人亲密无间地抛下他走开时，他的心里有一团熊熊妒火燃烧了起来，他多想推开 Leo，取代他，站在音羽的身边。

昨夜彻夜难眠，他拼命地画漫画，《失翼的天使》马上就要画完了，到时候他会捧着他的心血，郑重地向她告白，让她知道，她是他喜欢了一辈子的女生。

她一定会被他感动的，一定会！

4

Leo 蛰伏在那个人每天必经的路上，在等了约莫半个小时之后，那个人出现了！

他快速地冲到他面前，一把勾住他的肩，在他的小弟们的瞪视之下，将他从游戏厅带了出来，在一个偏僻的胡同里，放开他，以身高优势居高临下地看着他，问道："你是黑虎吧！"

黑虎一脸莫名其妙，握了握拳头，脖子上青筋暴跳，吼着回答："老子就是黑虎，你是哪条道上混的，竟然敢对我动手动脚！你知道这个地盘是归老子管的吗？想闹事？找死！"

"黑虎大哥！"Leo 突然脸色一转，脸上堆满笑意，与他勾肩搭背，自来熟地说起来，"小弟是音羽的朋友，音羽你知道吧？如果侦探事务所的那个女孩，她之前还教你烤蛋糕了，记得吗？"

"哦，音羽啊！我当然认识她，你早说嘛！既然你是音羽的朋友，那也就是我黑虎的朋友，兄弟，说吧，有什么是哥哥能帮得上你的，尽管开口。"他用力地拍了拍自己强壮的胸大肌，豪爽地说。

"大哥，小弟想让你教教我……"Leo 停顿了一下，接着说，"烤蛋糕！"

"什么啊！这个你找音羽教你不就好了？她的手艺可是远近有名的，我老婆还想拜她为师呢！"

"我就不瞒你了，大哥，我就是为了想给音羽一个生日惊喜才向你学做蛋糕的，就像你为了你的太太向她学做蛋糕，我们的心情都是一样的！"

"原来……你喜欢音羽！"黑虎恍然大悟地拍了拍大腿，爽快答应，"那好吧！上回音羽教我做的那个蛋糕我老婆很喜欢吃，我三天两头就给她做，现在已经很有经验了，来吧，我们去烘焙坊。"

Leo 高兴地点头，跟黑虎一起往烘焙坊走去。

刚出胡同，他的小弟们赶了过来，见黑虎与 Leo 有说有笑的，全都丈二和尚摸不着头脑。

黑虎在把烘焙坊清场之后，带着 Leo 来到厨房。

别看黑虎五大三粗的，做事却十分细心。他从最基础的面粉开始教 Leo，指着其中一袋印有香港美玫字样的面粉，说："这是低筋面粉，做蛋糕就需要这种筋度低的面粉才能做出松软可口的蛋糕来。"

Leo 边听边用心记下来。

黑虎接着又将烤戚风蛋糕需要用到的鸡蛋、调和油、牛奶、香草荚、糖依次摆放在料理台上。

他指示 Leo 将鸡蛋分离出蛋白与蛋黄，将它们分别打在两个干净无水无油的不锈钢大盆里，光是这个步骤 Leo 就不知道失败了多少次！

他一脸哀凄地说："原来分蛋是件这么难的事啊！"

"有什么难的，兄弟，只有有耐心，想着你的蛋糕是为了音羽而做，做起来就容易多了。"黑虎边说边熟练地敲开一个鸡蛋，将蛋黄在两半蛋壳之间挪来挪去，让蛋白滴到其中一个盆，在蛋白流干净之后，将剥离出来的蛋黄倒到另一个盆里，完成之后，满意地点点头，说道："你看，这不就分离出来了吗？"

"大哥，你太牛了！"Leo 真心崇拜地赞道。

"这没什么。"黑虎被夸得有点脸红，虽然天生一张黝黑的脸，脸红与否完全看不出来！他挠挠头，憨笑着继续耐心地教着在烘焙方面显得十分笨拙的 Leo。

在经历了几十次失败，浪费了一大筐鸡蛋之后，Leo 总算按指示调好了戚风蛋糕的面糊。

烤箱预设上下火一百七十度，将面糊倒入十寸模具之后，放入烤箱，经历了漫长的等待……其实，也就三十分钟，蛋糕烤好了，香气四溢，完成得出奇地顺利，黑虎帮忙将蛋糕连模具一起倒扣在晾架上，并且说明："这么做的目的是防止戚风蛋糕遇冷之后导致糕体回缩，等到它完全冷却，就可以切片开始裱花了，现在你先选择一些水果，把它们切好备用，再将淡奶油坐冰水打发到有明显的纹路就可以准备裱花了。"

"黑虎大哥，音羽教了你多久，你才把这些复杂的步骤记得这么清楚呢？"

"音心教得很细心，我也经历了无数次失败才把蛋糕烤好的！虽然过程很艰难，等待的时候也很焦急不安，但是等到香甜的结果出现在面前时，前面的那些煎熬就不算什么了！"黑虎回想起妻子看到他亲手制作的蛋糕时，脸上的惊喜与眼角的泪花，不由得露出幸福的笑容，"一切都是值得的。"

"嗯，希望音羽也能喜欢我为她做的生日蛋糕。"

Leo 坚定信念之后，按照黑虎的提示切水果、打发淡奶油，这一切都进行得十分顺利，蛋糕也冷却好了，在小心翼翼地将它从模具中脱离出来之后，他有样学样地用切片刀将蛋糕尽量均匀地横切，分成了三等分的圆片，将奶油抹上去，从外往内按顺序将奇异果、芒果、红心火龙果以及草莓堆放上去，再抹上一层奶油，叠上第二片蛋糕，接着重复第一层的操作，直到把第三片蛋糕也码上去之后，用白色的淡奶油平整地抹了一层，看着已经初具雏形的蛋糕，他脸上露出满意的笑容。

"不错啊！剩下来就是把这些奶油分成几份，分别调上颜色，再用裱花袋装上裱花嘴，在蛋糕表面裱出花朵就大功告成了。"

Leo 在做最后的裱花之前，从口袋里拿出一个白色的小盒子，盒子里装着一样闪闪发光的东西，他在黑虎及其手下的惊赞声中，将它放在蛋糕的上面，然后用调成粉淡色的奶油在上面挤出一朵玫瑰花，接着以它为中心，按渐变加深的色彩原理，将玫瑰花开满了整个蛋糕，最后将浸泡清洗过的粉红玫瑰的花瓣撒在上面，点缀上几颗珍珠般糖珠。

"大功告成了！兄弟，没想到你在裱花方面挺有天赋的嘛！"黑虎对他比了个赞，用钦佩的口吻说，"我怎么没想到把蛋糕裱成一片玫瑰花海呢？！这个点子太棒了，我得把它学起来！"

Leo满意地看着自己的烘焙处女作，随即又拿了一块白色的巧克力，将它融化之后倒在油纸上，在它即将硬化之际，用小刀切割出一个不规则的造型，用融化的粉色巧克力笔在上面写下——

Happy birthday to 音羽！

在写完最后一个笔画之后，他与黑虎，两个为爱做烘焙的男人默契地击了个掌。

黑虎深有感慨地拍拍他的肩膀，说道："兄弟，祝你一切顺利，也帮我祝音羽生日快乐。"

Leo冲他点点头，感谢他对他无私地帮助。

当他拎着蛋糕往车子停靠的位置走去时，接到了路易的来电。

他没事找事地问："Leo，你去了哪里呀？我在你家按了半天门铃也不见有人来开门，连那个小家伙跟音羽也不在家呢。"

"我刚刚完成一件壮举，不过我不打算告诉你。音羽带着一辰去咖啡馆打工了，你去我家做什么？"他边说边掏出车钥匙，解锁车子之后，小心翼翼地把装在白色精美的盒子里的蛋糕放在副驾驶上。

"我这不是想关心关心你的生活嘛！你说你，最近总是背着我行动，还把今天的通告给推了，我决定倾听你的想法，改进工作方式……喂，Leo，我都还没说完呢，你又给我挂电话！"

路易瞪着电话，冲它生气："你说你！一天到晚地在瞎忙什么！"

他干脆不走了，坐在 Leo 家门前的石阶上，等了半个小时，终于看到 Leo 开着保时捷出现。

他眼里绽放光芒，一扫方才的阴郁心情，三步并作两步走到 Leo 面前，见他手里提着蛋糕盒子，好奇地问："今天谁生日吗？"

"音羽。"

"哇哦！原来是音羽生日，我得留下来祝她生日快乐！"路易自作主张地决定。

Leo 停下脚步，转过头，说道："我可没邀请你。"

"呃，就当我不请自来，我跟音羽也算是朋友了，亲口祝她生日快乐还是很有必要的，Leo，你就让我进去嘛……"他边说边往 Leo 身边挤。

Leo 连忙将花费大量心血做的蛋糕捧在怀里，一脸抗拒的表情，再次拒绝："别进来！"

"Leo！你要不要做得这么绝呀！让我进去吧！"

"不行！"他用指纹开了门，闪了进去，对跟在屁股后面的路易说，"我明天要跟龙纹的总裁开会，你现在先去跟他们的助理沟通一下时间，顺便把之后的行程整理一份发给我，要好好地整理！一目了然的那种，明白吗？"

他说完，挥挥手，将门关上。

路易瞪着白色厚木门，气呼呼地嚷嚷："你就会随便找个事搪塞我，我们需要谈一谈，你干脆直说，你最近是不是看我不顺眼，什么事都瞒着我，要是你想炒我鱿鱼，你就直说嘛！"

门突然又打开了，路易连忙闭上嘴，脸上堆起职业笑容。

Leo 严肃正经地说："你有被害妄想症，赶紧去精神科约个号看看，我只说一遍，你按时吃药的话，我是不会炒你鱿鱼的，没事的话就给我消失！"

"哦好，我立马消失！"路易眉开眼笑，在确定自己短期内不会有失业之虞之后，放心了。

门再度在他面前关上。

5

Leo 精心将房子布置了一番，先是在透明落地玻璃窗上粘上亮晶晶的"Happy birthday to you"字样的气球，再用白色底布铺在大露天阳台的防腐木餐桌上，然后又对角铺上一张粉红色的桌布，摆上一高一低两只玫瑰花香的香熏蜡烛，将一瓶花香香槟搁在水晶冰桶里，最后在桌子的中央摆上亲手制作的蛋糕。

他双手抱胸，一边欣赏着自己的杰作，一边点点头，不时地扯扯桌布，让它显得更加齐整。

"再来两只……噢不，三只水晶高脚杯就完美了。"

他从厨房拎了三只高脚杯，放在香槟边上，看了看手腕上的表，显示下午五点四十分，太阳已经沉下山去了，音羽应该会在十分钟之后抵达，在那之前，他会将蜡烛点燃，让气氛显得温馨浪漫。

要是能将一辰寄存的话，该有多好啊！

想到自己精心创造出来的浪漫极有可能毁在超级电灯泡一辰手里，他就不禁有些懊恼，可却没有办法，如果他非要把一辰寄放在谁家的话，音羽肯定会起疑的，那样一来，他好不容易粉饰出来的太平……

算了！一辰在也有好处，话痨症发作起来绝对可以活络气氛。

自我安慰一番之后，门口传来一阵响动。

音羽牵着一辰走了进来，首先发现不对劲的是一辰，他像一支火箭一样冲到阳台上，指着玻璃窗上贴着的气球，兴奋不已地嚷起来："音羽姐姐，你快过来看，这里有好多气球呀！"

音羽闻声走了过来，看着玻璃上的字，脸上浮现惊喜。

Leo 笑嘻嘻地问她："喜欢吗？"

"这些都是你做的吗？"她太惊讶了。

"是啊，全部都是我做的！"他的话里有着满满的骄傲。

"爸爸，你好厉害呀！"

"嘿嘿，爸爸会的可多了，你先去洗手，我们一会儿就开饭了。"

"可是，爸爸，我们只有蛋糕，没有饭呀。"一辰指着桌上摆的大蛋糕，问出似乎考虑了很久的问题，"我们要吃蛋糕当饭吗？"

"呃……"他没想得这么远，一辰的问题把他问倒了。

音羽笑着替他解围，她对一辰说："你先去洗手，然后回房间去画一会儿画，姐姐跟爸爸会负责把饭做好，不会饿着你的！"

一辰满意地哼着不知名的小调，蹦蹦跳跳地洗手画画去了。

她看着桌上摆的大蛋糕，说："我以为你今天不在家吃饭呢，早知道，我就做个蛋糕带回来……"

"这可不是我买来的哦！"他看穿了她心里的想法，率先说道。

"那这蛋糕？"

"是我亲手做的！怎么样？看起来挺像那么回事吧？"他一脸得意地向她邀功。

她愣了一下，有些不敢相信，犹豫地问："你亲手做的？你什么时候学会做蛋糕了？"

"今天刚学的。"

"刚学的能把蛋糕做得这么漂亮，你说不定有烘焙的天赋呢。"她弯腰仔细端详着洒满玫瑰花瓣的奶油蛋糕，从蛋糕的造型、用色、用材各方面评估了一番，不禁点头称赞。

可转念一想，又问："因为我的生日，你特地去学做蛋糕的？"

Leo知道他要是承认是为她才去学的，她肯定又要钻牛角尖了，干脆扯了个善意的谎言："我今天刚好遇到黑虎，就是你上回教他做烘焙的那个，我看他在做蛋糕，想起来今天是你的生日，就跟他学了一下，没想到能做得这么完美，哈哈哈！看来，我确实是天才！"

他才不会告诉她，他为了成功将蛋白与蛋黄分离开来，浪费了几

你似清风，姗姗来迟

十颗鸡蛋的事!

"原来是黑虎大哥教你的。"

他的话简直漏洞百出!

他没事怎么会去黑虎的地盘呢?那附近都是居民生活区,他平常压根就不会从那边经过;再说那附近的烘焙坊的厨房都不是透明开放的那种,恰巧从外面经过也不可能看到厨房里的黑虎在烤蛋糕……

不管是出于什么样的理由,蛋糕是 Leo 亲手烤的,这点应该不假。

她并不想刨根问底,以免把气氛弄得尴尬。

在确认一辰乖乖地在房间里画画之后,她从冰箱里取出简单的食材,准备做一些沙拉,再烤一些雪花牛肉和牛仔骨,都是一辰喜欢吃的菜,他在回来的路上就已经在喊饿了。

Leo 主动帮忙洗水果,最近他对打下手的工作已经驾轻就熟了。

音羽趁着烤牛肉的空档,将法棍用面包刀切成片,将带盐黄油、香蒜粉、风干欧芹叶调和均匀,用抹刀抹在面包片上,放在平底锅里煎到香酥。

"你帮我切点南瓜,好吗?"她对洗完水果蔬菜的 Leo 说着。

他连忙动手,将切好的南瓜装在透明碗里,递给她。

她将它倒进煮开的水中,稍微煮了一下,然后连汤汁一起倒进食物破壁机里搅打成泥,将它们装在早已准备好的三只白色的大奶杯里面,在面上撒上一些早前煮好的藜麦,最后搁上掰碎的核桃,热腾腾的南瓜浓汤就做好了。

"浓汤里面不加牛奶吗?"Leo 还是头一次看人做这么简单的南瓜浓汤。

"嗯,一会儿不是要吃蛋糕吗?蛋糕的成分有牛奶,而且淡奶油的原始材料也是牛奶,南瓜浓汤不加奶就会显得更清爽。"音羽认真地回答。

他受教地点点头,觉得她说得很有道理。在料理这方面,她简直就是专家级别的，不仅做出来的菜好吃，而且还兼顾营养均衡。

一辰闻到烤面包与牛肉的香味，饥肠辘辘地跑出来。

他抱住音羽的腿，用小馋猫的表情望着她，嚷嚷着："姐姐，一辰快要饿死了！"

"好啦，等我把牛肉装好盘，就可以开饭了！"

"小子，别在这儿影响姐姐，跟我走！"Leo 一把将小馋猫扛在肩上，手里端着属于一辰的那份浓汤和烤面包片，带他到阳台上，让他乖乖地安静地先把浓汤喝了。

他随即回到音羽身边，一边看着她将牛肉切成方便取食的小块，一边问她："你会不会觉得每天给我们父子俩做吃的，既麻烦又无聊？"

"不会的，我喜欢做这些事。"她温柔地笑着。

"那我就安心多了，我怕哪一天，你厌倦了这一切……"

如果她抛下他与一辰跑了，他就该后悔莫及了。

"你不用放在心上，以美姐姐将一辰交给我，我就有义务照顾好他。"

"话说，柯以美到底跑哪去了？这么久了，她就一点也不担心一辰吗？"Leo 实在想不通，一个常年与儿子相依为命的女人怎么会突然抛下儿子远走他乡呢？

"她一定会回来找一辰的。"

"谁知道呢！说不定他嫌一辰麻烦，为了追寻爱情就随便编了个理由，把儿子扔给你！"

他不认识柯以美，所以才会这么想她。

音羽用十分理解的口吻说着："她不会这样做的，一辰对她来说太重要了。"

"是吗？！"

"爸爸，我已经喝完浓汤了，肉肉烤好了吗？"一辰的声音从阳台传来。

他忍不住笑着喊回去："马上就来了！你再等等！"

"他下午睡了很久，没有吃点心，早已经饿坏了。"她说着将装着切好块的雪花牛排以及黑椒牛肉的方盘递给 Leo，说道，"你先把肉拿过去给他吧，我弄一下沙拉汁就好了。"

她利落地用橄榄油、柚子醋、海盐以及黑胡椒调出健康低卡路里的油醋汁，将它淋在沙拉菜上，捧着它来到阳台，餐桌上点燃的蜡烛散发出淡淡的玫瑰香氛，Leo 开了香槟，倒了一杯递给她。

她向他道了谢之后，浅尝了一口，就连香槟都带着一股清雅的花香呢。

他从她的表情里读到了喜欢两个字。

看来他选择花香香槟算是选对了，他顺手帮一辰叉了一块肉，将话痨症马上要发作的他的嘴塞得满满的，在排除"障碍"之后，他又对音羽说："一会儿吃完饭，我和一辰给你唱生日歌，你想好要许什么愿望了吗？……呃，除了天使的右翼，你还有别的愿望吗？"

"不能许那个愿望吗？"她用木夹子夹了一些沙拉在小碗里，放在一辰的盘子边上，然后问道。

"也不是不能。"

他就是她寻觅的右翼，他是这么坚信的！所以，希望她许个别的愿望，以免白白浪费。

她眼中有一股执拗，他想，她大概还是会许那个愿望。

算了，不管她的愿望是什么，他都能为她实现！

在用餐结束之后，Leo 与一辰准备为她唱响生日祝福歌的时候，她的手机响了起来，Leo 私心里盼望她不理会这种节骨眼上打来的电话，可她还是道了一声抱歉之后，接起了电话。

不知道电话那头的人对她说了什么。

她笑着回答对方："已经有人帮我庆祝了，你不用特地……"

Leo 与一辰两人的表情如出一辙，屏息等待着音羽赶快结束通话。

然而她却说："现在吗？那好吧，我马上就回来。"

Leo 从她的回话里判断她要出门一趟，因此，他的心情不免有些低落，眼看就要切蛋糕了，音羽却要抛下他，出去见……呃，对了，到底是谁给她打的电话？！

该不会是前天在幼稚园见到的那个家伙吧？

他一脸不悦地问："谁大晚上的还给你打电话约你出去？"

"是社长。"

他没料到打来电话的人竟是那个邋遢的游戏宅男——华仔！

在他发呆期间，音羽已经穿好了外套，背着小包包，对他说："我出去一下，一会儿就回来，这些等我回来之后再收拾吧，还有，谢谢你为我做的生日蛋糕，如果一辰想吃的话，你就先切一些给他吃。"

说完，她转身跑了出去。

一辰扯了扯无法接受被音羽抛下这个残酷的事实的 Leo，指着蛋糕，问道："爸爸，蛋糕是不是要等姐姐回来才可以吃呢？"

"姐姐还没有许愿呢！"他蹲下身子，与儿子平视。

一辰表示理解地点点头，将衣袖挽得高高的，主动说："爸爸，今天是姐姐的生日，我们帮她干活，好不好？"

"好！"他摸摸一辰柔软的头发，动手收拾起来。

你似清风，姗姗来迟

第九章
意外，血型隐藏真相

1

音羽跑向晨风公园的河堤边。

华仔难得穿得这么正式，一身修身的蓝灰色相间的竖纹西装让他的身材显得修长挺拔，脚上踩着一双白色的休闲鞋，最让人在意的是，他的长发梳得整整齐齐的，束在身后。

音羽上下打量了他一番，问道："你这是？"

"刚参加完一个活动，是不是觉得我穿成这样有点奇怪？！哎呀，我自己都觉得不自在呢，不过没办法，那些个老家伙个个那么毒舌，要是我不穿得正常一点，得被他们说死！"他看了看自己的装扮，摇头失笑，从口袋里摸出一团纸，扔给她。

她慌忙伸手接住，看着随便用看过的报纸包起来的"礼物"，轻轻笑了起来。

华仔摸摸自己的后脑勺，催促她："不打开看看吗？"

"还是怀表吗？"

她打开报纸，里头赫然躺着一只黄铜质感的怀表，怀表的里面镶着一张泛黄的照片，照片上有一个抱着婴儿的女人，女人的脸模糊不清的，每一年生日，她都会从华仔那里收到造型不同的怀表，唯一不变的是怀表里面的照片。

她曾经问过他，"那照片上的人是谁？"

他是这么回答她的："圣母玛丽亚呗！她怀里的女婴就是你！你是神的女儿，耶稣基督的妹妹，是一个真正的天使哦！"

这么多年下来，她已经不再问照片上的人是谁了。

总觉得，不管她怎么问，华仔也不会把实情告诉她，她曾经幻想照片上的女人会不会就是她的亲生母亲呢？如果是那样，华仔一定清楚她的身世，可是他却什么也不肯告诉她，只是默默地守护着她。

他凝视着她的脸，仿佛透过她的脸在看着谁一样。

音羽小心翼翼地将怀表放进包里，随即看了看时间，她出来已经将近一个小时了，Leo 和一辰还在家里等她切蛋糕呢，她得走了。

华仔见状，对她挥挥手，背过身去，说着："走吧！"

就算他看不见，她还是点点头，向他道了谢，拔腿往家的方向跑去。

在她走后，华仔重重地叹了一口气，自言自语起来："音羽，我该怎么向你说明你的身世呢？！"

他烦躁地挠了挠头，望着月光下波光粼粼的河水，发起呆来。

2

刚走到半路，天公不作美，愣是下起滂沱大雨来。

音羽双手遮在眼睛上方，跑到小区附近的二十四小时便利店的屋檐下躲雨。

包里的手机在震动，可是雨势太大，雨水敲打地面的哗哗声把其他动静都掩盖了。

一个年轻的店员冲她喊道："小姐，进来避雨吧！"

音羽听不到，抬头仰望着天际。

店员走到她身边，指了指她身后透明玻璃里面摆放着供客人进食的桌椅，扯开嗓门对她说："进去坐一会儿吧，这雨一时半会儿是停不了的，等雨小一点，让你的家人来接你，或者我借你一把伞，你到时候再走吧！"

音羽感激地向他点点头，同样扯着嗓子回答："谢谢你！"

她跟着他进了店，在椅子上坐下，手肘撑在桌面上，托着腮，看着越下越大的雨，不一会儿路旁的下水口就被雨水冲刷掉下来的树叶及细枝挡住了，水眼看就要漫出来了，店员连忙拿一根细棍子将叶子拨开，让水顺利流进下水道。

路上的行人像是突然消失了，就连原本来来往往的车辆也躲避这场突如其来的大雨去了，车水马龙的马路显得异常空旷，断线珍珠般的雨从屋檐快速地滴落，将外面的世界隔绝开来的玻璃显得雾蒙蒙的。

她打开包包，想拿纸巾擦拭玻璃，不小心瞥见闪着亮光的手机。

拿起来一看，有无数条来自 Leo 的未接来电。

她毫不犹豫地回拨，他竟然神速接听，气急败坏地问："你在哪？有没有被雨淋湿？我现在过去接你，你打开位置共享。"

"哦。"她乖乖照办，打开共享之后，又有些犹豫地说，"你还是不要出来了，外面雨下得好大，我在小区附近的便利店躲雨，一会儿雨势小了，我自己会回去的。"

"就你自己一个人吗？"

"对啊。"

"我马上就到，你在那等我！"他说完快速地穿越马路，盯着对街那个挂着"24 小时营业"字样的便利店的临街玻璃墙，虽然朦朦胧胧的，可还是一眼就看见了她。

他担心她在这寒冷的冬夜里被雨淋湿，在大雨倾盆而下之后，叮嘱一辰待在房间里画画，要是不想画了就睡觉，自己拿着伞跑出来满大街地找她，当他打了十几通电话，她都没有接听时，他的心陷入了深深的不安之中，生怕她出什么事。

门感应到人体温度，自动打开。

Leo 手里的伞滴着水珠，他看着托腮望着窗上的水雾的音羽，松了口气。

将伞放在寄存筒之后，他快步走到她身边，与刚好转过头来的音羽四目相接，她的眼中浮现惊讶。

"你怎么这么快就到了？"

"我们心有灵犀！可以感应到你！"他扯出一抹苦笑，随口胡诌。

"对不起，下这么大的雨还要让你出来接我。"她歉然道。

他替她拭去发间滴落的一滴雨水，温柔地说："咱们回家吧，一辰还在家里等着切蛋糕呢！"

她任由他揽着，并肩走向门口。

在离开之前，她向亲切地店员再次道谢："谢谢你让我进来躲雨！"

"不客气！"店员认出了 Leo，眼中闪烁着崇拜的光芒，不由得对他说，"我是您的粉丝呢，不知道您方不方便给我签个名呢？"

Leo 在音羽期盼的眼神中，亲和地点了点头，给店员签了名。

随后他带着音羽，共撑一把伞，往家走去。

当他们回到家时，一辰已经趴在床上睡着了。

Leo 催促音羽："你淋了雨，先去洗个热水澡吧！"

她乖乖地按照他的指示泡了个舒适的澡，穿着白色的黑边睡衣，走到坐在沙发上等她的 Leo 的身边，他将刚刚冲泡好的姜茶递给她，看着她喝下去之后才放下心来。

他叮嘱她："早点休息吧。"

她有些惭愧地小声地说："蛋糕，要不明天再切吧？一辰已经睡着了。"

"现在还管什么蛋糕，你别把自己弄着凉就行了！今晚我会带一辰去我房间睡的，你就安心地睡个踏实觉吧。"他说着摸了摸她的额头，感觉并没有发烧。

她因他亲昵的动作而面红耳赤，心怦怦怦地一阵乱跳。

他见她的脸蛋红通通的，刚放下的心又提到了嗓子口，担心地说：

"你还是马上去睡觉吧！虽然没有发烧，但是脸很红呀！应该是受了寒，明天早上醒来要是有什么不舒服就不要去打工了，嗯？"

她点点头，不敢说自己脸红是因为他靠得太近导致的。

他将睡得像一只小猪一样的一辰抱在怀里，看着她躺下闭上眼睛才放心地关灯离开。

在他走后，她睁开眼睛，双手捂着心脏的位置，气息显得有些急促。

心跳声在安静的夜里那么突兀。

她渐渐地有些控制不住自己的心，最近，它总是没来由得一阵狂跳呢！

或许，也并不是没来由！

每当 Leo 靠近她的时候，它就开始不受她的控制了！

她这样，是喜欢上他了吗？

不可以那样的！他是一辰的爸爸，以美姐姐的爱人……

是她不可以爱上的人！

她的眉头深锁，强迫自己不要再想 Leo，可是早已失控的心哪里肯听她的话呢！辗转反侧了好久，她才终因疲累而陷入了香甜梦乡。

第二天下班回家之后，忍了一天的一辰再也忍不住了。

他眼巴巴地看着摆在桌子上的蛋糕，用企求的语气对音羽说："姐姐，爸爸还没有回来，我们可不可以先挖一小块蛋糕吃呢？"

"好吧，我去给你拿小盘子和小叉子。"

她说着往厨房走去，当她拿着盘子与叉子回来时，一辰已经用他那双胖胖的小手把蛋糕挖出了一个大洞，他一边舔着手上的奶油，一边又抓了一大块蛋糕准备往嘴里塞。

音羽为之失笑，却还是忍不住教训他："一辰，你怎么可以用手抓蛋糕呢？"

"我饿了！"他满嘴蛋糕，含糊不清地说着，突然小脸上露出诡异的表情，他用满是奶油的小手往嘴里掏了掏，掏出一个小小的硬物来，递给音羽，不解地问，"这是骨头！蛋糕有骨头吗，姐姐？"

"蛋糕哪有骨头呀！"她将不明物体用清水冲洗干净之后露出它本来的面目。

"这不是我在 The Cube 地下购物商场看到的那个迷你放大镜吗？难道是 Leo 偷偷买了它？"她抚摸着这个独一无二的放大镜，浮想联翩。

就在她百思不得其解的时候，Leo 回来了，身后还跟着跟屁虫似的路易。

他瞪着满脸奶油的一辰，慌忙上前阻止他继续"挖掘"已经残败不堪的蛋糕，小声地附在他耳边，问道："小家伙，你有没有吃到一个硬硬的东西？"

一辰连忙点点头，学他的样子，小小声地说："我把它给音羽姐姐了。"

Leo 转身望向坐在沙发上的音羽，她的手里确实就是他之前放进蛋糕里的那个迷你放大镜，那个不长眼的路易抢在他之前，对音羽说："哟，这个放大镜很少见啊，哪儿买的呀？"

音羽抬起头，看了他一眼，随即看向他身后的 Leo，眼神中打着无数个问号。

Leo 连忙走过来，解释道："那个放大镜啊，你上回不是很想要吗？我就把它买下来了，刚好送给你当生日礼物，你喜欢这个的吧？"

"嗯，原来你买了它。"

路易摸摸自己的鼻子，感觉自己有点多余，尴尬地找了个借口就回去了。

音羽看着手心里的放大镜，向他道谢："谢谢你的生日礼物，但是不可以把它放在蛋糕里！万一一辰把它吞下去怎么办？！"

"呃，一辰不是没把它吞下去嘛！他是我的儿子，天才的儿子只能是天才，他不会那么傻的！"说完，他转而望向自己洗脸洗手后跑过来求抱抱的一辰，对他说，"对吧！我聪明的儿子！"

不管爸爸问的是什么，他一律点头。

音羽看着这对活宝父子，不禁笑了起来，这是她收到的最喜欢的生日礼物呢！

她轻轻地抚摸着迷你放大镜上的小碎钻，为他贴心的举动而感动。

3

Leo换好衣服之后，再度撇下路易，往停车场飞奔而去。

刚巧，龙鸢停好车，从车上走下来，看见他，向他挥手打招呼："Leo，跑这么快去哪呀？"

"学姐，今天是一辰第一天去幼稚园上课，我赶着去接他下课呢。"他边说边坐上驾驶座。

"没想到你这爸爸当得挺称职的，快去吧！"

她挥挥手，目送他的车子离开。

如果当年她没有跟那个人分手的话，说不定现在也已经过上了稳定的家庭生活，有爱人、有孩子……然而，她却选择背负起家族的重担，在她担任总裁的十年间，不但将"龙星"国际集团的股票翻了一番，还创立了属于自己的时尚品牌——"龙纹"。

现在再也没有人可以对她指手画脚、说三道四了，可是，她想要的生活却已然回不去了！

她看着电梯镜子里映出来的自己，成熟、妩媚、干练，拥有美丽的脸庞与高挑玲珑的身材，在外人看来是多么地春风得意，可是，只有她自己知道……寂寞已经深入她的骨髓，如果思念是一种病，她已经病入膏肓了，好想再见他一面。

"叮"的一声响，电梯门打开了，门外站着几个年轻的员工。

他们不约而同地向她行礼，道声："总裁好！"

她礼貌性地回以一记微笑，边走出电梯边说了声："你们好！"

这就是她生活的全部。

她迈着沉重的步伐往总裁办公室走去。

Leo 到刻为咖啡馆接了提早下班的音羽，两人一起去小天使幼稚园等一辰下课。

见他一路深呼吸了好几次，音羽不禁安抚他道："一辰个性开朗，很容易跟小伙伴们打成一片，你不用太过担心他的。"

"我看起来很担心吗？"

"是哦！超级担心！"她掩嘴偷笑。

他瞥了她一眼，没好气地说："我是第一次当爸爸，第一次去幼稚园接儿子放学，有点紧张也是很自然的事，你不要再笑我了！"

"好啦，我不笑你，一辰还有半个小时才下课呢。"她看了看时间，说道。

说话间，车子已经抵达小天使幼稚园门口，那儿已停着好几辆车，都是今年刚收的小 A 班学生的家长开来的。

蓝色的铁门紧闭，虽然将家长们拦在了门外，但是却可以透过铁门看见里面的情况。

小 A 班的蔡老师正领着小朋友们在前院跳舞，充满童趣的音乐飘荡在空气里，让焦急等待的家长们也不由得放下心来，随着音乐轻轻地打着拍子，目光追随着自家的孩子。

Leo 指着站在第一排中间，那个穿着羊羔绒牛仔外套，正随音乐夸张地摇来摆去的小家伙，对音羽说："你看！他在那儿！小屁孩也跳得太难看了！一点也没有遗传到他爸爸优良的基因！"

"哈哈，我觉得他跳得挺可爱的呢！"她的视线随着一辰起舞。

"你的审美显然是有点问题的！"

他虽然说着贬损儿子的话，可在一辰发现他的那一瞬间，他立马对他竖起了大拇指，不顾形象地喊着："儿子，你是最棒的！跳得好极了！"

音羽忍俊不禁，看着他眉宇间飞扬的神采，不禁想起当初刚刚得知一辰是他的儿子时的他。

那时候他死也不肯承认一辰是他的儿子呢，与如今的他判若两人。

她颇有感慨地问："有一个可爱的儿子感觉是不是挺好的？"

"那当然！"他看向她，语带双关地说，"如果没有你，就算拥有一辰，我也不会幸福的！"

"为什么？"

"因为我们两个很快就会饿死。"

她被他夸张的言辞逗笑，小脸微微有些泛红。

虽然已经习惯了他时不时地油腔滑调，可是每次她都会当真，心都会怦怦地跳乱了节奏。

音乐声戛然而止，小A班的蔡老师让小朋友们散开，在院子里玩耍。

她自己躲在树后煲起了电话粥。

一辰先是跑到门边喊他们："爸爸、音羽姐姐，你们来接一辰啦！"

"是呢，一辰今天有没有乖乖的？"音羽摸摸他有些汗湿的头，从包里拿出淡粉色的手帕，替他擦拭。

他重重地点头："有啊！一辰都有听老师的话，也没有偷偷地哭！"

"有还是没有？"Leo轻轻敲了敲他的脑袋瓜。

"没有……"他摇摇头，随即又点点头，用逞强的表情说着，"只有偷偷地哭一下下，就一下下！我想爸爸还有音羽姐姐了，你们怎么才来呀！"

"爸爸一结束工作就飞奔过来了，你个小屁孩，意见还挺多的！"

"一辰，别在这待着了，过去跟小朋友们一起玩吧！"音羽指着远处三三两两结伴玩耍的小朋友们，对一辰说，"等一会儿就可以回家了。"

一辰乖巧地点点头，依依不舍地看了他们一眼，转过身就立马转换了个情绪，蹦蹦跳跳地跑了回去。

他爬上滑滑梯的顶端，可是有好几个小朋友正在排队要玩。

他默默地扶着栏杆，等待着，可是前面的小朋友不知为何吵起架来，一眨眼就演变成了多人之间的相互推搡，小蔡老师并没有及时发现并制止，而是继续躲在树后没完没了地煲着电话粥。

音羽有些担心地喊着小蔡老师，但她却充耳不闻。

就在他们想打给办公室里的玛丽亚院长时，意想不到的一幕发生了！

一辰被比他高个子的两个男孩推挤，跌倒在楼梯口，他们或许是年纪太小，没有意识到这样的行为有多危险，一辰努力地凭借自己的力量爬起来，可就在这时，两个男孩又打起来了，他们一阵胡乱挥拳波及无辜的一辰，他一个没站稳，从滑滑梯的楼梯口摔了下去。

音羽被吓得惊叫："一辰！"

Leo急得踹门，一旁的家长们看见了，也连忙帮忙喊着树后仍不知发生了何事的小蔡老师。

她终于反应过来，赶忙跑过来给他们开门。

Leo怒火中烧，恨不得将她拎起来打一顿。身为老师，她实在是失职！但他知道就算他不那么做，玛丽亚院长也会严肃地处罚她，眼下最要紧的是一辰！

他与音羽火速冲到滑滑梯底下，惊见满脸是血，因疼痛而缩成一团的一辰。

他将瑟瑟发抖的小家伙抱在怀里，没空理会滑滑梯上头因惊吓而哭成一团的小朋友们，径自抱着他冲出幼稚园，音羽慌了神，只能跟着他跑。

Leo将一辰送到最近的一家医院，急诊科医生在第一时间替一辰做了初步包扎，先止住了头上的伤口，紧接着推着他进行更精密的检查。

音羽拼命忍住在眼眶里打转的眼泪，不停地搓着因不安而僵硬、冰冷的手。

Leo 强自镇定，将她拉进怀里，轻拍着她的背，安抚道："别怕，一辰不会有事的！"

"呜……他从那么高的地方摔下来，还流了那么多血……"她越想越害怕，连声音也跟着颤抖起来。

"相信我，他不会有事的！"他的话更像是在自我催眠。

不断有新的病患被送进急救中心，护士们一刻也没停歇地奔走着。

他们时不时地拦住她们，焦急地问："刚才送进来的小男孩，情况怎么样了？"

"少安勿躁，医生已经在进行紧急处理，你们再耐心等一会儿，有什么情况的话，医生会来向你们说明的，不好意思，我得赶着去血库取血袋，麻烦你们借过一下。"

护士急匆匆地跑了。

Leo 愣了一下，脸色突然变得有点难看。

音羽担心地问："你怎么了？"

"我是 RH 阴性 AB 血型，如果一辰需要输血，我怕医院的血库里未必有储备，我得去给他输血，你在这等我，好吗？"

"我陪你一块去吧！"

她虽然不太懂血型，但也听说过 RH 阴性 AB 型血液是很稀有罕见的，被称为熊猫血。

他点点头，和音羽一起去找护士长。

他们对护士长说明了情况之后，护士长的表情显得有些惊诧，她反复再三确认了 Leo 的血型："你真的是 RH 阴性 AB 血型？这不可能啊！"

"千真万确！在我的家族里，除了我以外，已过世的奶奶也是这个血型。"

"嗯，隔代遗传是极有可能的，但是……"护士长犹豫再三，还是将手中一辰的病例报告递给他，指着其中血型一行说，"一辰是 O 型血，AB 型不管跟什么血型结合都不可能生出 O 型血的小孩。"

"你的意思是……一辰不是我儿子？"他的神情像被雷劈了一般震惊。

"这个，我不能断言，如果你在这方面有疑问，可以咨询我院遗传科学学科。"护士长谨慎地说道。

"Leo……"音羽也是一脸茫然。

以美姐姐明明留书给她说一辰就是 Leo 的亲生儿子，可是刚刚护士长却说以 Leo 的血型是不可能生出 O 型血的一辰……究竟是怎么回事？难道连以美姐姐自己都搞错了一辰的亲生父亲吗？不，以美姐姐不是那么迷糊的人，会不会其中有什么隐情呢？

Leo 稍微平复了心中的震惊之后，将病例还给护士长，焦虑地问："那一辰是不是需要输血？"

"我是 O 型血，我可以为一辰输血。"音羽回过头来，连忙挽起自己的衣袖，毛遂自荐。

护士长又看了看病例，笑了笑说："一辰小朋友虽然看起来挺严重的，也流了一些血，但是经过检查，都只是一些皮外伤，唯一算得上比较严重的是小腿轻微骨折，应该是高处滚落导致的，你们俩不需要这么担心，他一会儿就会清醒，留院观察几天就可以回家了。"

"没大问题？"Leo 不敢置信地问。

他明明看到一辰满脸是血，小脸惨白惨白的，好像呼吸都快停止了，怎么会只是轻微骨折呢？

他盯着病例，向护士长确认："这个病例是一辰的吗？该不会是跟别的病人搞混了吧？"

"先生，请相信我们的专业判断，孩子没事，请你放心。"

"护士长，不好意思，他有点紧张过头了。"音羽代有些失礼的 Leo 向她道歉，说完拉着他往急诊中心走去。刚走到门口就见到一辰脑袋上包扎着纱布，躺在小病床上，被医生推着出来。

Leo急步上前查看他的伤势，果然如护士长所说，只是脑袋受了点伤，小腿打了石膏而已。

虽然如此，他还是忍不住问医生："他真的没什么大碍吗？"

"是的，小孩子顽皮难免会有些小磕小碰，不需要太担心，过几天就会彻底好起来的。"医生推了推鼻梁上的眼镜，继续将病床推往儿科所在的住院部。

"Leo，刚才护士长说，一辰并不是你的亲生儿子……"音羽小声地说着，"之前硬要你承认他，现在全世界都知道一辰是你的儿子，这件事是我大意导致的，我应该先让你们做亲子鉴定的，对不起！"

Leo背靠着墙壁，因一辰没什么大碍而松了一口气。

一辰是不是他的亲生儿子，这个问题他也很纠结，但更多的是纠结于一辰如果不是他的儿子，音羽是不是会带着一辰离开他？如果是那样，他更希望一辰是他的儿子！那样，他就有理由把音羽留在身边！

见他不说话，以为他气得不轻，音羽默默地低下了头，看着自己脚上小白鞋的鞋尖发起呆来。

他不知道该怎么表达此刻心中的那股失落。

也沉默着。

直到刚才那个推走一辰的眼镜医生回到他们身边，对他们说："一辰小朋友真是精力旺盛呢，这么一会儿工夫就已经醒过来了，正在哭着喊着要找你们了，你们快过去吧。"

音羽连忙跑着去找一辰，Leo大步跟在她身后，心中五味杂陈。

就算一辰跟他没有血缘关系，他的心里仍然牵挂着他，那个可爱又调皮捣蛋的小机灵鬼！但此刻萦绕在他心头的另一个问题是——一辰的爸爸到底是谁？为什么他长得那么像自己呢？！

或许，他的爸爸是与他拥有相近基因的人！

在艾奇家族，与他年岁、长相最接近的人……就是他的堂哥杰西。

一辰有可能是杰西的儿子吗？不会吧！杰西与柯以美是不可能会有交集的两个人！果然，还是他想太多了吧？！

想着想着就来到了儿科的病房，一辰坐在床上，一边抹着眼泪一边蹬着打着石膏的右小腿。

Leo上前摸了摸他的头，语气里透着疼爱，问他："疼吗？"

"不疼……"他逞强地回答，可是小脑袋瓜子却做出相反的反应，拼命地点着头。

"笨蛋！你就不知道躲开吗？"

他将小小的他抱在怀里，轻抚着硬邦邦的石膏，突然玩性大起，向经过的护士要了一支签名笔，在一辰的石膏上画了一只狐狸，在狐狸的旁边画了个对话框，在里面写上："本君要一辰的伤快快好起来！"

"啊！是稻荷神的使者！"一辰想起之前在日本稻荷神社里看到过的石狐狸，兴奋地要抢Leo手里的签字笔，嚷嚷着，"我也要画！我也要画！"

Leo把笔举得高高的，一辰受了伤，一动就疼得龇牙咧嘴。

音羽看不过眼，帮他抢了笔，塞进他的手里，柔声叮嘱他："只可以画在石膏上，不可以弄脏别的地方哦！"

一辰连声答应，拿着笔在狐狸的旁边画出了鸟居门，一个接着一个，似乎打算将它画满石膏。

Leo叹为观止，由着他画个够。

音羽望着他们，心事重重。

4

普罗旺斯。

风雪越刮越大，丝毫没有要停下来的意思。

一身白大褂的医生站在狭小的阁楼的单人床边，替昏睡中的柯以美换了另一瓶输液，见她睡得不太安稳，想替她调整调整枕头的位置，却被脸色阴沉的男主人制止了。

"我来吧。"他坐在床沿，将她搂进怀里，轻轻拍了拍枕头，让它显得蓬松一些。

小心翼翼地把她放平，替她把被子盖上之后，他蹙着眉头问医生："她怎么样了？已经昏昏沉沉地睡了这么多天了，丝毫没有好起来的势头，你给她用的药一点效果都没有！"

"艾奇先生，这可不能怪我呀！要怪只能怪她在这种季节这个时间感染了严重的肺炎，我已经按照常规给她用药了，照理说应该要醒过来了……也许，是病人本身并不想清醒吧！"老医生蓄着络腮胡，看着以美摇了摇头，轻叹一声，"如果过两天还是这样，得把她送去巴黎的大医院救治才行！"

"没有别的药可以治她了吗？"

"先生，我已经尽了全力了，如果她的情况有所好转，请通知我，我到时再来看她。"医生说完背起搁在地上的药箱，向他告辞之后离开。

阁楼里只剩下他与昏睡着的以美两个人。

他望着她睡梦中也紧锁着的秀眉，情不自禁地伸手想将她的眉熨平。

她到底梦见了什么呢？

从她不时的呓语中，他唯一听懂的只有他的名字——杰西。

她真的认识他吗？为什么他一点印象也没有呢？

"醒来吧，把你所知道的一切都告诉我，好吗？"他的指腹轻抚着她细嫩却略显苍白的脸颊，眼中流露出一丝痛苦，他已经没有时间再耗在这里陪她了，在回巴黎之前，多么希望能看到她醒过来。

口袋里的手机又在震动了，他知道是巴黎那边打来的。

此刻，他多么希望科技倒退几十年，手机这种烦人的东西从来都没有被发明出来过！他就不必费神想各种理由拒接那些恼人的来电。

他挣扎了一会儿，终究还是站起身，缓缓走出房间。

5

医院的夜晚显得格外幽静。

Leo 拎着一锅花费大量心血熬煮的鱼汤，轻轻地推开病房的门。

在路易的安排之下，一辰已经被转到 VIP 病房，他穿过客厅，径直走到病床边，一辰已经睡着了，负责看护他的音羽也累得趴在床边沉入了梦乡。

他将鸡汤搁在床头柜上，动作极轻柔地将音羽抱了起来，把她放在长沙发上。

为她盖好毛毯之后，他就这样静静地凝视着她的脸，将她的五官细细地在心里描绘，像是要深深地将她的模样烙印在心里似的，如痴如醉。

月光透过半开的窗户洒在她的身上，他仿佛又看到了从她身上散发出的光芒。

夜如静谧娴雅的女子，光着脚丫缓慢地行走在时光的阶梯之上，当她终于抵达如墨般的天尽头，太阳便出现了，照亮了世间的一切，也带来了些许温暖。

音羽缓缓睁开眼睛，伸手挡住照在脸上的略微有些扎眼的阳光。

似乎是听到了她醒来的动静，一夜无眠的 Leo 从病床边踱了出来，坐在她面前的茶几上，望着睡眼惺忪的她，笑道："你累了，应该多睡一会儿的。"

"一辰怎么样了？醒了吗？"她心里最记挂的是受伤的一辰。

"那个懒猪还在睡呢，我叫路易买了早餐，你去洗个脸，过来吃点吧。"

她瞥向一旁小餐桌上丰盛的早点，虽然没什么胃口，还是点了点头。

敲门声随即响起，路易从门口探出脑袋，问道："我可以进来吗？"说完，就自顾自地走了进来，手里捧着厚厚的行程本，边走边念：

"上午的行程已经全部安排改期了，下午与龙纹的会议是无论如何也推不掉的，你可别再让我去了，我又不懂时尚，要是我能替你去的话我肯定不会推辞的……"

"我知道了，下午我会去龙纹一趟的。"Leo皱了皱眉，干脆地说。

"那就好，晚上本来应该跟 X-start 前成员君灿以及 Seven 进行年度演唱会排练的，你已经好几次都没有参加了，不过我跟他们说了一辰的事，他们让你好好照顾一辰，演唱会的事他们会看着办的。"他说完从包里拿出一个平板电脑递给 Leo，并解释，"里面有君灿写的新歌，还有他预录的 Demo 带，你有空的时候可以先听一下。"

Leo 看了一眼平板电脑，随手将它搁在床头柜上。

路易看着手里的行程本，接着又说："晚上不知道你能不能抽个时间，幻晶工作室那个常年环球游历的天才摄影师回来了，不过他只在 F 城待两天，幻晶方面希望你能在那位还在 F 城的时间内过去一趟，完成预定要为蝶羽拍摄的广告宣传海报。"

Leo 思索片刻，看了看病床上仍在呼呼大睡的一辰，显得有些犹豫。

音羽见状，自告奋勇地说："你去吧，我会负责照顾好一辰的，而且医生说了他没什么大碍，能吃能睡，只是不能跑跳而已，你不用一直在这里陪他的。"

"那好吧，我去去就回来。"

话音刚落，手机就振动了起来，他怕吵醒一辰，便出去走廊接听。

他刚走，路易就一脸八卦地压低嗓音问正在喝粥的音羽，他说："我听到一个消息，那个……也有可能是谣传啦！就是说……那个……那个一辰的血型……"

见他支支吾吾，欲言又止的模样，音羽干脆地回答："是的，一辰是 O 型。"

路易惊讶地张大嘴，连忙又用手捂上，怕自己发出什么奇怪的声响惊动就在门外接听电话的 Leo，他用小到几乎接近气音的音量说：

"Leo 是 RH 阴性 AB 血型，不可能有一个 O 型血的儿子，这样看来，一辰并不是 Leo 的儿子，我的天啦，全世界都知道 Leo 有个私生子，现在又要自己推翻这件事？！唉，我头都大了！怎么会这么离谱呢！音羽，当初可是你带着一辰来找 Leo，口口声声说 Leo 就是一辰的爸爸的，你要为这件事负全部责任啊！"

"对不起，我不知道事情会是这样。"她羞愧地道歉。

"眼下的问题是要怎么跟媒体交代呢？哎哟，真是愁死我了！"路易一边烦躁地翻动着行程本，一边开动脑筋想着点子。

音羽咬了咬下唇，对路易提议："不如我去向媒体解释这件事吧，本来就是我的错。"

"不好，那样一来，媒体就会发难，觉得 Leo 迷糊到自己有没有跟柯以美发生关系都搞不清楚，就随便承认了一辰这个儿子，那对 Leo 的形象会造成负面影响……"

虽然事实 Leo 就是那么糊里糊涂的，连亲子鉴定都没做就公开了私生子一事，但他身为经纪人也不能平白将自己辛苦捧红的艺人的弱点展示给大众。

吃瓜群众总是不嫌事大的，他得想办法把这件事合理化，最好能大事化小，小事化了。

见路易忙着想办法，音羽便不再言语。

在这之前，她从来没有想过一辰有可能不是 Leo 的儿子，现如今她该怎么办呢？等一辰伤好了，他们就没有理由再回到 Leo 家去了，以美姐姐又不知道去哪了，她该带一辰去哪呢？

Leo 接完电话回到病房，见音羽怔怔出神，就连路易也难得没有话痨症发作地显得有些沉默。

他忍不住干咳两声，强调自己的存在感，果然成功唤回了他们的注意力。

他问："你们都怎么了？一大早地神游？"

"Leo，一辰不是你儿子这件事，你打算怎么向媒体说明？"路易憋不住心事，单刀直入地挑明。

"需要说明吗？"他挑了挑眉，用理所当然的语气说，"一辰在我的心里，就是我的儿子。"

"哇！你这招太高明了！"

路易一脸崇拜地看着他，忍不住拍手叫好："本来媒体就对一辰的身世感到好奇，虽然你公开承认一辰是你的儿子，可是却没说是亲生的儿子，到时候就跟媒体说一辰是你的干儿子！"

"这样可以吗？"音羽有些忐忑地问。

"当然可以，就连我们公司首页的说明里面，也没有明确地说一辰是 Leo 的亲生儿子，只说是儿子！"路易喜出望外，像打了鸡血似的又活了过来，干劲十足地说，"我先回公司去了，跟宣传部开个会，看看怎么补充说明一辰是干儿子这件事。"

Leo 随便挥挥手，算是打发了路易。

音羽问他："你刚才说的……是路易理解的那个意思吗？"

Leo 替她重新装了一碗热粥，扬起一记洒脱的笑，回答："我可没想那么多，不过路易的脑子转得可真够快的，不愧是做经纪人的。"

"如果能够挽回我一时大意犯下的错误就好了。"她满脸愧疚。

"你有什么错呢？反而是我应该感谢你，把这么个古灵精怪的小家伙带到我的生命里，让我学会了很多事……例如，容忍他到处乱画，因为那是在舒展他的天性；不再叫外卖，因为一点营养也没有，不利于孩子的健康成长；和他人分享喜悦、分工合作，哪怕只是一起做饭也能找到乐趣；学会照顾别人……"他的眼神真诚且温暖，每一句话都像是在安慰她。

她暗自叹息，心想："其实是我们一直在打扰你的生活！把一切都弄得一团糟！"

Leo 不放心地问："你不会想着要带一辰离开我吧？"

"没、没有。"

她心虚地低下头，就差没把脸埋进粥里了。

他看不见她此刻的表情，不知道她的心思与她的回答是否一致，只好对她强调："一辰虽然跟我没有血缘关系，但是我们俩现在已经亲如父子了，你不要想着把他从我身边带走，听明白了吗？"

她几不可闻地"嗯"了一声。

Leo就算是百般不放心，还是要在下午时分赶去"龙纹"位于华林路段的展店。

护士推着一辰出去晒太阳了，音羽将病床收拾整齐之后，也走到医院中庭的花园里寻找一辰，远远地，她就看到他正眉飞色舞地跟一个比他略微高出半个头的小女孩聊天。

当她走近时，听到一辰一边夸张地比手画脚，一边对小女孩说着："宇宙就是这么这么大的……"说完，还用他那短小的手画了个大圈圈，接着又说，"等我长大了要去月球，听说上面有很多很多小兔子。"

"月球上面才没有小兔子呢！我妈妈说了，月球上面什么都没有！"小女孩怀里抱着一只米色的邦尼兔，扯了扯它的耳朵，反驳道。

"你妈妈去月球上面看过了吗？真的没有兔子吗？"

一辰显然对这个话题很感兴趣，一直在上头绕来绕去。

小女孩用力地点点头，白皙的小脸上写着"坚定"两个字。

一辰也不再坚持，他很快就改了口："那等我长大了就去月球上看看到底有没有小兔子，再回来告诉你，我妈妈说过，没有亲眼见过就不可以乱说！"

"那好，我们拉钩！"小女孩朝一辰伸出手。

"拉钩上吊一百年不许变！"

一辰跟她拉完钩之后才发现早已在身后看了他们老半天的音羽，有些害羞地掩起脸，嚷嚷道："姐姐，你偷听人家讲话！"

"我哪有，明明是你讲得太大声了！"她笑着将他抱回轮椅上坐

你似清风，姗姗来迟

好，转头看向陪一辰聊天的小女孩。

她身穿黑色连帽镶貉子毛领的修身羽绒服，内搭绛紫色丝绒拼白色风琴纹翻领连衣裙，领口处别着一枚向日葵造型的小别针，她礼貌性地向音羽问好："你是一辰的姐姐吗？我叫兰雨希，今年四岁半，暂时也住在这里。"

"你生病了吗？"音羽蹲下身子，与她平视。

"嗯，我妈妈说我的病可以治好的，可是我听到医生偷偷说的话了，他们说我活不到长大的那一天，所以，我一直在想，我离长大还有多久呢？我想在长大之前多一点时间跟爸爸妈妈在一起，但是，爸爸还不知道这个世界上有我呢，我妈妈说她是偷偷生下我的，因为她太爱我爸爸了……"小女孩像是很久没有跟人聊过天，逮着机会，将心事一股脑地说给音羽听。

音羽心疼不已地摸摸她的头，想说些安慰她的话却发现自己一句话也说不出来，已然泪流满面。

她不知道这个小女孩患了什么病，但她小小年纪就已经这么懂事，这点令她既欣慰又难过。

小女孩突然从她眼前跑开，飞奔进一个黑衣女人的怀抱里，那个女人就是她的妈妈吧。

她有一头乌黑的长发，发尾染成了紫色，笑起来时丹凤眼眯成了一条缝，嘴旁的小酒窝隐隐约约的，小女孩和她长得有几分神似呢。

她很快地牵着小女孩的手消失在了医院的花园。

护士将坐在轮椅上的一辰推到音羽身边，望着小女孩消失的方向，轻叹一声，幽幽说道："那个漂亮的小女孩患有先天性心脏病呢，我们医院顶级的专家会诊之后也没能给出一个合适的治疗方案，她今天出院了，希望她健健康康的。"

音羽听完之后，心里更加难过，想起那个叫兰雨希的小女孩说的话——

"医生说我活不到长大成人了。"

就算是一个大人也无法用轻松的口吻说出这番沉重的话，可是她却像是看透了生与死，明明才四岁半，却被迫要与死神做抗争。

一直沉默不语的一辰轻轻扯了扯她的衣角，用无比难过的语气问她："音羽姐姐，那个小姐姐是不是很快就要消失了？我好喜欢跟她聊天……等长大了，我还要告诉她月球上有没有兔子呢。"

"也许等医学更发达一些，她就不会消失了。"音羽蹲下身子，认真地说道。

"那一辰不要当画家了，一辰要当医生！"

"你哦！"她轻轻点了下他的鼻尖，嘴角的笑容显得有些宠溺。

6

天花板为什么晃来晃去的呢？

她的头痛得快要炸开了！眼皮酸涩得一个劲地往下掉，她费了九牛二虎之力才睁开它，努力看清楚眼前的景象——木质的屋顶尖尖的，她是在阁楼上吗？

她还记得之前明明倒在冰冷的地板上，杰西当时正用无比冰冷的眼神看着她……审讯她。

然后，她大概是陷入了梦里。

在那片皑皑雪地里，她四处奔走却找不到出路，大雪渐渐将无力的她掩埋了，冰封住了她所有的知觉，周遭一片宁静，既感觉不到疼痛也不再难过，她以为自己会就那样沉睡下去，直到……

她听到了杰西的呼唤声。

他用温柔的声音不停地唤她回来，于是，覆盖在她身上的雪化成了水，灌溉进了身下的泥土里，重新长出了幽香繁盛的薰衣草花海，她循着杰西的声音，走回到这间乡间小屋。

门外隐隐约约地传来熟悉的声音。

是杰西的说话声。

他在跟谁说话呢？她只听到他一个人的声音，她想，或许他是在跟谁讲电话？

她努力集中渐渐有些涣散的精神，听着他在虚掩的门后方铿锵有力地说着："我明天就会回到巴黎，订婚典礼开始前我会出现的……"

原来，他要走了。

她放弃一切，从F城追到巴黎，想阻止他和别的女人结婚，在他的酒里下迷药把他灌倒之后绑走或许是她这辈子最异想天开的想法，她居然当真那么干了，可想而知，结果必然是失败！

令她稍感欣慰的是，她终究还是在多年之后重新遇见了他。

他的脸早已刻印在她的心上，只是心上的那个人被她用幻想修饰得太过完美了！她没有料到，多年之后的杰西变成了一只嗜血的狮子，狂傲、残酷。她就像是一只无知的四处逃窜的小猫，逃不出他的爪子。

可是爱情，不就是毫无理智的飞蛾扑火吗？

她不爱他吗？不，她只是害怕受到更深的伤害，害怕在说了爱他之后，换来冰冷无情的眼神；害怕他从心底里敌视她、仇恨她……这样的杰西是不会爱上她的。

既然如此，就让她从他的世界彻底消失，就像，她从来没有出现过一样。

门吱呀一声打开。

杰西走到病床边，望着依然紧闭着双眼的以美，轻轻地喟叹一声。

明天他就要走了，她却还在昏睡中，他该拿她怎么办？！

第十章

悸动，颤抖的右翼

1

"龙纹"展店会议室内。

会议结束之后，与会人员三三两两地离去，最后只剩下龙鸢和被她留下来的 Leo。

他看了看手表，眼中浮现一抹急切，不免焦躁地对她说："学姐，你还有什么事吗？"

"我听说了。"她突兀地说。

"什么？"

"一辰的事。"

Leo 愣了一下，总算反应过来，有些无奈地问："是路易那个大嘴巴跟你说的吧！"

她并未否认。

"那他应该也跟你说了事情的前因后果，你还有什么问题要问我的？"

"我想问的是，接下来，你想怎么做呢？"她难得八卦，只因对象是与她臭味相投、志同道合的学弟。

"还能怎么办！等一辰伤好了，接他回家，像以前一样……"

"你觉得你们之间还能像以前一样吗？"她犀利地问出一直困扰Leo的问题。

"学姐！"

"我认为，你应该抓住这个大好机会，你从一个有拖油瓶的老爸变成了黄金单身汉，这么一大有利条件你没有发现吗？我知道你喜欢音羽，不如趁机向她表白，把她留在你身边。"

"我亲爱的学姐，你当我的脑子是摆设用的吗？你说的我全部都想过，但我比你更了解音羽，她是一个死脑筋的女孩，她现在一定想着自己做了错事，应该尽快拨乱反正，带着一辰离开我！所以，你就别耽误我时间了，我得赶紧回去看住她。"

他说完向她挥挥手，往会议室门口方向走去。

龙鸢脸上挂着一丝担忧，犹豫了一下，还是出声提醒他："Leo，好好把握机会，尽快向她表白，我希望你们得到幸福，别像我一样，犹犹豫豫的，把所有的事都考虑到了，唯独没有考虑'爱情是经不起岁月揉捏'的，最后落得……"

他停住脚步，折返回她身边，轻轻抱了她一下，在她耳边安慰："或许，并不是像你想的那样一切都来不及了，万一他还在痴痴地等你呢？你为什么不去到他的身边，亲口问问他的想法呢？紫月。"

已经有很久没有人喊过她的小名了，她的心微微有些震动。

那个人在她那么决绝地提出分手之后，还会在原地等着她吗？她不敢想象！

"去吧，给自己的心一个交代。"他像对待一个脆弱的孩子一样摸了摸她的头，扯出一抹温柔的笑。

"嗯。"她终于点了点头，眼中有了笑意。

也许等待她的是难堪的结局，她还是决定不再徘徊不前，像Leo说的那样，这么多年了，她的心空落落的，她应该回到巴黎找那个人把她的心讨回来……

2

医生说一辰今天可以出院了。

音羽一边收拾着属于他的衣物玩具，一边看着趴在床上乖乖在画本上画画的一辰。

她思考了很久，决定将真相告诉他，于是，她蹲在床沿，轻声说："一辰，如果现在的爸爸不是你的亲生爸爸，你觉得会怎么样呢？"

一辰闻声抬起头来，眨巴眨巴眼睛，用天真的语气说着："现在的爸爸就是一辰的爸爸呀！"

"我是说如果他不是……"

"他是！"

"一辰，其实，Leo 并不是你的亲生爸爸。"她不知道该怎么说了。

"那妈妈为什么说他是爸爸呢？"

"那个我也不知道，我们只能等你妈妈回来再问她，一辰，Leo 不是你的亲生爸爸，我们不能继续在他家里住了，你愿意跟姐姐一起住到别的地方，等妈妈回来吗？"

"姐姐去哪，一辰就去哪！"他话虽这么说，可是眼神却是抗拒的，挣扎又挣扎，才小小声地说，"我们不可以在 Leo 爸爸家住到妈妈回来吗？"

"我们已经给他添了太多麻烦了。"她的语气里有太多无奈。

回想与 Leo 认识至今，他们之间发生的点点滴滴，虽然日子并不长可是回忆却是那么多……多到泪水溢出了眼眶，像断了线的珍珠，一串串地滴落。

一辰推开画本，爬到她面前，替她擦拭脸颊上残留的泪水。

他轻声说："姐姐，不要哭了，一辰也舍不得离开 Leo 爸爸，我们想他的时候就去找他，好吗？"

音羽显得有些为难，但还是点头答应。

3

路易紧跟在 Leo 身后，在抵达住院部之后，他就主动跑到了结算中心想去帮即将出院的一辰办理出院手院，可是谁知，他才刚推开护士长办公室的大门就听到身后不远处传来 Leo 略显慌乱的呼喊声。

他也顾不得找护士长了，连忙大步跑到他跟前，紧张地问："怎、怎么了？"

"一辰不见了！"他的脸上挂着深深的失落，整个人顿时陷入了阴郁之中。

"你别着急，可能是音羽带他出去玩了，我这就找护士问问……"

"不，她把一辰带走了！"

"哎呀，你别这么悲观，等我问问先！"

"不用问了，你看吧！"他侧开身，指着收拾得干净整齐的病床，就连客厅里堆放的那些属于一辰的玩具也消失了，Leo 的语气透着浓浓的忧郁，"她终究还是走了！为什么连个招呼也不跟我打呢？"

"她跟你打招呼的话，你能让她走吗？"

路易撇撇嘴，自以为很小声地嘀咕。

Leo 却耳尖地听到了，怒瞪他一眼，迈开大步往护士站起去，恰巧遇到从办公室里出来的护士长，他连忙问："请问柯一辰小朋友是不是已经出院了？"

"是的，今天一大早，他的监护人……就是那个叫洛音羽的女孩帮他办理了出院手续，请问，还有什么可以帮助你的吗？"护士长翻看了一下出院记录之后，回答。

"没了，谢谢你。"

Leo 失魂落魄地往院外走去。

路易紧随其后，话痨的他此刻也不敢吱声，生怕 Leo 把气出在自己身上。

Leo 面色凝重，无视路人们对他的尖叫追随，脑子飞速地运转着。

音羽说不定还在家里收拾东西，现在就赶回去的话或许还能阻止他们离开……

思及此，他迅速驱动车子，不等路易上车就驶离了医院停车场。

虽然几乎不抱什么希望会在家里逮到出走的音羽与一辰，但推开客房的那一刹那，看见房间收拾得格外齐整，衣柜里空空如也，属于音羽与一辰的东西已然消失……就像他们从来没有在这里生活过一样！

他悲愤地用力捶了捶门，转身飞奔出家门。

他知道她今天没去咖啡馆打工，想着她可能会带一辰去如果事务所，便飞速往那边寻去。当他将车停在事务所楼下，准备冲上楼找人时，被人一把拉住了。

原来是恰巧在自己的地盘上巡视的黑虎，他惊喜地问："兄弟，上回那个蛋糕成功了吗？"

他可是亲眼看着 Leo 将一个链坠大小的放大镜藏在了蛋糕里，连这种经典的招都用上了，他又长得这么帅，没有理由失败，他没话找话地问了问。

没想到 Leo 却一脸哀愁地说："大哥，小弟现在正急着去办一件人生大事，能不能改天再叙旧？"

"当然当然，你赶紧去吧！"

"谢谢大哥。"他说完，拔腿冲上了木质楼梯。

楼梯发出咯吱咯吱的响声，不等他敲门，门就自动打开了。

华仔一脸不耐烦地站在门后，瞪着他，没好气地哼哼："你嫌我家楼梯还不够破是吗？就不能轻一点走吗？信不信我叫你赔……"

"没问题，你想要多少个楼梯，我都可以给你。"他急切地说，"音羽在哪里？"

"什么？"他掏掏耳朵，一副没听清楚的样子。

"我是说，音羽和一辰去哪了？在里面吗？你让我进去找他们。"

华仔用见鬼般的表情看着他，侧开身，屋内的摆设一览无余，里头依然乱得像猪窝，并没有 Leo 想要见到的人。

"她不在这……吗？"

Leo 不甘心地推开他，进屋去翻找了个遍，就连沙发底下都趴着找过了，她真的不在这！

华仔挑眉看着他，双手抱胸，好整以暇。

Leo 垂头丧气地走出来，路过他时，有气无力地说了句："抱歉，弄乱你的东西，要是不小心有什么被我弄坏了，请你联系名片上的人，他会负责赔偿你的。如果可以的话，能不能麻烦你想想，音羽会带着一辰去哪里？"他随手将路易的名片递给华仔。

华仔把玩着手中那张烫金名片，眼中闪过一丝狡诈的光芒。

他说："要不你就干脆在这等着吧，音羽总有一天会出现的，对吧？"

"我不能在这守株待兔，如果你有她的消息，麻烦你通知我。"他说着就往外走，走了两步之后又停下脚步，转过身，向他深深地鞠了一躬，说了声，"谢谢。"

看着他飞奔上车，驱车离开，华仔嘴边勾起一抹颇具玩味的笑。

他低声喃喃："小羽，看来你苦苦追寻的右翼就是他了……希望你能把握住眼前的爱情。"

楼梯下出现了一道肥胖的身影，冲站在顶端的他喊着："华仔，我家虎妞又丢丢啦，你赶紧帮我找找她呀，我的心肝宝贝虎妞呀……"

他隐去眼中的担忧，重展招牌痞笑，将熟客迎了进去。

4

刻为咖啡馆高朋满座，施妍一个人带着两个工读生简直忙得快要不行了。

Leo 大刺刺地冲进咖啡馆，拉着她就往外走，客人们认出了他，尖叫连连，纷纷拿起手机疯狂抓拍，他用手遮挡在眼前，有些无奈地说："各位，不好意思，我有急事找她，借用一下！"

"Leo，你干吗呀？"施妍莫名其妙地被他拽着走。

两个工读生一脸茫然，不知道该不该出手"搭救"她一把。

Leo 将她拉出咖啡馆后，迫不及待地问："你知道音羽带着一辰去哪里了吗？"

"他们俩不是住在你家吗？你怎么反倒跑来问我了。"她拢了拢衣领，有些心虚地别开脸，先发制人地说，"一辰伤好出院了吗？你不会因为一辰不是你的儿子，就把他们扫地出门了吧？"

"怎么可能！就算一辰不是我的亲生儿子，但我早已视他如己出，还有音羽，你明知道我对她……"

"好啦！不逗你了！我知道你不可能把他们赶走的。"

"他们来过咖啡馆找你吗？"

"虽然没有，但是我知道她有可能会去哪里。"她有十足的把握，相信音羽会去那个地方。

她除了那里，也没有别的地方可去了。

Leo 试图从她的表情里读出一丝线索，突然，他像是有了顿悟，急切地问："她是不是回保育院去了？她说过那里就是她的家，院长一定会收留她的，对吧？"

"算你还有点脑子！"

"谢谢，我这就去保育院找她……"他说完转身就跑。

施妍无奈地翻了个白眼，冲他的背影喊："你知道保育院在什么地方吗？"

他的背影明显僵了一下，脚下急刹，有些尴尬地转过身来问："在哪？"

"我把地址标记地图发给你，放心吧，她除了那里，没有别的地方可以去了，你慢点开车，不用担心音羽会突然消失。"她朝他挥挥手，转身进了咖啡馆。

Leo 大声向她道了谢，上车火速往施妍发来的地图上标记的位置狂奔而去。

5

保育院其实离小天使幼稚园仅一街之隔。

每天小朋友们放学之后都由玛丽亚院长亲自领回，今天来接他们的人却换成了音羽。

她牵着一辰，陪同五六个与一辰差不多年纪的小 A 班的小朋友们一起走过斑马线，来到一座古老的木质结构的庭院，门口立着一块老旧的招牌，上面写着——圣理亚保育院。

院里飘荡着圣洁的管风琴曲，义工阿姨们脸上洋溢着和蔼可亲的笑容，向音羽打招呼。

音羽冲她们笑了笑，说声："我们回来了！"

小朋友们也有模有样地跟着说："我们回来啦！"

玛丽亚院长应声从办公室里探出头来，笑容可掬地对音羽招招手，将她唤到身旁，拉着她的手，略显歉然地说："不好意思啊，音羽，还要麻烦你去幼稚园帮我接小朋友们。"

"没关系的院长，您的腰扭伤了就好好休息吧，怎么还在办公呢？反正我闲着也没事干，你有什么事尽管安排给我做吧。"

"没事没事，我这老腰时不时地就折腾一下，不要紧的。"

"那我先带小朋友们去洗漱，在开饭之前，带着他们在院子里玩一会儿。"音羽说完，将走路有些困难的院长搀扶回座位之后，回到小朋友们中间。

她半蹲着身子，与孩子们平视，对他们说："你们先去洗洗，洗完了回到这里集合，我们来玩捉迷藏好吗？"

"好哇！"

"太好了！音羽姐姐，一辰已经好久没玩捉迷藏了！"

"我也要玩，我也要玩！"

小朋友们纷纷举手发言，表现得十分热情。

一道斯文有力的声音插入他们中间，也跟着起哄："我也要玩，我也要玩！"

"景泽哥哥，你已经是大人了，怎么还玩捉迷藏呀！"

一辰拉了拉他中长款毛呢外套的衣角，仰望着他，大概是觉得两人的身高差距太大，他朝景泽挥挥手，示意他蹲低身子。

景泽笑着蹲在他面前，问道："怎么了？哥哥不可以玩捉迷藏吗？姐姐不是也跟你们一起玩？"

"哥哥，你是不是喜欢音羽姐姐？"一辰人小鬼大跟他说起了悄悄话。

"小子，你懂什么是喜欢吗？"

"当然懂，我爸爸……我 Leo 爸爸就喜欢姐姐，他还给姐姐做了蛋糕呢，你给姐姐做什么了？"

"我给姐姐我的真心了。"他附在他的耳边，低声说完，捂住他张大想要说些什么的嘴，又接着说，"这是我和你之间的秘密，不可以告诉姐姐哦，你可以和我约定吗？"

一辰点了点头，眨巴眨巴眼睛，发出唔唔的声音。

景泽满意地松开手，与他拉了个勾。

"景泽，你怎么来了？不是说好了今天去店里帮施妍的吗？"音羽露出惊讶的表情。

"店里有两个工读生帮她，她叫我不用去了。"景泽的眼神有些闪烁，事实上是他拜托施妍，她才告诉他最近音羽发生的事，所以他才不顾店里忙到昏天暗地，仍跑来这里找她。

"可是……"

为了不让音羽有更多时间想他是怎么来的，景泽拍拍手，大声对等待已久的小朋友们说："大家快去洗手，今天的捉迷藏游戏和平常玩的都不一样哦！我们抽签决定由谁来当'鬼'，当'鬼'找到所有藏起来的猎物之后，可以向其中任何一个猎物提出一个愿望，我们所有人都要帮忙他实现那个愿望哦！"

"哇，好好玩哦！"

"对啊！我要赶紧去洗手。"

小朋友们快速散开，一时间，院子中央只剩下他与音羽两个人。

她对他的游戏新规提出了质疑："如果小朋友提出来的愿望是我们一时实现不了的，到时候该怎么办呢？你不应该擅自给游戏增加这种奖励机制。"

"有什么关系嘛！小朋友的愿望还不容易实现吗？！"

他暗中摸了摸口袋里早已准备好的签，眼中有一抹显而易见的期待。

当小朋友们归队之后，他将签拿出来，对他们说："每个人抽一支，谁抽到尾端有红色记号的竹签，就由谁来当'鬼'，你们说好不好？"

小朋友们纷纷回答好。

景泽将签先递给音羽，笑意盎然地说："由你先抽。"

"那我要这根。"音羽抽了最左边的那根，尾端什么颜色也没有，所以她是猎物。

接下来抽签的是一辰，他的签也是什么颜色也没有。

当所有小朋友都抽完之后，景泽握着最后的那根签，双手负在身后，将所有人的签一一查看了一遍，有些遗憾地说："看来，大家都是猎物，今天的鬼，是我！"

说完，他将签从身后拿出来展示给大家看，签的底端确确实实有一个红色的小指印。

他背对所有人，开始倒计时。

小朋友们一哄而散，音羽也连忙拉着一辰躲起来。

景泽嘴角扬起一抹志在必得的笑容，他的声音里透着愉悦，数着最后三个数："3——2——1。"

他猛地转过身，院子里空空如也，猎物们已经藏好了。

他稍加观察了一番，很快就发现了躲在院子一角的假山后面的小朋友，他一把将他们揪了出来，大声宣布："鬼抓到了三个猎物！"

躲在院子往餐厅转角的那棵枯树隐蔽的树洞里的音羽与一辰忍不住屏住呼吸。

很快，景泽充盈着笑意的声音又响了起来："鬼又抓到了两个猎物！"

一辰吓得眼睛圆瞪，他小小声地对显得十分紧张的音羽说："姐姐，他们都被抓住了，现在就剩下我们两个啦……"

他的话声未落，音羽特意用来遮挡洞口的一块大木板被人挪开，光线刺拉拉地射进昏暗的洞穴中。

她忍不住伸手遮挡住过于耀眼的光芒。

但一辰却挣脱了她的怀抱，冲进蹲在洞口的那人的怀抱，亲昵地喊起来："爸爸！"

"我的乖儿子，有没有想爸爸？"Leo虽然是问一辰，可眼睛却是紧紧盯着缩在洞穴深处的音羽，他朝她伸出手，语气无奈之中透着一丝激动，说道："出来吧！"

她适应了突如其来的光线之后，望向洞口。

Leo像极了纤尊降贵的天使，单膝跪在地上，一手拥着一辰，一手伸向她。

他的身后仿佛张开一对金色的羽翼，显得那般耀眼。

由于背着光，她看不出此刻他脸上的表情。

只听到他说："你再不出来，我就进去抓你了！"

他说着将一辰轻轻推出洞外，自己则往洞里挪了挪，由于身材太高大了，瞬间就堵住了洞口。

"你太高大了，会卡在这里面的，我出去就是了。"她连忙阻止他进洞，往洞口方向挪动。

"你啊！为什么一声不响就跑了？你知不知道我满世界找你，就差没把天地掀过来了！"

他等她来到他的身边，情不自禁地伸手抚摸着她的脸颊，将脸上沾上的枯树洞的树皮屑擦去，眼睛一刻也不愿意从她的脸上移开。

她一动也不敢动，明知道他的举动有些太过亲昵，可还是乖乖地待着。

心在怦怦怦地狂跳，她连忙捂住胸口，害怕跳动的声音大到被Leo听见，她无力平复越发急促、紊乱的呼吸，眼睁睁地看着他的脸越凑越近，近到他的鼻尖几乎碰到了她的鼻子。

她忍不住咽了一口口水，手足无措地望着他，似乎从他的深邃的眼眸中望见了一股涌动的情愫。

她已经分不清那是属于她的，还是他的悸动！

因为……

他的唇不由分说地印了上来，轻轻柔柔的，却又温温热热。

他的手不知何时揽到了她的腰上，他将她拉进怀里，一股熟悉的佛手柑与沉香交织混合出的属于他的香味冲进了她的鼻间，攻占了她的思维，令她短暂地丧失了思考能力。她无力地瘫软在他怀里，任由他予取予求。他似乎渐渐不满足于这样的浅尝辄止，舌头轻巧地钻进她嘴里调逗。

她依稀有一种错觉，自己正被一个挥舞着金色羽翼的天使带领着飞向天堂。

她情不自禁地用双手攀附着他强健有力的胸膛，在他熟练高超的吻技挑逗下发出一声浅浅的呻吟，他突然抽了身，轻轻将她推离自己半米远。

Leo瞪大眼睛，用难以置信的眼神望着她。

而她则被他忽然的举动吓得理智回归，为自己刚才轻浮的行为感到羞愧，甚至不敢正眼看他。

然而他震惊的是……从十七岁初吻至今，十年了！他从来没遇到过像音羽这样，什么也不用做，连一丁点接吻技巧都谈不上就在瞬间点燃他欲火的女孩，果然！他不应该在这种场合……

　　他不禁有些懊恼，身后的一辰不停地在拉扯他的衣服，虽然他以宽大的背挡住了他的视线，可是音羽却羞涩地越发往洞里缩了，他不顾一切地钻了进去，抓住她的手，哪怕眼下的环境糟糕透了，他也顾不了那么多了，干脆向她表明心迹："音羽，过来……刚才，我吻你是因为我喜欢你。"

　　她瞪大眼睛，有些不敢相信自己的耳朵。

　　他又往洞里挪动了几厘米，捧着她的脸，无比认真地说："我喜欢你！喜欢到不能没有你！不要离开我，回到我身边吧，音羽。"

　　"你说的……是真的吗？"

　　她波澜不惊的心因他的话掀起了波涛巨浪，他的话不断地冲击着她。

　　他不知道怎么说，音羽才会相信他说的话，只能用行动向她证明，他所言非虚。

　　他将她拉进怀里，低头就想印上他的吻，可是在洞外等得不耐烦的一辰忍不住嚷嚷起来："爸爸，姐姐，你们怎么还不出来呀？景泽哥哥都已经找到我们啦！"

　　Leo无奈地放弃吻音羽的大好机会，附在她发烫的耳畔说："跟我回家。"

　　她没有回答他。

　　只有她自己知道她的心因他有意无意的亲昵举动而狂烈地跳动着，她早已爱上了他，只是她不敢承认，害怕面对……可如今，他却说他喜欢她，她该怎么办才好呢？

　　景泽带着一丝焦虑的声音清晰地传进洞里来："音羽，我找到你了，你可以帮我实现我的愿望吗？"

Leo 从洞里探出身子，带着浓浓的敌意，擅自替她回答："不行！"

"你凭什么这么说？！"

景泽皱起眉头，脸色显得有些阴沉，他早就猜到音羽与一辰躲在这，只是想把胜利的果实留到最后再品尝，才没有一早把他们揪出来，可是没想到却被这个半路杀出来的程咬金坏了事！

他忧郁地看着 Leo 小心翼翼地将音羽从洞里拉出来，他的手一直牵着音羽，她像个情窦初开的少女小鸟依人地安静地站在他的身侧。

每一次看到他们亲密无间的举动，他就嫉妒得想要上前去将他们拆散，隔离开来，可是理智却阻止他那么做，因为他知道，如果他那样做了，是会被音羽讨厌的。

这么久以来，他一直想做一个被音羽喜欢的人，可是，他不但没有离她更近，反而越来越远。

他已经决定了要在今天向她表白……甚至抛弃自尊，在签上作弊！

游戏用的每一根签上都没有颜色，是他故意让自己最后一个抽签，用早就涂上红色颜料的另一只手，趁着他们不注意，偷偷地在签上印上了红手印……

他多么想让她帮他实现他此生最大的愿望——要她和他在一起！

看着她微微泛红的小脸，眼中淡淡的羞涩，他落寞地想着："我的爱情在经历了那么漫长而耐心的灌溉之后，还未开花，就已凋零……真的好不甘心，至少、至少……给我一个表白的机会！"

他握紧了双拳，大步上前，抓住音羽的手，眼神深情之中带着一丝绝望，在她错愕地瞪视之下，说出埋藏心中的秘密："音羽，我爱你！"

"你、你说什么？"她震惊地倒退了一步。

Leo 则瞪了他一眼，并没有出声阻止。

因为他明白，自己与景泽的处境其实差不了多少，都是深爱着音羽的男人。

唉，男人何苦为难男人，他相信音羽对景泽没有男女之间的那种感情，所以由着他将心事一吐而快。

但景泽的举动却远远超出了他的忍耐范围，他不但当着他的面握住了音羽的手，甚至还想将她拥进怀里，Leo 一分一秒也不能容忍他们的亲密行为，硬是将音羽抢回来，藏在自己身后。

"音羽，我是认真的，我爱你爱得太久太久了，我还为你画了《失翼的天使》，漫画马上就要出版了，你不想知道画的内容吗？"景泽无视 Leo 的存在，透过他，对音羽喊话，"我画了一个失翼的小天使，她的名字叫小羽……"

"喂，够了！我们不想知道你画了什么鬼！"Leo 孩子气地反身捂住音羽的耳朵，话却是对景泽说的，"音羽喜欢的人是我，你还是放弃吧。"

"不，只要她没有亲口说她不喜欢我，我就不会放弃。"

"何必呢？"

Leo 一脸苦恼地看向音羽，而她则红着脸望着他，四目交接的瞬间，他们的眼中仿佛再也容不下其他人，他的手仍然捂着她的耳朵，用嘴型说出了"我爱你"三个字。

她的脸上先是闪过惊喜，紧接着是慌乱无措，她也想轻松愉快地回应他的感情，可是她心里顾虑的事太多了……她如果跟 Leo 在一起，那以美姐姐怎么办呢？虽然一辰不是 Leo 的亲生儿子，可是以美姐姐却认定了 Leo 才要将一辰送到他身边的吧，她怎么可以夺她所爱呢？

见她眼中诸多犹豫，Leo 轻叹一声，将她拥进怀里。

他知道他的告白来得有点突然，音羽反应不过来是正常的，他会给她时间，让她慢慢适应他浓烈而黏腻的爱……是的，黏腻！他想无时无刻地在她身边纠缠她。

景泽看着无视他存在的 Leo 以及被他强大的气场震住的音羽，失落地转身。

他暂时地离去，不表示他会就此放弃！

音羽总有一天会明白，那些长得帅气的明星都是徒有其表，等他用满嘴甜言蜜语把她哄诱到手之后，玩腻了就会狠狠地将她抛弃……到时候，她会明白，真正打从心里热爱她的人只有他一个！

他并不愿见到伤痕累累的音羽，可只有那样想，他才能止住心头不断淌出的血泪，扼制住灵魂深处的哭泣，才能继续漫长的等待……

才有勇气继续爱下去。

看着他孤独的背影，Leo 不禁有些同情起他来。

音羽的眉目间染上了淡淡的忧愁，看着渐行渐远的景泽，默默地说了一句："对不起。"

"傻瓜！不爱他不是你的错！你没有对不起谁！"Leo 轻轻揉了揉她柔软的短发，在她的额上印下一记轻吻，随即霸道地宣称，"但是你必须爱我！"

"你……"

她看着他佯装出的蛮横表情，忍俊不禁。

一辰在他们身边蹦蹦跳跳，博取他们的关注："爸爸、姐姐，我们什么时候回家呀？"

Leo 也故意学一辰的模样，调皮地问音羽："姐姐，我们什么时候回家呀？"

她掩嘴笑了起来，离开还不到一天时间，她竟有些想念那个温馨的家了呢。

虽然现在无法回应 Leo 的感情，也不知道以后该怎么面对以美姐姐，看着眼前这两个拼命卖萌的活宝，她的心不受控制地塌陷了，只能任由他们一左一右拉着她……

往家的方向走。

6

门铃声响起。

围着围裙，正忙着洗菜的 Leo 连忙放下手中的芝麻菜，抽了张厨房纸，将手擦干之后，抱起乖乖坐在一旁看着他的一辰，大步走到门边。

门外并排站着君灿与 Seven，Leo 瞪着嘴角勾着邪魅笑容的君灿，不禁皱起眉头。

他略显不满地对 Seven 说："我不是叫你别告诉他，他怎么也跟着来了？"

他口中的他指的自然是不请自来、一脸看热闹的闲逸表情的君灿。

"你打给我的时候，我们俩正在录音棚录歌，就算你说让我一个人来……脚长在他身上，我总不能把他绑在家里吧，何况你只是把一辰托给我，他来不来没差吧？"Seven 边说边抱过一辰。

"爸爸，一辰什么时候可以回来呢？"一辰搂着 Seven 叔叔的脖子，问道。

不等 Leo 回答，唯恐天下不乱的君灿就抢先说道："等你爸爸搞定你姐姐，你就可以回来了！"

他说完，摸了摸鼻子，怎么觉得 Leo 跟音羽活活差了一辈呢？一个是爸爸，一个是姐姐，这话被不知道的人听去的话还以为他们要乱伦呢！君灿忍俊不禁，笑出声来。

"爸爸，那你快点搞定姐姐！"一辰天真地催促道。

"我尽量！"Leo 抛给君灿一记白眼，怪他教坏小朋友，随即挥挥手，打发他们，"你们快走吧，音羽就快从咖啡馆回来了！"

"哟，这小子翅膀长硬了，居然敢随随便便打发咱们。"

"算了，谁知道他今天搞这么大，告白能不能成功，万一不成功到时候还要来找我们哭鼻子。"Seven 十分配合君灿，笑着落井下石，"我看我还是先订购几箱红酒，以备不时之需。"

"订酒做什么？"Leo 傻傻地问完才发现自己的问题太白目。

Seven 摆明了不看好他，认为他会告白失败，到时候就需要大量的酒以借酒浇愁？！

他不耐烦地催促："你俩别在这影响我！我还有很多事没做完呢！"

Seven与君灿交换了一个只有他俩知道的眼神，随即抱着一辰往停靠在一旁的玛莎拉蒂走去，Leo看着他们上了车，这才放心地回到厨房继续准备今晚的烛光晚餐。

露天阳台上的餐桌已经布置好了，温馨的粉色桌布搭配高雅的韩国蕾丝桌旗，两个简约的水晶直筒玻璃杯子里放着一高一低白色的蜡烛。他满意地点点头，伴随着烤箱叮的一声响，一阵香甜的味道飘了出来，他连忙戴上防烫手套，将蛋糕从烤箱里取出来。

离音羽到家大约还剩一个小时，他看了看料理台上摆放着的两块已经完全解冻好的牛排，用橄榄油、喜马拉雅玫瑰岩盐、黑胡椒以及迷迭香、罗勒等香草将它们腌制一会儿，这招他是从有"厨神"美称的君灿那里偷师学来的，趁着晾凉蛋糕的空档，他做好了沙拉以及酱，顺便取了两个番茄，从靠近蒂那一头四分之一的位置一刀切下，用勺子挖出番茄里头的汁与肉，提前酿好的牛肉塞进番茄里头，丢进烤箱里烧烤。

"我简直就是天才！"他显得有些得意忘形，甚至吹起了口哨。

有了上次的经验之后，他打起淡奶油来得心应手，动作洒脱地将其抹在冷却的蛋糕表面，将洗好擦拭干净的车厘子依次摆满了蛋糕表面，顺手撒上几颗智利蓝莓，用糖筛筛上一层雪花般的糖粉，最后在蛋糕的周围贴上白巧克力片，用淡粉色的丝带绑在它的腰间，打了个美丽的蝴蝶结，蛋糕就算大功告成了。

与此同时，法式番茄酿牛肉也出炉了，他将它们分别摆在两个白色餐盘上，用红酒煮酱，以划Z字的手势将酱淋在上头，悄悄地在收尾处勾出两颗相依偎的爱心图案。

离音羽到家还剩二十分钟左右，Leo连忙将铸铁牛排锅预热到开始冒烟的状态，用金属夹子将牛肉搁在锅上，等待一分钟左右，牛排背面出现了美丽的横条纹焦化层，他马上将牛排旋转九十度，煎出十字格子图案之后，翻面进行同样的步骤。前后大约用了五分钟时间，牛排表面算是煎好了，烤箱预热二百二十度，再将牛排送进烤箱里烘烤，这样一来，等音羽到家，牛排刚好可以出炉！

他的计划简直太完美了！

他趁着烤牛排的空档，将菜端上桌摆好之后，脱掉围裙，冲回房间里换了一身白色修身的西装，搭配淡紫色的领带，显得十分正式。

换好装之后，牛排也烤好了，音羽按时抵家。

她一开门就闻到了食物的香气，正困惑时，Leo 手捧一大把香槟玫瑰，面带笑容地出现在她的面前，他单膝跪地，还没开口就吓得音羽倒退了两步。

她一副受宠若惊的表情，抚着心口，连话也说不顺畅了："你、你这是做什么？"

"看不出来吗？"他还以为他已经准备得够充分了，明眼人一眼就能看出来，他是在求爱啊！

"不是，我的意思是……"她被吓到了。

"音羽，做我女朋友吧！"

"我……"她背靠着门，显得有些不知所措。

他站起身来，硬是将花塞进她怀里，逼近她，打算把她吻晕之后再哄骗……呃，是请求她当他的女朋友，可是他的如意算盘落空了！音羽惊吓之余，条件反射地蹲下身去，令他一不小心吻到了门上。

仿佛听到君灿的嘲笑声，他四下张望并没有发现除他与音羽外的其他人，难道他是被害妄想症？老是感觉背后有一双眼睛在盯着他？

不管他！现在可不是想那些琐事的时候！

他也跟着蹲下来，隔着玫瑰花，用可怜兮兮的语气对一脸潮红的音羽说："求你了，做我女朋友吧！"

"不行，我不可以……"她违心地拒绝。

"为什么？"他不甘心地问，"是因为柯以美吗？我都说了我压根就不认识她，事实证明，连一辰都不是我的儿子，你还有什么好顾虑的呢？"

"或许你说的对，但是，我不可以趁以美姐姐不在就……"

"我问你！"他一脸严肃，眼中却浮现窃喜，问她，"你只是因为柯以美的关系才拒绝我，并不是因为你不喜欢我，对吗？"

她凝望着他认真无比的脸，许久之后，才轻轻点了点头。

"那我再问你，你喜欢我吗？"他期盼着她点头。

可是她却拼命咬着下唇，像是隐忍着心中的感情。

他的心开始往下沉，心想："也许只要等到柯以美现身，向她说明她不爱他，这个耿直又爱替人着想的笨蛋才肯接受他！"

就在两人胶着，没有答案之际，两大一小鬼鬼祟祟像玩叠叠乐似的趴在客房的门内侧，透过打开的一条缝隙观察着屋外的情况。

君灿有点沉不住气地骂道："这小子婆婆妈妈的，急死我了！"

"你当初追凌烟的时候比他干脆？"

"那当然！我不费吹灰之力就把她追到手了。"他得意地用下巴说话。

"是吗？我看我得找个时间跟我的头号粉丝落实一下你说的话。"Seven 口中的头号粉丝，自然指的就是君灿心爱的女朋凌烟，当初君灿为了凌烟是 Seven 忠实粉丝这件事没少吃醋。

他不爽地瞪了存心拆他台的 Seven 一眼，没好气地哼："你还是先关心那小子吧！"

透过门缝，看到 Leo 还傻傻地蹲在门口，两人似乎就一下子变成哑巴了，一句话也不说，就这么数着光阴的脚步，嘀——嗒——嘀——嗒——

任由时间从指缝中溜走。

君灿等着有点不耐烦了，想冲出去揪着 Leo 的衣领骂他："你小子倒是吻上去啊！吻门板的劲头去哪了？急死哥了！剧情这么拖沓，吃瓜群众表示严重抗议！"

"君灿，咱们走吧。"Seven 一手捂着手舞足蹈的一辰的嘴，一边往半开着的落地窗走去。

"切！搞半天什么都没看到！浪费时间！"

他不满地骂骂咧咧，轻轻将门合上，追上 Seven 的脚步，离开 Leo 家。

Leo 有些进退两难，要么放弃今天这么好的机会，等柯以美回来还他清白之后再向音羽表白，要么就再死皮赖脸地把她堵在这，直到她受不了地投降……

前者风险太大，鬼知道那个该死的柯以美到底死哪去了！都已经过了这么久了，也没见她回来！她万——辈子不回来，那他岂不是要打一辈子光棍？！

不！他只有一个选择，那就是死命纠缠她，直到……

"我的脚酸了。"她突然说道。

"呃……我、我的脚好像也麻了，要不，我们先起来？吃完饭再商量这件事？"他有些尴尬地将她扶起来，动作不太利索地拉着她往阳台走去。

将蜡烛点燃之后，他绅士地替她拉开椅子，帮她入座。

音羽看着这一桌显然精心准备的餐食，心里甭提多感动了，可是……她除了对他说一句谢谢，什么也不能说，更不能做！

Leo 将香槟递给她，跟她碰了碰杯，扬起笑容，说道："为了爱情，干杯！"

"干杯。"她小声地说着，浅抿了一口。

"音羽，也许你不太相信，这是我这辈子最用心做的一顿饭，从小到大，我都是一个人孤独地用餐，直到你和一辰进入我的生活……你们打乱了我的步骤，将一切都搞得一团乱，说真的，刚开始的时候我真的很想把你们赶出去，可是……你们渐渐改变了我，让我的世界充满欢笑，让我明白家的含义，不是拥有无数房产，而是里面有等待自己回去的人，我想跟你在一起……"

她动容地听着他真切的告白。

"或许你仍然很在意柯以美的存在，不管我怎么辩白都洗不清跟她的关系，但我真的不认识她，就算我认识她，她也已经属于过去式，她的感受对你而言，比我的感受更为重要，是吗？"他盯着她看，见她仍然沉默不言，只好自己接着说，"好吧！我在你心目中，一点地位也没有……"

"并不是那样的！"她情急地摇头否认。

"那你告诉我，你爱我。"

"我不能说。"

"那我代你说……我爱你。"他凝视着她，惊见她眼角溢出的泪，连忙走到她身边，拥抱她，轻声安抚，"你要是不爱听，我就不说了，别哭。"

"不是的。"她努力想表达心中纠结的情绪，可是却找不到合适的词语。

"我知道，我知道你爱我，就算你不说，我也能感受到。"他弯下腰，亲了亲她的额头，指尖抚过她泪湿的脸颊，心疼万分地低声呢喃，"我不逼你，等你想说的时候再亲口告诉我吧，只求你别哭，你一哭我的心都乱了，不知道该拿你怎么办！"

"Leo……"她的手紧紧抓着他胸前的衣衫，不肯放开。

"我在，我会一直在你身边的。"

她像是下了莫大的决心，眼睛因此紧张地闭了起来，深吸一口气，追随自己的心意大声喊了出来："我喜欢你！我爱你！我想留在你身边！"

Leo大喜过望，激动地将她打横抱了起来，原地转起了圈圈。

他像个孩子一样笑着。他的心被巨大的喜悦填充得满满的，怀里的人儿紧紧抱住他的脖子，羞涩地将脸埋进他的胸膛。她不知道自己下一刻会不会后悔向他表白，可是此刻她听从了心的声音。

他快乐的笑声感染着她，令她情不自禁地笑开了花。

月亮不知何时悄悄地挂在了不远处的桂树的树梢之上，散发着盈盈的光芒，倾洒在相拥的两人身上，木地板上被拉长的两条人影缓缓地靠近彼此，温柔地融为一体。

Leo 紧紧地揽着她的腰，俯下身，亲吻她的唇。

她害羞却勇敢地迎了上去，悄悄踮起脚尖，拉近他们之间的距离。

爱，像一种快速传播的病毒，在屋子里蔓延开来。

它瞬间攻陷了整座别墅，就连窗边的多肉植物都显得精神奕奕，漾起爱恋的光泽，一切都是这样地美好。

7

君灿悄悄地将一包看起来像砂糖的东西撒进 Leo 的咖啡杯里，顺便帮他搅了搅。

Seven 艰难地忍住笑意，正经八百地说："这里的咖啡真不错呢，嗯，好喝，Leo，你也别光傻笑，试试看我帮你点的焦糖玛奇朵。"

Leo 回过神来，笑意盎然，端起咖啡喝了一口。

君灿见他面不改色，忍不住问："好喝吗？"

"好喝！"他扬起灿烂的笑容。他的眼睛虽然看着君灿，可眼里春光荡漾，心思早就不知道跑哪去了。

"好吧，好喝你就多喝点。"

君灿将手里写着大大一个"盐"字的包装纸袋揉烂，冲憋笑憋得快内伤的 Seven 使了个"这个家伙已经无药可救了"的眼神，摇头叹息。

Leo 后知后觉地问："怎么了？"

"看你春风得意的样子，应该是追到音羽了吧？"Seven 浅尝一口咖啡之后，问道。

"嘿嘿嘿！"

"这家伙！"君灿推了推陷入傻笑旋涡的 Leo，冲他翻了个白眼，挑衅地说道，"音羽那么聪明、正直的女孩怎么会看上你呢？估计是眼神不太好。"

"喂，君灿！"Leo 依然笑着，这要是换作平时，他早就暴跳起来了，可今天的他却乐呵呵地说，"她的确是正直善良的女孩，哈哈哈，我真是捡到宝了，不陪你们喝咖啡了，我得回家等音羽下班，噢不，我这就去咖啡馆接她下班。"

"Leo，路易给你的歌练过了吗？别到了演唱会，你却连新歌的旋律都不知道。"Seven 提醒他。

"放心吧，我会看的。"他挥挥手，潇洒地离去。

君灿一副"好无聊"的表情看着 Seven，撇撇嘴，说："这小子恋爱之后比以前更不好玩了！"

"幸福的人真是令人羡慕啊。"Seven 发出一声感慨。

"怎么？你也想恋爱了吗？"

"可惜，爱情是需要缘分的，我想我的缘分大概没这么快到来。"他端起咖啡，看着杯子表面漂浮着的细腻的奶沫发起呆来。

君灿拍拍他的肩，起身也准备闪人："我去剧场接我家宝贝，你慢慢喝吧。"

"凌烟的编剧工作做得还顺利？"他勉强拉回涣散的心神，笑着问。

"不是一般的顺利！那比起写小说，丫头在编剧方面更有才能呢，这次负责你们公司旗下演艺部主推的一场舞台剧，忙得不亦乐乎。"君灿说着顿了顿，用哀怨的语气说，"不然你以为我会闲到陪你们两个大男人喝咖啡吗？"

"别说得这么委屈，你撒在 Leo 咖啡里的那包盐足够你乐半天了。"

"哈哈，你说得对！"

他乐不可支，光是想起 Leo 那小子快乐地把超咸的咖啡全都喝进肚子里去，还笑得一脸甜蜜地说好喝，他就忍不住想捧腹大笑，果然，恋爱中的男人也避免不了变傻的悲惨命运，除了本人！

8

Leo 倚靠在凯迪拉克的车门上，做一个安静的美男子，等待着亲爱的女友下班好接她回家。

路过的素人们纷纷上前请求签名、合照，心情好得不得了的他一一满足他们的愿望，直到音羽的身影出现在他的视线中，他连忙对越聚越多的粉丝们歉然地说道："各位，不好意思，改天有机会的话再来跟你们聊天，麻烦你们让一让，让我能够去到我亲爱的女朋友身边，好吗？"

众人闻言，顺着他视线关注的焦点望去，音羽正一脸腼腆地站在那儿。

他火速穿越人群，一把将她拥进怀里，用无比感慨的语气呢喃："一天不见你，我已经想你想到快发疯了，音羽，你想我吗？"

"嗯。"她浅笑着点头。

路人们见状开始起哄，不约而同地喊着："吻她！吻她！吻她！"

他的眼中盈满爱意，嗓音略显低哑，柔声低问："音羽，我可以吻你吗？"

她羞涩地低下头，随即又将头摇得像拨浪鼓一样，小小声地说："这里人这么多……"

"各位，麻烦你们转过身去，好吗？"Leo 大声要求。

观众们十分配合地照着他的指示去做。

他嘴角咧开大大的笑容，捧起她泛红的脸，不容分说地将自己的唇印在她的唇上，她的嘴就像抹了蜜似的甜滋滋的，他忍不住吮吸之后改为更深地探索……

大大的世界仿佛只剩下他们两个人，幸福在空气里爆炸，感染着每一个人，大家偷偷地转过头看着甜蜜拥吻的两人，有恋人的对另一半露出会心的一笑，没恋人的衷心希望自己也能遇到如此浪漫的爱情。

一双忧郁的眼睛透过落地玻璃墙注视着他们。

施妍掩去眼中深切的同情，故意用肩膀撞了撞停下手中的工作痴望着音羽与 Leo 的景泽，大声说："我都快忙死了，你还有空在这发呆呀！快点过来帮忙！"

"知道了！"景泽收回视线，露出略带苦涩的笑容。

他从音羽的脸上读到了幸福，原来那并不是他可以给她的，如果……只是如果，那个 Leo 能够全心全意地对待她，他愿意做一个默默的守护者。

但愿，她羽翼丰满，不再哀伤地追寻那失落的右翼。

9

Leo 一家"三口"每周都会去附近的超市采购几次，他们早已成为了那家超市引以为傲的 VIP 顾客，每次去的时候都会引来一大片围观的人群。大家多多少少会买些东西回去，这大大提高了超市的营业额，负责人简直是盼星星盼月亮，总算又把他们盼来了。

他们在冰激凌区停了下来，原来是一辰嚷嚷着要吃草莓口味的冰激凌，而 Leo 最讨厌的口味就是草莓，没有之一！

他严肃地反对："拿香草味的吧，或者巧克力味，再不然树莓味……总之，不准买草莓味的冰激凌！"

"姐姐，一辰要吃草莓味的！"一辰难得这么坚持，年纪小小的他已经很懂得找对撒娇对象，拉扯着音羽的衣角，眼巴巴地盯着被 Leo 塞回冰柜去的草莓味冰激凌。

音羽很干脆地将 Leo 刚刚放去的那罐冰激凌放进购物车里。

Leo 目瞪口呆地看着她牵着一辰推着购物车继续前进，简直就没把他放在眼里嘛，他大步追上去，不甘示弱地问："我说了不准买草莓味的冰激凌……"

"不可以买吗？"她眨了眨眼睛，轻轻咬了咬下唇，柔柔地问。

他瞬间被她萌化，扯出一抹投降的笑容，毫无原则地改口说："买！当然可以买，要不要多买一点？"

"一罐就够了。"

"你喜欢什么口味的？"他凑到她身边，问道。

他迫切想知道她所有的喜好，可是她却说："我不喜欢吃冰激凌。"

"呃，其实我也不喜欢冰激凌。"

他边说边倒退几步，偷偷将手里拿着的那罐香草味的冰激凌塞回冰柜里去。

音羽被他的举动逗乐，走到他面前，越过他，将他刚刚塞回去的香草味冰激凌放进购物车。

Leo嘴角咧开了花，悄悄将手搭在她的肩上，见她并没有抗拒，接着自以为神不知鬼不觉地往她身边靠近了一点，又一点，再一点……

直到音羽停下脚步，失笑着说："你快要把我挤到货架上去了！走开啦！"

他一脸无辜地看着紧挨着货架的音羽，挠挠头，有些尴尬地干笑两声。

一辰大大的眼睛在他俩身上转来转去，突然冒出一句："爸爸，姐姐，你们好像在谈恋爱哦！"

"小屁孩，你懂什么叫恋爱吗？"Leo轻轻弹了弹他的鼻子。

"我当然知道呀！谈恋爱就是玩亲亲游戏嘛！"

"这都谁教你的呀！"

"妈妈教的！"他骄傲地回答。

"柯以美真是的！什么不好教，教小孩这种东西……"Leo虽然口口声声数落着一辰的妈妈，可还是得意地承认，"爸爸是在跟音羽姐姐谈恋爱，呃，你以后最好改口叫她阿姨，或者叫我哥哥，我可不想被人说我老牛吃嫩草。"

他说完，严肃地对音羽强调："我今年二十六岁，只大你四岁，我们之间绝对没有差一辈！"

音羽被他孩子气的话逗笑。

营业员们三三两两凑在一块，羡慕不已地看着气氛融洽和谐、洋溢着幸福笑容的一家"三口"，不约而同地感慨："要是我有这么帅的老公，这么可爱的儿子就好了，那个女孩真幸运啊！"

第十一章
谎言，以战止殇的悲伤

1

"我忽见那令乌鸦欢乐的冰冷天空，正如寒冰融化后变成了更多的寒冰，于是想象力和心疯狂而激动起来，以至这样那样散漫的思绪都化为乌有，只剩下爱情伤感的回忆……"

Leo 盯着 Eric 发来的莫名其妙的短信，他当然知道这些句子出自爱尔兰诗人——叶芝的《冰寒苍穹》，问题是这家伙发这种诗句给他究竟是什么意思呢？

他坐进驾驶座，手机随即响起了一阵小火车的鸣笛声，这是他设置的手机短信提醒铃声。

新的短信是音羽发来的，她写道："咖啡馆临时接了一场派对，晚上会晚点回去，你们不用等我。"

他快速编了一条信息回复她："我去接你。"

小火车鸣笛声很快又再度响起，短信还是音羽发来的："不要啦！不知道什么时候才能结束呢。"

"那好吧！"他虽然是这么回复她的，但心里却完全不是这么打算。

他会在她正常下班时间去咖啡馆等她，无论要等多久，他都乐意。

光是看着忙碌的她那张认真专注的脸，他的心中就涌出一股幸福的暖流。

他不自觉地扬起一抹笑，驱车离开银河电视台，往家的方向开去。

离一辰下课还有一段时间，他打算先回家换套轻便的服装。

当车驶近别墅，远远地，他就看见一身灰色调迷彩羽绒服的Eric倚在别墅门口的罗马柱旁，Leo不禁蹙起了眉头，感觉到异样的氛围，这家伙不回复他打满问号的短信，却亲自跑到他家来！

他将车停在路旁，快速走到Eric面前，迫不及待地问："你发叶芝的《冰寒苍穹》给我是什么意思？"

"我想，你很快就会有那样的感触。"

"别跟我打哑谜！"他的眉头越皱越深。

"还记得我上回来你家对你说的话吗？"

"不记得！"

Eric心知他是故意这么说的，也不绕圈子，自顾自地说起来："我叫你千万别爱上音羽，你呢？还是爱上了她？"

"那又怎么样？"他的话里有着浓浓的叛逆意味。

"你无法控制住你的感情，这我可以理解，但那样会害了你们两个！"

Leo越听越糊涂，甚至觉得Eric是故意装出一副遗憾的表情要他来的。

他干脆越过他，走到门前，打算用指纹开锁。

然而Eric却不知从哪里变出来一个黄色的文件袋，递给他，并用充满同情的神情望着他。

他犹豫了几秒钟，接过文件袋，在Eric的注视之下，打开了它。

里面是一份五六页纸厚的文件，标题写着——

香港Zentrogene检测所DNA检测报告

被检人的名字一栏赫然写着洛音羽！

最令他无法置信的是另一被检人……班杰·艾奇。

为什么要对这样两个完全不相干的人进行 DNA 检测呢？他还没来得及想通这个问题，就被报告首页最下方显示的那个数据惊呆了！

他的手不由自主地有些颤抖，用难以接受的表情望着带来这份报告的人——Eric，眼中渐渐浮现痛苦、挣扎、悲哀……

他的唇微微张了张却什么话也说不出来。

Eric 拍拍他的肩，轻叹一声，说道："我已经警告过你了，不要爱上音羽，你偏偏不听，你现在停止，一切还来得及。"

"停止？爱情，怎么停止呢？你告诉我！"他发出一声困兽般的嘶吼，将手中的报告撕得稀巴烂。

"Leo，你已经没有选择了。"Eric 默默地将地上的碎片捡起，装进黄色文件袋里，带着它像来时那般，悄然消失在恩星小区。

Leo 跌坐在石阶上，双手捂在脸上。透过指缝从他口中传出一声悲痛欲绝的吼叫声。

他没有去接即将下课的一辰，而是委托龙鸢帮忙接他。

车子漫无目的地开在霓虹初上的马路上，他的脑中一片混乱，浮现各种画面——

黄色文件夹、DNA 报告单上音羽与爷爷的名字交叉轮流出现、报告的底端出现的相近度 99.99% 字样、Eric 说的那些话、音羽发来的迟归短信……

最后，脑中的画面定格在了他向音羽告白的那一天，她流着泪大声地说爱他。

他的脸因承受不住极度悲伤而显得有些扭曲，握住方向盘的手指关节泛白。他无意识地不断地按着喇叭、闯过一个又一个红灯，最后撞上了一个环岛，幸好种的全是树干细嫩的绿植，他除了有点脑震荡，身上一点皮外伤都没有。

路易在急救室里像一只热锅上的蚂蚁焦虑地踱来踱去，对 Leo 碎碎念："你怎么会这么不小心撞上绿化环岛呢？我听龙总裁说你没去接一辰，出车祸的地点也不是去刻为咖啡馆的路上，你开着车打算去哪里呢？幸好你绑了安全带，要不然啊……"

他看着路易的嘴一张一合，却一句话也听不进去。

他眼神空洞，就好像灵魂被抽离了身体，急救室里嘈杂的声音从他耳中消失了。

他看见了时间的针脚，嘀嗒嘀嗒的，在往回倒转……

转回到小天使幼稚园，他远远地看见景泽倒数着"3——2——1"，音羽与一辰悄悄躲进了枯树的树洞里，他迈开大步朝他们走去……等等，他不能过去！

他的双脚似乎不听从脑子里传来的制止声，一步一步越发急促地靠近枯树洞。

"不行！不可以向她告白……不可以！"

他拼命想阻止那时候的自己，可是光洒在他身上，他已然吻上了她的唇……

一切来不及了！

"Leo！你有没有听到我说话？"路易带有肉感的手在他眼前挥来挥去，就像招魂似的。

Leo 听见了急救室里嘈杂的声音，同时也感觉到了上衣口袋里传来的手机来电震动的声音，他倒吸一口气，毫不犹豫地把手伸进口袋里，直接将手机关了机。

路易一脸担忧，问他："是不是发生了什么事？你跟我说说吧，有什么是我可以帮忙做的，你尽管跟我说，我们这么多年的交情，我会尽我所能帮助你的，Leo？"

"你帮不了我。"他心如刀割，面如死灰。

"Leo……"

路易认识他这么多年，从来没有见过这样的他，眼中满溢而出的哀凄，整个人像丢了魂似的，能让一个好端端的男人突然变成这般模样，除了爱情，他想不到别的。

他跟音羽吵架了吗？

路易惴惴不安地想着，可隐约感觉 Leo 身上发生了更可怕的事情，远远不止是吵架这么简单。

他不敢再问，只能默默地将情绪跌到谷底的 Leo 安全护送回家。

家里黑漆漆的。

Leo 坐在玄关的地板上，背靠着大门，脑中不由自主地回想起当天，他就是在这里把九十九朵香槟玫瑰硬塞进了音羽怀里，和她两个人傻傻地对望，直到把脚蹲麻了为止。

这一切仿佛就在昨日，可如今却变成了不敢回首的记忆。

他想起 Eric 给他发的那首叶芝的《冰寒苍穹》——

我忽见那令乌鸦欢乐的冰冷天空，

正如寒冰融化后变成了更多的寒冰，

于是想象力和心疯狂而激动起来，

以至这样那样散漫的思绪都化为乌有，

只剩下爱情伤感的回忆——

都已过时，那些青春的热血；

而我无缘无故承担了所有的责任，

我哭喊着，颤抖着，瑟缩着，

被阳光刺穿。啊！当鬼魂开始复生，

灵床的混乱结束时，它们是否

被驱赶到大路上，正如书中所言，

会遭受诸天不公正的惩罚呢？

他对音羽的爱……已经跨越了他们该谨守的道德分寸，触犯了这个世界的伦理规则。

此刻，他的心正遭受神明降下的惩罚，灵魂饱受地狱之火的煎熬，疼痛、哀伤、绝望……仿佛世上所有悲凉的词都是为了他此刻的心情而准备的。

他逃离了这座曾经充满幸福，如今却像一座囚牢一样困住他的房子。

他不知道该去哪里，漫无目的地驱车一路向北。

一直开的话，是否会抵达世界的尽头呢！事实是，并不会！当他的车子在郊外转了两圈之后，汽油耗尽，车子抛锚在乡村的路边，印象里君灿的女友凌烟的家就在附近，准确地说是凌烟已过世的姨婆家，现在住在那的人是君灿的小叔公，他突然想去那儿见见他。

他与凌烟的姨婆凌月华之间浪漫曲折的爱情故事他听君家的人说了好几遍，每次听都感慨——爱情真是一个既脆弱，又令人执迷不悟的东西……君灿的小叔公的话，或许能理解他此刻的糟糕透顶的心情。

他曾经跟君灿一起来过这儿，印象里那座有着美丽庭院的小洋房坐落在飞凤山脚，而他此刻的位置离飞凤山不到一公里，他拔出车钥匙，决定步行前往。

乡下的路静谧清幽，昏黄的路灯将他孤单落寞的影子拉得长长的。

他不知道走了多久，终于来到记忆里的小洋房。

用力敲了敲雕花铁门，许久也没人来应。他想，或许君家小叔公今日有事晚归，等了又等也不见他归来，他只好给君灿发了个信息询问，他却回说小叔公出差去了，最近是见不到他了。

Leo 失落地背靠着铁门，仰望着天边那轮残月，眼眶泛红。

最后，是路易火急火燎地赶过来，给车子加了油。

他知道自己不应该问那么多，可 Leo 一天之内一而再，再而三地出问题，他不得不问："你必须把心事说出来，要不然的话，我今晚会失眠的！"

"路易，我的心……好痛。"他眼角滑下一行泪。

路易被吓坏了，急得不知所措，连忙安慰："没事没事，你不想说就别说了！我不问你就是了。"

他将陷入绝望的 Leo 塞进车里，边开车边说："如果你不想回家的话，不如，我送你去酒店休息，求你不要再一声不吭跑出来了，万一你出点什么事，你让我怎么活啊！"

他尽量让自己的语气显得轻松搞笑，可连他自己也笑不起来。

他暗自决定，在 Leo 的精神恢复正常之前，寸步不离地守住他！

当音羽拨打第 N 通电话给 Leo 时，电话终于被接听，但电话那头说话的人却不是 Leo，而是路易，他用略显疲惫的语气说："音羽，抱歉，Leo 正在加班开会中，不能亲自接听你的电话。一辰已经让龙纹的总裁龙鸢接回去了，今晚就暂住在她家，明天会把一辰送过去给你，啊！对了，最近 Leo 的工作排得很紧张，可能好几天都不能回去，麻烦你照顾好一辰，我还有事得去忙，不跟你说了。"

他结束通话之后，因太使劲撒谎而心虚地瘫软在沙发上。

Leo 就坐在他身旁，他望着白色茶几上手机，怔怔出神。

而手机屏幕突然亮了起来，显示收到一条未读信息，他犹豫了一下，还是打开看了，短信是音羽发来的，她说："Leo，就算工作很忙，也要注意休息哦！我和一辰等你回家。"

他一遍又一遍地看着这短短二十几个字，将它烙在心里。

2

翌日一早，龙鸢亲自开车将一辰送了回去。

音羽抱着仍有些迷迷糊糊、睡眼惺忪的他，向她道谢："谢谢你昨晚帮我照顾一辰，给你添麻烦了。"

"没事，一辰是我的干儿子，他很听话，照顾他是一件很愉快的事。"她友善地笑笑，临上车前停顿了一下，回头看着音羽，语带关切地问，"你跟 Leo 吵架了吗？"

"没有啊，怎么这么问呢？"

"因为昨天打电话给我的时候，Leo 的声音听起来很悲伤，所以我猜测你们吵架了，也许是我多心了，听说你们恋爱了，祝福你们。"

音羽羞涩地点点头："谢谢你。"

"Leo虽然外表看起来是个成年人，但内心却像个孩子一样，有颗纤细敏感的心。他从小一个人孤零零地长大，对爱的渴望比一般人更强烈，自从他认识你之后，我从他身上看到了爱的小苗从萌芽到苗壮，希望你们好好相处，让它长成一棵参天大树。"

"嗯。"她坚定地绽出美丽的笑容。

龙鸢备感欣慰，放心地驱车离去。

3

Leo一夜无眠，天亮之后就起了床。

硬赖在这儿不走的路易窝在沙发上睡得死沉死沉的，呼噜声震天。

若换作平常，他一定会上前踹他一脚，把他从梦乡里拽出来，把他赶出去以图耳根子清净，可今天他却没这么做，而是当他透明人似的，径直飘进了总统套房配套的厨房。

厨房里设备齐全，他用自动咖啡机煮了一杯咖啡，也不管它是不是烫嘴，一口气喝下了肚。

看着杯底的咖啡残留物，他打开水龙头洗杯子。

口袋里的手机一阵震动，他看了看，是音羽发来的短信，叫他记得吃早餐。

他精神恍惚地看着水流不断地冲刷着那几个刺痛他视神经的字，直到路易惊呼声让他回过神来。

手机因长时间冲水而自动关了机。

路易用不可思议的语气叹道："我活这么久，还是头一次看到有人清洗手机！"

Leo懒得理会他的调侃，随手将手机扔进了垃圾桶里。

"我替你把这两天的通告全都往后推了，你趁机好好休息，调整情绪，不管你和音羽为了什么问题吵架，总要面对面把事情说清楚道明白，不能一直这么消沉下去……"

"我不知道该怎么面对她。"

"难道说，你做了对不起她的事？"路易一脸惊讶。

"我确实对不起她。"他想起那份 DNA 检测报告，扯出一抹比哭还难看的苦笑，惨淡地说，"如果我没有向她告白，痛苦的就只有我一个人……可是，现在说什么都晚了。"

"你的意思是，你后悔跟音羽交往了？不对不对，你好像又不是这个意思，哎呀，我被你说懵了！"

"你不会明白的，让我一个人静一静。"

他走到窗边，望着这座仿佛刚睡醒的城市，在其中的某一个地方，有他思念的人。

每一次想她都令他背负沉重的罪恶感。

她，是他的堂妹啊！

她和他身上有着同一个人的血脉，虽然不是出自同一个奶奶，可却是再亲不过的族人。

她单从外表来看，完完全全是一个娇小可人的亚洲女孩，丝毫看不出血液里流淌着四分之一法国血统。他怎么也想不到，爷爷暗地里苦苦寻找了二十二年的那个"失落的孙女"竟然会是她！

命运真是跟他开了一个极其恶劣的玩笑！

当他在云端尝到幸福的滋味之后，将他狠狠地摔向三万英尺之下的地面，让他的心摔得支离破碎，他甚至连哭喊、悲伤都是一种罪……

错，早已经铸成！

他拿什么拯救深陷爱情陷阱中的自己，还有，只能成为妹妹的音羽？

他的心一片茫然。

4

音羽呆呆地看着烤箱里渐渐膨大的蛋糕，精神有些恍惚。

她时不时摸摸口袋里的手机，甚至拿出来看了又看，最后又失望地把它放回原处。

　　她已经五天没有见过 Leo 了，自从那天他叫龙鸢帮忙照看一辰之后，就像是人间蒸发了一样，手机处于关机状态，她发给他的信息也不知道他能不能看到……

　　就算再怎么忙，也不能连开机打个电话的时间都没有，会不会是出什么事了？

　　她在两天没见到他之后就陷入了惴惴不安之中，脑子里总是会跳出一些不祥的想法，这令她坐立难安，后知后觉地发现自己对 Leo 了解得太少了，她甚至不知道他朋友以及经纪人的联系方式，更不知道该去哪里找他。一直以来，她都是单方面地接受 Leo 对她的关爱，从来没有想过去了解他生活以外的另一面。

　　她能想得到的地方只有"龙纹"的展店，以及"幻晶"摄影工作室。

　　她一刻也等不下去了，提前上班，离开咖啡馆之后先是去了"龙纹"位于华林路的展店，店里的工作人员说这几天并没有见到过 Leo，她在离开时遇到了外出回来的龙鸢。

　　她将音羽请到了办公室，亲自替她冲了一杯咖啡，递给她之后，问道："你是说，你找不到 Leo 了？"

　　她难掩焦急的情绪，点了点头。

　　龙鸢蹙起眉头，心想，她的预感没有错，Leo 果真是出了什么事！她不会听错他话里的悲伤，那种感觉就像她当初决定离开那个人时一样，充满了绝望。

　　她看着一脸担忧的音羽，拨通路易的电话，问他："Leo 在哪？"

　　路易对她毫无戒备心，顺嘴就把 Leo 暂住的酒店名称报了出来，说完才觉得有点奇怪，忙问："你找 Leo 有事吗？他最近状态不佳，可能无法参与龙纹的工作……"

　　"没事，我只是随便问问。"龙鸢敷衍地回了一句，结束通话。

她从办公桌上拿起便利贴，将刚才路易所说的酒店名称写在上头，然后交给音羽。

音羽的眼中充满了疑惑，低声喃喃："他为什么不回家，而是去住酒店呢？"

"音羽，听我说，不管今后发生什么事，在你觉得艰难、痛苦的时候，摒弃一切杂念，只要想着'你爱他，你想在他身边陪伴他'这样就足够了。"龙鸢感慨万分地轻轻拥抱了她一下。

音羽闻言，心中不祥的预感愈加扩散开来，占据了她忐忑不安的心。

她在告别龙鸢之后，赶到了便条纸上所写的——Achilles and Heracles hotel 37F，这层楼分 A、B、C 三套大小规格略有差异的总统套房，她在 A 套房前站定，深深地吸了一口气，犹豫地按下门铃。

等了约莫一分钟，门在她面前打开。

显得十分憔悴的 Leo 一脸震惊地看着她，眼中浮现痛苦。他想也不想就重重地把门甩上，背靠着门，胸腔剧烈的起伏。他的心，慌乱难平。

音羽茫然地望着眼前紧闭的大门，心中充满疑惑。

他见到她时丝毫没有惊喜的表情，更谈不上任何喜悦，有的却是深深的惊恐，她想不通，短短几天不见，为什么他对她的态度却有了一百八十度转变？

见了面就连一句话也不愿意跟她说吗？

她眉头深锁，轻轻敲了敲门，隔着门板说："Leo，我是音羽，是不是我做错什么事惹你生气了？你告诉我吧，已经五天没有见到你了，我好想你。"

她等了许久也没有等到门那头的人的回应。

她有些难过地蹲了下去，双手抱膝，将脸埋在其中，她想等他气消了，告诉她原因。

Leo背靠着门，坐在冰冷的地上，仰头望着天花板，就算是这样做，也阻止不了眼角的泪不断滑落。

这样的沉默僵持了很久，直到路易出现。

他没想到会在这里遇见音羽，立刻就联想到一定是他大嘴巴把地址告诉龙鸢惹的祸！

他劝音羽："你先回去，小两口吵架时还是分开冷静冷静，等Leo想通了就会飞奔回去找你的。"

"吵架……"音羽的表情更加茫然。

她都不知道自己做错了什么事，更不知道"吵架"是什么时候发生的，就被Leo拒之门外了。

她感觉很委屈，可是却又拿他没辙。

既然知道他平安无事，她悬在喉咙口的心也算是落回原处了，留恋地看了一眼A套房的白色实木大门，她在路易的"护送"下，离开了37F，离开Achilles and Heracles hotel。

5

君灿的目光在Leo与Seven身上来回打转，憋了半天之后终于忍不住怒吼一声，拍案而起，质问对面两位精神萎靡不振的兄弟："你俩到底怎么了？约我出来一句话不说，一个劲地闷头喝酒！你们要是再这样，我可就走了啊！"

Leo闷不作声地拿起面前的酒杯，将杯中的酒一饮而尽。

而Seven则默默地替他把空杯斟满，一向亲和帅气的他今天却一反常态地顶着国宝级的黑眼圈，再三叹息之后才缓缓开口："我又做梦了。"

"你又不是第一次因做梦而失眠，我还当是什么大不了的事！"君灿没好气地哼道，随即又问脸色看起来比被梦魇困扰的Seven更差的Leo："你呢？难道你也失眠了？"

"我失恋了。"

"什么？"

"什么！"

君灿与不在状况中的 Seven 不约而同地大声喊道："怎么可能！"

Leo 抬起布满红血丝的眼眸，神情充满了痛苦与疲惫："应该说，我压根就没有爱她的资格。"

"小子，你们吵架了？情侣之间吵架是很正常的事，不要想得这么悲观，动不动就绝望……"

"她是我堂妹。"Leo 露出哀凄的笑容。他的心陷在地狱里，被烈火焚烧、煎熬着，面对亲如兄弟的君灿与 Seven，他不想再隐瞒。

君灿与 Seven 顿时傻了眼。

首先反应过来的君灿佯装出怒意，用力拍打了一个 Leo 的背部，没好气地说："这是今年听到最不好笑的笑话了，你小子演技有进步啊，差点被你给骗了！"

"灿，别说了。"Seven 凝望着 Leo 眼角溢出的包含痛苦的泪，眉头深深地蹙了起来。

君灿顿时换上严肃的表情，沉声问道："怎么回事？"

Leo 绝望地闭了闭酸涩不堪的眼睛，缓缓将自己从 Eric 那里收到亲子鉴定报告，证实音羽是爷爷寻找多年的那位离家出走的儿子在外所生下的女儿。

"那份报告不会是假的吗？"君灿听完之后，提出心中的困惑。

"Eric 是不会骗我的，他也没有理由对我开这种玩笑。"Leo 摇摇头，虽然 Eric 平时总是吊儿郎当的，但从来没有欺骗过他，损人不利己的事他是不屑去做的。

"天！怎么会有这种事！音羽和你长得一点都不像！"

Seven 看着 Leo 再次将酒杯里的酒一饮而尽，这次他不再为他斟满，反倒劝他："别喝了，就算喝醉了也解决不了任何问题，事到如今，你打算怎么做呢？"

你似清风，姗姗来迟

"我还能怎么做？"Leo 的话里尽是苦涩。

"音羽还不知道这件事吧，你打算告诉她吗？她迟早也会知道的。"

君灿提出目前最紧迫的问题，该如何将这种难以启齿的真相告诉音羽，她是否能承受这样的变故？与血缘如此相近的堂哥恋爱了……任谁都无法接受这种颠覆伦理的关系！

"我不知道该怎么跟她说，甚至不敢面对她！"Leo 抱着头，泪水浸湿了自己的掌心。

"让他喝吧。"

"可是……"

"喝醉了至少能够好好睡一觉。"

Seven 暗暗地叹息，将收藏起来的酒重新递给 Leo，眼睁睁地看着他将自己灌醉。

君灿将烂醉如泥的他塞进后座，在临走前，对 Seven 说："你要不要试试看催眠疗法？总失眠也不是办法，梦……还是和以前做的那个一样吗？"

"嗯，还是那座走不出去的迷宫。"他隐去眼中的忧愁，转而望向神志不清的 Leo，他在梦里似乎也无法轻松安稳，不断地吐露痛苦的呓语。

"我真是败给你们俩了！"

君灿拍拍他的肩，聊表安慰，随后驱车送 Leo 回去那个他不敢踏足的家。

他不能眼睁睁地看着 Leo 逃避现实，问题摆在那里，不去解决的话，伴随它而至的不幸将会像滚雪球一样越滚越大。

既然他要面对的是早已结下的永远解不开的结，那么，只有趁早快刀斩乱麻！

但愿这小子有足够的勇气……

让他与音羽停止在不幸的沼泽里越陷越深。

6

Leo 感觉自己头痛欲裂，宿醉后的晕眩感令他极度不适。

他勉强坐起身来，看着熟悉的房间摆设发呆，在忍下强烈的呕吐欲望之后，他终于发现不对劲，这里分明就是他的房间，一定是君灿那个多事的家伙把他送到这里来的！

那个浑蛋，明知道他现在无法面对音羽……

他摇摇晃晃地扶着墙往外走，一心只想尽快离开这里，今天是星期几他已经想不起来了，音羽有没有去咖啡馆上班他也搞不清楚，他小心翼翼地将门打开一条缝，想观察一下外头的情况，没想到好死不死地与正欲敲门的她撞了个正着，她手里捧着一个托盘，上面搁着一碗粥，还有蜂蜜水。

她眼中满是担忧："你醒啦！难受吗？怎么喝那么多酒呢？"

"不用你管！"他无法面对她，只能狠下心来，用冷酷将自己的真心隐藏起来，态度恶劣地想要将她隔绝在门外。然而宿醉的他做起这些事来显然有些无力，吼出那句令她难过的话之后，他也不支地差点瘫倒在地，脑袋里嗡嗡作响，心像被挖开了一个洞，疼痛向四肢蔓延。

"Leo，到底发生什么事了？"她委屈地咬着下唇，想问个明白。

然而他却什么也不肯说，只是一味地冲她吼着："出去！"

酸楚的泪水涌上她的眼眶，可是她却拼命忍住了，扯出一抹勉强的笑容，将粥搁在他床边的白色五斗柜上，低低地说了一句："如果你饿了，就把粥喝了吧，我先出去了。"

说完，她难过地掩面跑了出去。

他望着柜上搁的那碗冒着热气的粥，眼神显得有些空洞，像是逐渐失去灵魂的木偶，机械地站起来。

许久之后，他发出一声痛苦的嘶吼声，将粥一把扫到了地上，那破碎的碗如同他此刻的心，除了喷溅而出的悲凉，再也装不下其他。

音羽听到碎裂声，赶忙跑了进来。

当看到满地碎片与洒落的粥时，她强忍已久的泪再也忍不住滑了下来。

她伤心地问：“为什么？你为什么要这么做？”

Leo一脸冷酷，用陌生冰冷的眼神看了她一眼，越过她，走了出去。

她在他离开之后，无助地蹲在地上呜咽起来。

她真的好想知道，为什么他们之间的关系突然变得这么紧张、脆弱……她记忆里的Leo总是像个大男孩一样笑得开朗，就算是生气发怒也是充满了孩子气，可如今，他像变了个人似的，不愿意跟她说话，甚至连看都懒得看她一眼……是不是交往之后，他发觉她太无趣，后悔跟她在一起？

她开始反省自己，是否一味地接受Leo给予她的好，却从不曾对他有所付出？

她要怎么做才能挽回他呢？

而他还会再回到这里来吗？

带着满腔疑惑，音羽决定改变刻板的自己，为了爱情，她必须要豁得出去！

她抹去眼角的泪，回到自己房间，拿出记事本，开始在上面写写涂涂，这是她长这么大以来第一次为了所爱的人全心全意去做一件事。

如果这样也不能挽回Leo对她的爱，那么，她是否该考虑放手？

不！她不想要那样的结果！

她必须全力以赴，像Leo对她那样，用心去呵护他们之间仍稚嫩脆弱的爱情小苗。

Leo将自己锁在录音间里，既不录歌，也不看歌谱，纯粹发呆了一整天。路易看不下去，违背他的命令闯进去劝他：“天黑了，回家吧！回去跟音羽好好谈谈，别再冷战了！”

“我还有家吗？”他抬起空洞的眼，望着他。

"Leo，别这样，你这样我实在受不了，看着太难过了！"

"别管我！"

"我怎么能不管你呢！来吧，我送你回去！"他硬拉着 Leo 离开坐了一整天的椅子，将失魂落魄的他送抵恩星小区的别墅门口，语重心长地劝他，"不管你俩谁对谁错，身为男人就有义务无条件低头认错！"

他推着神情木讷茫然的 Leo 按响了别墅的门铃。

音羽为他们开了门，眼中闪过一丝惊喜，她还以为他不会再回来了呢！

路易把他推进去之后，连忙闪人。

Leo 回过神来，发现自己竟然又回来了，转身就想逃，可是目光却被从门口一路延伸到客厅里的泛着柔光的蜡烛吸引了，音羽拉着他沿着烛光来到了客厅中央，周围用无数小蜡烛围出一个心形图案。

音羽深情地凝望着他，首先说了一句："对不起！"

"为什么道歉？"

"因为你不开心，不管原因是不是因为我，身为你的女朋友，我觉得我都应该为此负责任。"

他眼中闪烁着晶莹的泪花，极力想用冷酷伪装自己，可却无论如何也做不到。

眼前的音羽就像是一个张开了洁白羽翼包容他的天使，他不忍心生生地折断她的双翼，让她像他一样从幸福的云端跌入地狱，可是他不知道该怎么做才能保护她！

"Leo，我爱你！"音羽扬起一抹温柔的笑容，朗声念起了诗，"当你老了，两鬓斑白，睡意沉沉，依偎着炉火打盹，请取下这本书，慢慢低颂，追忆当年双眸中，那柔美的光芒与清幽的晕影。多少人曾爱慕你青春妩媚的身影，爱过你的美貌出自假意或者真情，而唯独一人爱你灵魂的至诚……"

"够了！够了！别念了！"

Leo痛苦地掩住耳朵，她充满爱意的诗，每一句都在割裂他的心，令他的灵魂疼痛万分！

这首《当你老了》是叶芝为了他心爱的女人——茅德·冈所写，他一生都在追逐着那道萦绕心头的俏影……为爱痴狂，他无力承受她的深情厚爱！

他疯了一般发出困兽的吼叫声，冲了出去，消失在暗夜里。

音羽的心随着他的离去而渐渐沉入了冰潭之中，她藏在身后的东西哗啦一声掉在了地上。

那是一本贴满了他们生活点滴的照片……

有他们一家"三口"在刻为咖啡馆甜蜜地共吃一块蛋糕的画面；有他轻拥着她想偷吻时被顽皮的一辰用手机拍下来的略显模糊的画面……相册只贴了不到十分之一，后面还有许许多多空白页。

她想和他一起在未来的日子里将它贴满，可是，现在连说出这句话的机会都没有。

她蹲下身子，眼泪一滴一滴落在了相册上。

她默默地将蜡烛——吹熄，如同吹熄了她心中对爱情的热火，以及那颗痴恋他的心。

就在她吹来最后一支蜡烛的同时，门口出现了两道身影，是她无论如何也想不到的组合——Leo与以美姐姐，他的手搂在她的腰际，她笑得甜蜜自然，就像是一对真正的恋人，向她展示幸福的真正模样。

"以美姐姐……"

"音羽，我回来啦！"柯以美给了神情有些呆滞的她一个大大的拥抱，兴奋地自说自话起来，"我真是想死你了，没想到你真的帮一辰找到他的爸爸……呃，虽然不是亲生的！但是那并不影响他对一辰的喜爱。现在我回来了，我们一家三口以后会幸福无比地生活在一起，你替我高兴吗？音羽！"

音羽的眼中闪动着泪光，凝望着从头到尾连看也不看她一眼的Leo。

柯以美像是没察觉到她的悲伤，仍然欢喜地说着："我的别墅虽然卖掉了，但是等Leo原先住的那套房子重新装修好之后，你可以搬到那边去住，就当是感谢你这段日子以来对一辰无微不至的爱护。"

"你们是怎么认识的？"音羽很想问Leo，他不是说不认识以美姐姐吗？为什么此刻他俩看起来亲密无间？就像是一对真正的恋人呢？

他对她撒了谎吗？她竟然一点都看不出来！

他为什么不将谎言进行到底呢？是因为他知道以美姐姐马上就要回来了，所以忙着跟她划清界限？

他，是那样的人吗？

她无法相信！

以美并不正面回答她的问题，而是突然搂住Leo的脖子，亲了一下他略显僵硬的脸庞，露出幸福的微笑，对音羽说："既然我已经回来了，以后我会亲自照顾他们父子俩的生活起居，就不麻烦你了，当然，今天已经这么晚了，你今晚就还是在这睡吧。"

音羽听出了她话里的意思，她希望她尽快搬出这里。

她默默地低下头，因为不想让他们看见她眼中的泪水以及肩膀微微的颤抖。

Leo搂着柯以美越过她，径直走进了他的卧室。

重重的关门声传进了她的耳中，震碎了她悲伤的心，她不知道该怎么办！

从来没有想过要跟以美姐姐抢男朋友，可是，她的心已经牢牢地系在了Leo的身上，就算他现在像对待失宠的玩具一样嫌恶地将它抛还给了她，也早已经不复当初的模样。

她不敢哭出声来，拼命咬牙忍着，直到咬破了唇，血水渗进了口

你似清风，姗姗来迟

中，腥腥涩涩的。

而此刻，主卧里——

柯以美正猫着腰，将耳朵贴在厚重的门板上，倾听着客厅里的动静。

她暗叹一声，低声说道："外面一点声音也没有！"

"她在哭！"

他能听得到她哭泣的声音，想象得到她脸上悲伤的表情，这一切残酷地刺痛了他的眼，他的心！

她的脸上流露出深切的同情，忍不住问："一定得这么对待音羽吗？她虽然看起来很坚强，可是从小在保育院长大，一点安全感也没有，初恋就遇到这么残酷的事……"

"我也不想，可是我没有办法！"

"唉！没想到音羽跟我一样，注定要成为爱情里的失败者！"

她的眼中浮现哀伤，想起远在巴黎的杰西，明天就是他订婚的日子了，时针每往前走一秒，她的心就不由自主地往下沉一分。就算她趁他不注意，从普罗旺斯逃了出来，他发现之后也顶多是有些愤怒吧！就像是一个狱卒发现自己的牢房少了一个重犯一样愤怒。

月光透过落地玻璃窗洒在床边，Leo 与柯以美分别占据两个黑暗的角落，陷入沉默。

许久之后，他才想起来问："你刚才说一辰的爸爸是杰西，我的堂哥？"

"嗯，你不觉得一辰跟你长得很像吗？"以美用自嘲的口吻说，"我天真地以为，只要抛下一切去追逐爱情就一定会有所收获，没想到……"

她再度弄丢了自己的心，背负着满身伤痕从他身边逃走了！

"熄灭掉我的眼睛，我仍能看见你。猛关上我的耳朵，我仍能听见你。没有脚足，我仍能走向你。没有嘴巴，我仍能呼唤你……"

他低低地念颂里尔克的诗——《熄灭我的眼睛》，深切地感受到诗句中的悲伤，而他比诗中人更加悲伤，他无论睁眼还是闭眼都能看见音羽或对他笑，或对他哭，耳中充斥着她的声音，他有双脚，却不能走向她；他张开嘴，却无法呼唤她……

他只能强迫自己将她推得远远地，抹杀他俩之间的爱情。

柯以美深深地叹息。

他的未来将背负着沉重的枷锁前进……

而她，将封锁过去的一切，带着一辰回归原本平静无波的生活。

不记得哪个名人曾经说过这样的话——

用勇气改变可以改变的事情，

用胸怀接受不能改变的事情。

她选择了接受现实！

而毫无选择权的 Leo 也不得不在顽劣的命运面前，低下他那颗高傲的头。

7

音羽看着在厨房里忙碌的以美，她的身边坐着关系和谐的"父子俩"，曾经这样的画面也在他们之间上演过，可是……现在看起来，那一切仿佛都是她臆想出来的。

以美朝她招招手，说着："音羽，快点来吃饭！"

她默默地坐在一辰的身边，看着眼前的餐盘里有些焦黑的煎香肠和煎蛋，偷偷瞥了一眼 Leo，他若无其事地吃着眼前卖相极差的早餐，当她透明人似的。

他在吃完之后，对以美打了个招呼，径直回房间去了。

在他离开后，以美随便找了个理由把一辰赶去客房去玩，然后在音羽身边坐定，一副略显为难的模样，小声地对她说："音羽，你能不能在 Leo 的房子装修好之前，先搬出去住呢？我记得你以前说过，玛丽亚院长在保育院保留了你的房间，你随时可以回去住，对吧？"

"嗯。"她淡淡地点了点头。

"真是不好意思，音羽，你知道吗？我已经好久没跟 Leo 单独待在一起了，想多一点时间陪他，如果家里有别的女人的话，终归是不太好的……你可以理解我的苦衷吗？"

以美握住音羽略微有些颤抖的手，从手心传来冰凉的触感。

她担心极了，可面上却装出无忧无虑、幸福爆棚的笑容。

为了帮助被命运之斧残酷劈断了姻缘线的音羽与 Leo，她不得不说这些违心的话，希望音羽尽快对 Leo 死心……到那时，才能将真相告诉她啊！

音羽的心充满了矛盾，她不想离开 Leo，就算是死皮赖脸也想赖在他的身边，努力唤回他对她的爱，可是，如果他从来就没有爱过她……她赖在这，不但什么也挽救不了，还阻碍了以美姐姐追求幸福。

他的眼里只有以美姐姐，不是吗？！

她低下头，默默地从椅子上站起来，迈着沉重的脚步回到自己的房间，这里所有属于她的印记将在她离开之后迅速消失。

只收拾了一些随身行李，她拖着小行李箱走了出来。

以美努力掩饰心中的担忧，用欢快的语气说着："虽然你不在这里住了，但随时欢迎你来玩。"

音羽无力回应她的热情，只能木然地点了点头。

行李箱拖拽的声音在 Leo 听起来就像是有人拿着一把手工锯，一下一下，锯在他的心头，血淋淋的却还不能喊痛！只能一忍再忍，直到忍无可忍地被疼痛麻痹了一切知觉。

她越走越远，直到消失不见。

8

离开 Leo 家已经三天了。

音羽乍看起来与平时无异，仍然去侦探事务所以及咖啡馆上班，可是认识她的人都知道她把心弄丢了，如今活得就像行尸走肉。

她总是在发呆，不管他们跟她说什么，她都点头，淡淡地应一句："好。"

　　然而，景泽试探性地问她："音羽，让我来爱你，好吗？"

　　她张了张嘴，眼神越加暗淡了，那个挂在嘴边的"好"字始终没有说出来。

　　景泽无奈地叹了口气，用自嘲的语气，对一旁看热闹的施妍说道："就算失恋了，她的心依然在那个人身上，看来不管我怎么努力，她都不会爱上我的。"

　　"你现在才有这个自觉吗？"

　　"是啊，爱情这个东西，不是你努力了就能够拥有的！"

　　"你小子说了一句很经典的话啊！"施妍亲昵地轻轻推了推他的肩，随即走到眼神放空的音羽身边，将一张字条塞给她，然后说，"你出去走走吧，回来的时候顺便帮我把字条上面写的东西买回来。"

　　"好！"音羽如是回答。

　　"我就知道你会这么说的。"

　　"唯独对我不说那个好字！"景泽已经看开了。

　　音羽默默地往咖啡馆外走，施妍见她身着单薄的 T 恤，连忙拉住她，帮她把外套穿好之后，细心地交代："我要的东西，隔壁杂货店就可以买得到，你不要走太远哦！散散心就回来！"

　　"好。"

　　"去吧！"

　　她在音羽离开咖啡馆之后，眼中燃烧起熊熊怒火，忍不住骂起来："没想到那个 Leo 是该死的花心大萝卜，在追到我们家音羽之后就狠心地甩了她！简直是可恶！要是被我撞见他，我一定要狠狠地踹他两脚，再扇他几巴掌！"

　　景泽轻轻推了推她的肩，将她从幻想中拉回现实，指着窗外熟悉的身影，若有所思地说："你要揍的人就在那儿！不过，我觉得，事情好像不是我们想的那样……或许，另有内情。"

施妍顺着他指的方向看到行踪鬼鬼祟祟尾随着音羽，从咖啡馆落地窗前飘过的 Leo，冲动地想冲出去揪住他的衣领，狠狠地质问他为什么要那么残忍地对待音羽，却被景泽拦住了。

他的眼中闪烁着睿智的光芒，提醒她："如果他不爱音羽，为什么要跟踪她？"

"他变态呗！"她不屑地冷哼。

"你没见他神情疲惫，看起来与平时闪耀着巨星光芒的他很不一样吗？"

"是哦，好像是有点暗淡。"

"岂止是有一点！"

"那，到底是怎么回事呢？他如果爱着音羽就不会把她从家里赶出来，不是吗？"

"这我就不知道了，感情的事不是第三者可以插手的，我比你更希望 Leo 是个负心的浑蛋，但我一点也不希望音羽受到伤害，不管我再怎么想趁虚而入……她心里的人自始至终都是 Leo，我唯有希望他是有苦衷才那么对待音羽……"

施妍瞥了他一眼，听他坦荡荡地剖白自己的感情，应该是真的放下了对音羽的执着。

她像个好姐姐一样摸摸他的头，赞道："乖宝宝，做得好！姐姐疼你！"

"切！"他轻啐了她一句。

她呵呵笑了起来，只是心里仍牵挂着音羽，眼中难掩忧愁。

Leo 悄无声息地跟在音羽身后，看着她像个崩坏的提线木偶，漫无目的地往前走着。她有时会不小心撞到路人，被他们骂时一点反应也没有，有时甚至撞到电线杆上，也只是摸摸头，继续往前……

他心疼地跟着她，担心着她，却又害怕被她发现自己。

音羽停在了斑马线的一端，对面的交通指示灯不停地闪烁着，Leo 就在离她两步远的地方，密切关注着她一举一动。

她突然迈开了步子，而指示灯仍然显示着要命的——红色！

Leo 看着一辆大型货车为了赶在信号灯变化之前通过，突然加速疾驶过来，他心惊胆战地看了一眼已经走到斑马线中间的音羽，拼命拨开发出了阵惊呼声的人群，飞奔向音羽。

大货车愤怒地鸣着笛通过了路口。

Leo 喘着粗气死命地抱着音羽。她茫然地抬起头，并没有意识到自己刚才的处境是多么危险！

他气急败坏地冲她吼起来："你知道自己在做什么吗？差一点！就差一点！你就会被那辆大货车……"他害怕极了，万一他没有跟着她，那她岂不是……

他的脑中浮现她血流满面躺在大货车底下的面画，惊恐地越发用力地抱着她，感受她在怀里的温度。

她的眼中渐渐有了焦距，迟疑地问："你为什么会在这里？"

"我……"他无言以对，理智一下回归，慌忙推开了她。

"你一直跟着我吗？"她的眼中重新燃起了希望，一眨不眨地注视着他。

他眼神闪烁，用谎言搪塞："我只是路过这！"

她不相信，摇了摇头，坚定地说："你因为担心我，所以跟着我，如果你一点也不爱我，现在就不会出现在这儿，为什么？为什么要撒谎？为什么要离开我？为什么要让我这么难过……"

"我没有撒谎。"他无力地辩解。

"不！你一直在撒谎！你敢看着我的眼睛，说你一点也不爱我吗？"

车子的鸣笛声不断在耳边响起，他俩就站在斑马线中央的绿化带里，在来来往往的人们的注目之下谈论着关于爱与不爱的问题。

你似清风，姗姗来迟

Leo 应她的要求，看着她闪着晶莹泪光的眼睛，艰难地张了张嘴，"我不爱你"这句违心的话无论如何都说不出口。

"我试过叫自己放弃，但是我做不到……你住在我的心里，不管我怎么赶也赶不走……你教教我该怎么办？我真的好想死掉，就再也不用忍受这些！"她再也控制不住自己的情绪，痛哭失声。

他拼命叫自己忍住，却还是忍不住将她紧紧拥在了怀里。

他想安慰她，可是却哽咽得说不出话来。

她悲伤地呢喃："为什么？求你告诉我，为什么要离开我？"

"对不起，音羽！"他不断地说着对不起，眼泪顺着脸颊流进嘴里，咸咸的，带着难以言喻的苦涩。

"为什么要说对不起，你明明说过，你要当我一辈子的右翼，让我拥有完整的羽翼，你明明说过的……"她呜咽着。

"音羽，我做不到！"

"Leo，不管你对我撒什么样的谎，我都不会再相信！告诉我真相！"她挣脱他的怀抱，眼神无比坚定地凝视着他。

"你不会想知道的。"他的眼神晦涩忧郁。

"但我有权利知道真相的，不是吗？就算是一个死刑犯，也应该被告之犯了怎样穷凶极恶的罪过！"

"好吧！我告诉你！把一切都告诉你！"

他已经再也找不到理由欺骗她了，但愿，她在知道真相之后，不会比现在更难过！

她全神贯注地倾听他的说明。

他的痛苦爬上了眉头，随着他的陈述一股脑地宣泄出来："我的爷爷这辈子爱过几个女人，我父亲的母亲，也就是我的奶奶是他的结发妻子；而你见过的 Eric 的母亲则是我爷爷这辈子最深爱的女人，她来自东方某个神秘的家族，我从来没有见过她；我还有两个堂兄，他们分别是杰西和瑞恩，是我爷爷和他的初恋女友所生下的儿子的后代，事实上，那个女人还给他生下了另一个小儿子，但那个时候，她已经嫁给了别人，那个小儿子就以别人的儿子的身份长大……"

她默默地听着，一言不发，她知道他冗长的陈述一定与他对她态度的突转有关。

他继续说道："那个女人在临死前将这个隐瞒了一辈子的秘密写信告诉了我的爷爷，并告诉他，儿子自从十六岁离家出走之后就再也没有回来过，希望爷爷能够找回他，爷爷当时就派人去寻找他那个从未见过面，流落在外的儿子，然而那个人却像是人间蒸发了一样，无论怎么找都找不到……"

"Eric 受爷爷之托，多年来坚持不懈地寻找，最近，他终于找到了！只是那个姑且算是我的叔叔的人早已经在二十二年前去世了，听说他患了重病，他的妻子带着刚出生不久的孩子抛弃了他，他孤独地死在贫民窟的一间破旧的平房里。"

她一脸震惊，当她听到他说他未曾谋面的叔叔在二十二年前被抛弃并且病逝时，她的心里突然有根弦绷紧，她颤着声，问道："那个孩子……被丢弃在了保育院吗？"

他知道聪明的她已经猜到了故事的结局，艰难地点了点头。

"我，就是那个孩子吗？"

"嗯。"他多想摇头，对她说不是，可是，真相残酷得令人害怕！

她心中那根紧绷的弦一下断了！

她腿软得几乎站立不住，瘫倒在 Leo 怀里。

她终于明白令他备感痛苦的苦衷，事实血淋淋的，令她无法承受，她深爱的人……是她的堂哥，为什么会这样？！

她扯出一抹自以为坚强的笑容，想借此告诉他"她很好""她没事"，可是眼泪却决了堤。

"音羽，我们，不可以在一起。"他痛苦万分地说。

"是啊！不可以……"

你似清风，姗姗来迟

她嘴角的笑容僵住了，无法面对他，沉默像无形的牢，将他们囚禁其中。

许久之后，音羽背过身去，强迫自己说："我们倒数十下，数完之后，就各自回到原来的位置……再也不爱对方了。"

他心疼她佯装出的坚强，双腿像生了根似的，看着她背对着自己数起了数，直到她数到"3——2——1"迈开步子往回走。信号灯闪烁着绿光，他目送她远去，无法阻止，更不能挽留。

"这对我们来说或许是最好的结果。"

他依然跟在她身后，看着她回到咖啡馆，才放心地离开。

9

以美坐在小区配套公园中央的秋千椅上，Leo又默默地当音羽的守护天使去了，一辰则在幼稚园上课。她家的别墅被她卖掉筹作去巴黎的路费，工作也辞掉了，现在的她无所事事，不是待在Leo家发呆，就是一个人坐在公园里看着天空长吁短叹。

Leo将车停在了公园前，透过车窗看着一脸落寞的以美，他很同情她的处境。

此刻被悲伤笼罩的她令他想起了遇见她的那天晚上。

他从家里跑出来，漫无目的地在小区里游荡，直到经过二十四小时便利店，被一个拖着行李箱，站在店门口抓公仔机前徘徊的女人喊住。

她的目光绽放出光芒，冲到他面前，自我介绍："我是一辰的妈妈，我叫柯以美。"

"原来你就是柯以美！"在他的印象里，她就是一个不负责任的母亲，对她自然没什么好脸色，加上心情郁结，他更加懒得理她了，只淡淡瞥了她一眼就继续往前走。

她连忙跟上，追问："一辰在你家吧？他还好吗？有没有乖乖听话？音羽是不是跟他在一起？我先去了你原先的住处，听物业说房子正在重装，我费了好大的劲才打听到你们的住处，一刻也没耽误就赶来了。"

"你既然这么关心一辰，为什么要撇下他，还骗他们说我是他爸爸？我们应该没见过面吧？"

"对不起，一辰并不是你的儿子，我们确实没有面对面接触过，不过，我是你绝对忠实的粉丝，但那并不是重点，我把一辰托付给你是因为……你是一辰的亲叔叔，你帮我照顾他一下也是应该的嘛。"

"亲叔叔？什么意思？"他停下脚步，挑眉问道。

"一辰的父亲是你的堂哥——杰西。"她扯出一抹苦涩的笑，极力隐藏眼中的悲伤，用轻松的口吻说。

"我没听错吧？"

"嗯，你不觉得一辰长得跟你很像吗？"

"确实是很像，我一度也产生了一辰是我亲生儿子的错觉，但心里明白，我们并没有见过面。"

"我刚从巴黎回来……"

她简短地说明了她巴黎一行的遭遇，请求他："不要告诉杰西这些事，他马上就要订婚了，而且，在他的心里，我只是一个居心叵测、来历不明的女人，一个无关紧要的过客。"

Leo 从她的眼神里读到了哀莫过于心死的伤感，就算一辰与他一丁点关系也没有，他也会照顾一辰，她是一辰的妈妈，他又怎么会弃她于不顾呢？

他在回家的路上，将自己与音羽的事也跟她说了，她显得十分震惊，但还是同意了他请她假扮"情侣"以达到逼音羽离开的目的。

如今，音羽已经知道了真相，他再也不需要伪装了。

他重新发动车子，在离开之际，看到了一抹久违的眼熟身影正缓慢靠近以美。

他惊讶地降下车窗，仔细看了看，的确是他——他的堂哥杰西！今天不是他订婚的日子吗？他可是一早就接到爷爷怪罪的电话，不过当时的他心里只想着音羽，压根没听清爷爷在电话那头说了些什么。

杰西为什么会出现在这？

难道说，他是为了以美而来？不会吧！

在他的印象里，杰西是一个为了利益可以牺牲私人感情的冷酷商人，他会放弃唾手可得的地位与财富，为了一个没身份没背景的女人，不远万里从巴黎赶到 F 城吗？

他的嘴边扬起一道弧度，想到了"爱情"两个字。

只有深深地中了爱情的毒，才会让一个人丧失理智至此！

他以缓慢的车速驶回了家。

然而，当他走下车时却看到了一脸惊恐，气喘吁吁跑回来的以美。

他迟疑地问道："你没看到杰西吗？"

"你也看到了他？"她瘫坐在石阶上，用不可思议的语气说着，"我还以为我见鬼了！"

"所以你逃跑了？"

"嗯！"她重重地点头，脸上写着大大的"茫然"两个字。

他为之失笑，不禁在心里同情起他的堂哥来。

从小到大，杰西都看他这个艾奇家族正统的第一顺位继承人不顺眼，但他却从来没有想过要跟他们争财产，甚至在成年之后逃离了巴黎。远离了尔虞我诈的家族纷争，除了重大庆典，他几乎不在家族中露面，就连出道时也隐瞒了自己的姓氏，除了君灿与 Seven，没有人知道他来自哪里。

杰西啊杰西，你也有今天！

10

杰西的眼睛冒火，他远远地看着他的堂弟 Leo 亲密地跟以美一起迎向一个从幼稚园蓝色铁门里蹦蹦跳跳跑出来的小男孩，他在看清男孩的长相之后，心一下沉到了谷底。

那个孩子……简直就是 Leo 小时候的翻版！

他还没从见到 Leo 与以美出双入对的震惊中缓过神来，又迎来了此生更大的冲击！

他愤怒地想冲过去，质问她："为什么你要跟 Leo 在一起？甚至还生下了他的孩子！"

他握紧了双拳，重重地捶在硬邦邦的电线杆上，疼痛直达他的眼底，令他眯起了眼。他的眼中射出危险的光芒，死死地瞪着远处那个他嫉恨了二十几年的堂弟。

他拥有他可望而不可即的纯正继承人的血统，现在连他的女人也抢走了……

他的女人！他是什么时候有了这样的念头？

他已经想不起来了，只记得当他发现她悄然逃离他的世界时，心中像被炸开了一个巨大的洞。他明知道应该立刻回到巴黎准备与另一个女人的婚事，却还是史无前例地求助于 Eric，听说他背后的神秘组织掌握了全球人口资讯，要查到一个正常渠道出入境的女人并不是什么难事。

Eric 仅用了不到半个小时，就将以美的基础信息发到了他的邮箱，上面还特意备注了她逃亡的目的地——F 城恩星小区。

他想也不想就追来了，完全不计后果！

可他万万没想到，那个女人在见到他之后竟然拔腿就跑，就像是见了鬼似的！

他这辈子都不曾受到过这种侮辱，本想找她理论，可却意外撞见她与他的堂弟在一起！他一路跟踪他们来到这个地方，发现了令他备感不堪的画面！她与他还有小小的他，他们脸上的笑意就像是利剑，狠狠刺穿了他的胸膛，刺碎了他的尊严！

他转过身想要离开这个令他悲愤的城市，将萦绕在心上的面孔深深掩埋，可却发现自己挪不动脚步，目光紧紧追随着她，他贪恋着她的一颦一笑。

第十二章
爷爷，求你别闹了

1

施妍用手肘撞了撞正在努力将手中的玻璃杯子擦得闪闪发亮的景泽，低声问他："你看，音羽出去一趟回来之后是不是变得……更加魂不守舍了？"

"会不会是Leo跟她说了什么？"他抬眼看向正在将奶油蛋糕放进微波炉的音羽，连忙冲过去抢救那块可怜的蛋糕，轻揽着她的肩，感觉到手掌心传来的微微的颤抖，他板起脸，严肃地说："你别再忙活了，坐这休息吧，虽然我不知道你身上发生了什么事，但我可以感受到你的悲伤，不管你想不想依靠我……和施妍，都别忘了，我们是你的好朋友，是你最可靠的靠山！"

"是啊，音羽，我们挺可靠的，你要是难过就哭出来吧！"施妍夸张地抱住她，自己先抽泣起来。

"我没事。"

她漾起笑容，那般甜美，就像用尽生命绽放的昙花，只一刹那就凋零了。

施妍心疼地拥紧她，暗自决定要去找Leo问个明白！她绝不能让她最要好的朋友陷在失恋的沼泽里无法自拔，她得拼尽全力挽救他

257

们……

2

Leo 压低爵士帽的帽檐，匆匆走进维多利亚酒店附属的咖啡馆。

只有习惯了商务会谈的人才会把见面地点约在这种地方，这里没有好喝的咖啡，有的只是相对私密的谈话空间，他向侍应声报出一个名字之后，对方恭敬地领着他抵达最角落的一个位置。

那里早已有人等候他多时了。

Leo 也不等他开口，径自在他对面的沙发上坐了下来，点了一杯热美式咖啡，等侍应生离开之后，才开口问道："你是为了以美才来找我的吧？这还是你第一次主动约我谈话。"

"把她还给我。"杰西的目光落在他略显憔悴的脸上，眼中闪过一丝惊异，却还是霸道地提出要求。

"她什么时候属于过你吗？"

"她说她爱我。"

"那只是逗你玩的，你在巴黎政商圈摸爬滚打这么多年，难道连玩笑话都听不出来吗？"Leo 故意说着刺激他的话，想看看他会有什么样的反应。

如果换作是平常，杰西早就拍案而起，撂下狠话，扬长而去了。

可他今天并没有那么做。

浅褐色的眼眸中盛满痛苦与悔恨，他执着地说："我相信她没有骗我！"

"那你知道她还有一个儿子吗？"他仿佛是随意地提起。

"我知道！我看到你们一起去接他了。"

"既然知道，你还向我讨要她？"

"是的，我要她！"他的语气并不是企求，而是势在必得的坚定。

"要一个没钱没地位，还生过小孩的女人，当你的妻子吗？"Leo 的眼中有了一丝了然，但还是故意说道，"别忘了你在艾奇家的处境，你需要的是一个可以帮助你的女人，借由她稳固你在家族中的地位，娶以美只会让你被那些唯利是图的族人排挤……有可能会令你一无所有。"

"我不在乎！"

Leo知道这四个字从杰西的口中说出来需要经历多么残酷的挣扎。

他对这个堂哥刮目相看，为了爱情，他毅然放下所有身外物，名利、地位、权势、财富……所有追逐了一辈子的东西都抛下了，那得鼓起多大的勇气才能做到呢？！

他的心被深深地触动了。

杰西连最后的尊严也放下了，恳请他："把以美还给我。"

"我还不了！"Leo端起冷却了的咖啡，品味着其中的苦涩，在杰西隐忍已久的怒火爆发之前，笑着说，"她本来就不属于我，她的心里自始至终都只住着一个人……"

"是的，那个人，就是你。"

"她说她爱我……我曾经质疑过她的话，甚至用残忍粗暴的方式对待她，我知道我没有资格再来找她，可是却控制不住想念她，哪怕一刻也等不下去，迫切地想见到她……当我看到你们就像一家人一样和乐融融地在一起时，我真的绝望了，我想过用尽我的所有跟你交换她……但我也知道这世上没有任何一样东西与她等价，因为在我心中她是无价的稀世珍宝，但我拥有的就只有那些俗物！"他真诚地剖白自己的心。

Leo感慨地轻叹一声："她一直在等你，只是受了伤的心，需要一些时间恢复！"

"那现在就换我来等她吧。"他露出一抹释怀的笑。

"她是一个好女孩，你要保证给她幸福，不然我绝对不会放过你！"

"我一定会的！那个孩子，我可以当他的爸爸吗？我知道这样的要求，对你来说，有些太过分，但我仍希望她能和她的孩子一起……"

Leo 扑哧一声，将口中的咖啡喷了出来，忍不住捧腹大笑。

杰西一脸困惑，但仍试着说服他："我会像对待亲生儿子一样对待他的！"

"他本来就是你的亲生儿子啊！"

"……"

杰西的表情太滑稽了！

他的脸一阵青一阵紫，紧接着又一阵白，最后涨得通红！表情大概是这辈子从未有过的丰富——震惊、难以置信、狂喜，紧接着是暴怒！

"我怎么不知道……那个孩子是我的儿子？可是我……以前从来没见过以美啊！"

"反正一辰是你的儿子，至于到底是怎么一回事，你还是去问以美本人吧！"Leo 站起身，留下心中五味杂陈的杰西，走出咖啡馆。

今天的阳光有些刺眼，他的心又开始隐隐作痛。

思念是一种病，病入膏肓的他明知就算是暗恋音羽是有背人伦的事，他还是心甘情愿地深陷其中，不能自拔。

3

以美轻轻地推着秋千，看着心爱的儿子一辰欢快的笑脸，失落的情绪稍微平复了一些。

一辰玩了一会儿就腻了，他嚷嚷着："妈妈，换你来坐，我来推你！"

"傻瓜，你哪有力气推得动妈妈呀！"

话虽如此，她还是听从儿子的安排，乖乖坐在秋千上，看着他使出吃奶的力气推着秋千，她原以为他不可能推得动，没想到他竟像被大力神附体似的令秋千荡了起来。

她像个孩童似的，发出银铃般的笑声。

好在，她还有一辰。

那个人已经成了别人的未婚夫，很快会是别人的丈夫！

她强迫自己不再想他，可是脑子却一刻也不得闲。

"妈妈，好玩吗？我再帮你推得高些，好吗？"

"不要呀！一辰，已经很高了，你快站到旁边去，小心被秋千碰倒！"

她不禁有些担心跑来跑去的一辰，光顾着转身去看着他，没想到秋千荡越荡越高，她小小的动作引发了极度危险的结果……

她的手脱离了秋千两侧的粗麻绳，在秋千荡到最高点的时候，整个人从秋千上滑落。

她惊呼一声，害怕得闭上眼睛。

一辰被眼前的状况吓呆了，号啕大哭起来。

我死定了！

也许会摔得粉身碎骨！不，那太夸张了，也许是粉碎性骨折，颅骨、颈椎骨、脊椎骨、盆骨……毁灭性损伤！也许她会变成植物人，那样的话一辰该怎么办？！他已经没有爸爸了，如今连妈妈也要离开他。

"不要不要！"她不能让一辰变成孤儿！

"唉！"

谁！谁在叹息？

杰西喘着粗气，眼中的惊惧仍未褪尽，无奈地盯着怀里手舞足蹈却胆小得不敢睁开眼睛的人儿，差点被她夸张的尖叫声刺穿耳膜。

见她依然像个鸵鸟埋首在他的胸膛，他只好亲自将她拉回现实："你打算要我抱你抱到什么时候？"

他是不介意一直抱着她，但她起码得先看他一眼吧！

"杰西？"她听到耳边响起熟悉的声音，怯怯地睁开一条眼缝偷看。

阳光洒在他的身上，令她看不真实。

但这分明是杰西的声音……

真的是他来了吗?

那，昨天在公园里看到的人……是他! 这可能吗?

他应该在巴黎和他的未婚妻一起甜蜜的生活，来这做什么? 难道是特地来抓她的? 他仍然介怀她在他酒里下药的事吗?!

"嗯。"

"真的是你?"

"是我!"

再三确认抱着她的人就是杰西本人之后，她慌乱地想要挣脱他的控制，甚至对仍在呜咽的儿子喊起来: "一辰，快跑!"

"妈妈……"一辰身为小小男子汉，没有按照妈妈的指示拔腿就跑，反而跌跌撞撞跑到杰西身边，抱着他的大腿，使出浑身的力气，狠狠咬了他一口，紧接着疯狂捶打他，口齿不清地叫嚷着，"坏人! 我打死你! 快放开我妈妈!"

"小子，看不出来你还挺有劲的，痛死我了!"杰西痛得龇牙咧嘴，放下以美，让她双脚着地，改用左手拥着她，空出右手将小家伙抓了起来，看着他灵活地在空中扑腾。

这是他第一次如此零距离地看着他——他的儿子——一辰，他的眉宇之间确实像极了他小时候，那种倔强与在众星拱月环境里成长的 Leo 有着天壤之别。

"你放开他!"以美想从他的手里抢回儿子，无奈手不够长，怎么都够不着。

"你是不是应该先跟我解释一下这小子是怎么回事?"

"什、什么怎么回事?"她别开脸，不敢看他。

"你不会想告诉我，这小子跟我没关系吧! 你觉得我会相信那种鬼话吗?"他挑眉，凑近她的脸，他的气息喷涌在她的脸上，将她的心池搅出一圈圈涟漪。

儿子是她的全部! 她不可以失去他!

她强打起精神，否认："他真的跟你一丁点关系都没有！他是我的……"

"你一个人能生得出他吗？"他为之失笑。

"他爸爸是……"

"我爸爸是 Leo！他很帅！我也很帅！"一辰对"爸爸"两个字十分敏感，连忙抢答，"坏叔叔，我要叫我爸爸来打你……"

"小子，Leo 是你的叔叔，我才是你爸爸！"

"你、你怎么知道的？不！不是，我的意思是，你为什么会这么想？"以美震惊地瞪着他。

"中国有一句老话，叫作：若要人不知，除非己莫为！"

"……"她怎么觉得这话听起来怪怪的！

"我有足够多的时间听你的解释，走吧！"

他将一辰抱在怀里，搂着石化了的以美，打算先带他们回酒店，然而一辰却像发现了惊天秘密似的，突然喊起来："你是我爸爸！爸爸！"

"乖儿子！"他没想到一辰突然对他有了"爸爸"的认知，这是怎么回事呢？

一辰的话解开了他的疑惑，他说："妈妈的手机里面，还有钱包里面，都放着爸爸的照片！Leo 爸爸说那个不是他……那个是你吗？"

"是我吧？"杰西将问题抛给一脸尴尬的以美。

"呃，只是跟你有点像而已！"

"是吗？"

他扬起一抹诡笑，心中再明朗不过，柯以美这个傻丫头分明暗恋了他多年，对他下迷药一定是不想看到他和别的女人订婚。此刻的他，完全可以理解那种占有欲。

至于当年他们是怎么认识的，就留待今后慢慢盘问她吧！

杰西将小家伙放下，抱起不肯跟他走的以美，顺便对儿子说："一辰，乖乖跟着爸爸，我们回家了！"

"哦，爸爸，我们的家在哪呀？"一辰拉着他的衣角，好奇地问。

"一辰想住在哪，爸爸就把家安在哪！"

"那一辰想和 Leo 爸爸……叔叔还有音羽姐姐住在一起！"他天真地说。

"音羽姐姐是谁？"

他问话的对象是缩在他怀里的以美。

她想起音羽，语带忧伤地说："据说是你和 Leo 的堂妹，Leo 深爱着她，现在他们俩都陷入痛苦之中，我不知道该怎么帮他们。"

"原来如此，她就是爷爷找了多年的孙女？！"

"嗯。"

"他们的事，我们有空再说，现在先谈谈我们的事！"他将她抱到副驾驶座上，替她绑好安全带。

随即又把一辰抱进后车座，边发动车子边说："我们应该好好谈谈，在那之前，我决定先把一辰寄放在 Leo 那里，我想他应该不介意让我们有一点单独相处的时间。"

"我不要！"她显得有些抗拒。

"如果我说我爱你，你是不是可以给我一点时间？"

车子走了几米就停了下来，他神情严肃地望着她，在她犹豫惊讶的眼神中，霸道地吻上她的唇，用微喘的气音呢喃："我爱你，我要你跟一辰一起留在我的身边，我会竭尽全力给你们幸福。"

"杰西……"她被他眼中盛满的热情所打动，哽咽地答应。

"噢！太好了！一辰以后不但有妈妈，还有爸爸了！"一辰见惯了"亲吻"的场面，见怪不怪地鼓起掌来，兴奋地说，"我要你们一起送我去上学！"

"乖儿子，爸爸答应你！"杰西反手摸摸他的头，眼中满是为人父的喜悦。

以美望着他，想不通他爱上她的契机是什么，但那又有什么关系呢，就像他说的，他们还有很多时间可以慢慢加深对彼此的了解。

4

两天之后。

杰西再度约见 Leo，这次他选了恩星小区附近的一家私房咖啡馆，那是以美推荐给他的。

Leo 瞥了一眼春风得意，红光满面的堂哥，心想："他的幸福都快要溢出来了！真令人羡慕！"

"我听说了音羽的事，所以想跟你谈一谈。"

"我和她注定不能在一起！"

"谁规定的呢？！你还记得我们读过的那些神话故事吗？像希腊神话，主神宙斯的妻子赫拉其实是他的亲姐姐；中国神话里的伏羲与他的妹妹女娲相爱相守；日本神话里的天照大神也是娶了他的妹妹才诞生了人类；埃及神话提到冥王也是和他的妹妹……"

"够了！你说的那些都是神话！现在已经是文明社会！" Leo 脸色难看地打断杰西的话。

但他现在是被幸福滋养的男人，并不打算跟他计较，反倒和气地继续劝解："人类的社会确实在进步，可有些方面却是作茧自缚，在得到便利的同时不得不牺牲许多东西，自从我们有了电话，就再也不想辛苦地书写信件，没有经历漫长的等待煎熬，我们失去了收到回信时的那份喜悦；有了电视，我们从中学到了许多广泛传播的快餐文化，就再也没有耐性翻开一本纸质的书本，用心去阅读字里行间跳跃的感情……这样的例子还有很多，足以证明，社会进步不表示一切优良的文化传统都能被传承下来。"

"难道你是要鼓励年轻人违反人伦吗？"

"并不是！我只是想告诉你，我们应该顺应社会的发展趋势，摒除一些不好的东西，但是爱情，你能说它有错吗？"

Leo 沉默不语。

杰西这辈子第一次像个兄长一样，对眼前这个与自己并不亲近的兄弟说道："你和音羽相爱不是罪过，近亲结婚确实是为社会道德所不允许，但那并不表示你们不能在一起，不是吗？"

"我们可以在一起吗？"Leo 既像在问他，更像在问自己。

"有人的地方才有社会，有了社会之后，产生了各种规则，你何苦把自己圈限在其中？"

Leo 咀嚼着他说的话，虽然句句都是歪理却像是一汪甘泉灌溉着他几近干涸的心。

他很想抛开一切，带着音羽逃到一个没有人的地方。

那里就只有他们两个人，安安静静地，相亲相爱地生活下去，那样的话，没人指责他们违反社会规则了吧……这一切，多么理想！可是，他还是不能那么做！

他得为音羽着想，不能为了自己的私欲拐带她离开。

杰西摇头叹息，凭他说破了嘴，Leo 就是要划地自限，不肯走出那个名为"规则"的怪圈，他的堂弟被爱情荼毒得不轻，宁愿在痛苦中沉沦，也不肯为自己与爱的人谋划一条更有利的出路，从这点看来，他确实不适合经商，完全不懂得在极端不利的条件下创造一线生机。

他看了看时间，该去接一辰放学了。

如果 Leo 本人想不通，他就是撬开他的脑袋，硬把他不认同的观点塞进也不能解决问题。

自己系下的结，终归得由自己来解。

5

小天使幼稚园。

施妍趁着午后太阳正炽，帮阿姨们把小朋友们午睡用的小被子一床床地搬到太阳底下晒。

在寒冬里，太阳难得这么热情猛烈地放射出光芒。

她累得瘫倒在草坪上，伸手遮挡刺眼的阳光，透过指缝，感受着依稀落入了眼中的光点。

　　一道热切的目光已经在暗处关注她许久，他终于忍耐不住，向她的方向迈开了步子。

　　感觉到有人走近，施妍转过头，看到一位白发苍苍的老人，他的眼中盈着泪光，打扮显得十分绅士，拄着一根雕刻精致的拐杖，与其说它是拐杖，倒不如说更像是权杖一样的东西，因为老人的步伐十分稳健，压根就不需要依赖拐杖。

　　她觉得有些奇怪，很少会有年纪这么大的老人来幼稚园，更何况他的五官怎么看都不像是中国人。

　　她起身，有礼地向对方问好："您好，请问有什么可以帮到你的吗？"

　　"你叫施妍吗？"

　　"嗯。"

　　她惊讶地瞪大眼，没料到会从对方口中听到自己的名字："您是？"

　　老人并不急着回答她的问题，反倒是自行盘腿坐在她的身旁，拍拍边上的草皮，示意她坐下。

　　施妍有些犹豫，但还是满足了老人家的愿望，挨着他坐着。

　　老人的目光落在了遥远的地方，似在追忆某些年里的某些人，许久之后才缓缓说道："我想跟你讲一个故事，故事并不怎么长，你可以听我说吗？"

　　"嗯，您说吧！"

　　"从前有一个男人，在他很年轻的时候去伦敦留学，爱上了当地一位美丽的女孩。他们一见钟情，很快就坠入了爱河，在求学的几年时间里，他们的爱情开花结果，女孩为他生下两个儿子，但随着毕业季的到来，男人的家族向他下达了无数次指令，要求他回国去和门当户对的女人结婚，否则将被逐出家门，男人在家族与女孩之间选择了前者……他回到巴黎，和另一个素不相识的女人结婚生子，度过了漫长的人生，后来在他年近古稀时遇到了人生中第二个令他心动的女人。呵呵，这个是后话了。我们说回前面提到的女孩，她后来也嫁了人，在她临终之际给她曾经爱过的男人写了一封信，信是这样写的——

亲爱的班杰，我即将离开这个世界，有一个隐瞒了好久的秘密，现在我要将它告诉你……

原来，女孩在他们分手之后，发现自己怀孕了，她无法放下尊严告诉他这个真相，于是带着肚子里的孩子嫁给了家人为她安排的男人……男孩渐渐长大，越来越叛逆，终于有一天，他离家出走，从此再也没有回到他母亲的身边……女孩在信的最后乞求他一定要找到他们的儿子，男人立即着手寻找，只是这一找就找了二十年！在最近，他终于找到了他的孙女，然而那个从未见过面的儿子早已身患绝症离开了这个人世……”

“等等，这个故事听着有点熟悉……我好像在哪听过！”施妍努力回想，终于想起来了，恍然大悟地喊起来，“是音羽！我听 Leo 说过这个故事，故事的主人公是他的爷爷，而爷爷寻找二十年的孙女就是他心爱的……呃，我是说，那个女孩就是音羽！”

“你错了！”

“我错了？”她一脸茫然。

“Eric，出来吧，向她说明一下事情的真相。”

老人冲着不远处的大树喊了一句，随即一道略显蹒跚的身影从树后晃了出来。

他的脸上挂着似笑非笑的高深莫测的表情，但眼神里确实是闪动着笑意，声音充满磁性，“你好，我叫 Eric，是 Leo 的叔叔，这位是我的父亲，也就是刚才你所听到的那个有点冗长无聊的故事的主人公……哎呀，痛啊，老爸！我可是你的亲儿子，轻点敲！”

“你小子竟然说你老爸的爱情故事很无聊？”老人说着又敲了一

你似清风，姗姗来迟

记 Eric 的脑袋。

Eric 撇撇嘴，不屑地说："我只是陈述事实。"

老人冷哼一声，同样撇撇嘴，一副懒得理他的傲娇表情："你还不把事实说出来！"

"是这样的，Leo 说的那个故事大体上是没有错的……"

"大体上？"

"他唯一认知错误的就是故事的结局部分，我老爸的确是找到了失落的孙女，但是那个女孩并不是音羽。"他用极度不负责任的语气说，"也有可能是我不小心误导了他，不过，这都不重要，重要的是……谁才是我老爸苦苦寻找的孙女呢？"

"谁？"

"那个人，就是你！"Eric 状似随意地抛出一个晴天霹雳，至少对施妍来说是！

她一脸不敢置信的神情，努力消化这个讯息。

老人难掩激动地上前一步，将权杖……呃，拐杖交给 Eric 保管，握住她的手，说道："我终于找到你了，孩子，跟爷爷回家吧！爷爷再也不会让你受苦了！"

"爷爷……你真的是我的爷爷吗？"她仍显得犹疑。

"千真万确，这是亲子鉴定报告。"Eric 像变戏法似的从飘逸的风衣里摸出一个黄色的文件袋，嘴角扬起诡谲的笑容，"这份报告才是真的！"

"那你为什么要骗 Leo，是你告诉他音羽是他的堂妹的吧？"施妍可不是那么好糊弄的，她马上就抓住了他的小辫子，揪着不放。

"我那是奉我老爸之命行事，冤有头债有主，你要是有气就冲我老爸，也就是你爷爷发！还有，我虽然就比你大两岁而已，但怎么说也是你叔叔，请对我客气一点，礼貌一点……哎呀！我靠，你们爷孙两个怎么都这样！动不动就打人！我们讲道理好吗？"

"你这个坏蛋！"施妍替天行道，追着他打。

看着眼前"和乐融融"的景象，老班杰的脸上终于有了笑容。接下来，他得考虑带着他可爱的孙女回巴黎去避难，Leo 知道真相可能会要"追杀"他！唉，都怪他当初玩心太重，硬要 Eric 假造那份亲子鉴定报告，让 Leo 误以为自己与音羽是禁忌之爱。

俗话说得好，只有经得起考验的爱情才是真爱！

他可以辩解说，他是为了考验他们对爱情的执着才闹出的那一出吗？好像连他自己都觉得有点过分，无法对这种下三滥的理由信服呢？！

还是逃吧！

6

凌烟推开玻璃门，走进满溢咖啡香气的刻为咖啡馆。

她目标明确，径直走到柜台前面，透过玻璃展柜看着正小心翼翼地将刚烤好的小蛋糕摆放得整整齐齐的音羽，等到她忙好了之后，才出声提醒自己的存在。

她说："音羽，还记得我吗？"

音羽闻声抬起头来，眼中闪过一丝惊喜："你是凌烟，上回我们在……Leo 的别墅里见过，啊！对了，我还拿到了由你负责编剧的舞台剧的票呢，谢谢你特地让君灿转交给我。"

"不用客气。"她温柔地笑说，"我听说你最近和 Leo 之间出了些问题，想着你或许需要一个愿意倾听你心声的人，所以我就不请自来了，你不会嫌我多管闲事吧？"

"怎么会呢！我和 Leo 之间的问题是无法跨越的血缘关系，我想你已经听君灿提过了，我应该放下心中对 Leo 的那份爱，将它转化成亲情。但是，无论我怎么努力，都无法将他当成一位哥哥……想和他在一起，这样的念头像魔爪一样死命地揪着我的心，我不知道该怎么办！"

音羽边说边为凌烟夹了一块可爱的草莓奶油蛋糕放在精致的小瓷盘里，搭配清爽的美式咖啡。

刚好这个时间店里没什么人，她找了个角落的位置，和凌烟一起坐了下来，神色难掩忧愁地说着："我一直这样下去的话，是不是会让 Leo 更加痛苦？"

"我可以理解你此刻的心情，当初君灿的小叔公对我有所误会也曾经要求我离开君灿，我当时也很痛苦不堪，怎么也无法下定决心离开他。音羽，听我说，'爱'其实涵盖了亲情、友情以及爱情，不分时间、无论对错，你与 Leo 之间只是比普通人多了一道坎，那或许是上帝对你们的考验，勇敢地跨过去，不要去想将来会是怎样，爱他就去到他的身边，安慰他，陪伴他……"

"我可以那样做吗？"

"你爱他，不是吗？"凌烟端起咖啡轻啜一口，看着音羽微微舒展开来的眉宇，在心中暗忖，"Leo 啊 Leo，我总算不负你所托，尽我最大的力量给音羽洗脑，接下来就看你自己的表现了！"

她抬眼瞥了一眼窗外潜伏在墙角偷窥的身影，笑意悄然爬上她的脸。

她佯装突然有事，留下陷入沉思的音羽，快速撤离。

奔出咖啡馆之后，她跑到 Leo 身边，推了推他的肩，仗义地说："我已经完成任务！该你上场了！"

身着黑色超长款羽绒服装乔装打扮得连自己都快认不出自己的 Leo 轻轻点点头，向她道了声谢，目送她步上停靠在一旁的卡宴，驾驶座上的君灿向他摆摆手，算是打招呼。

他压低头上戴的棒球帽，刻意避开人们窥探的目光，来到音羽所在的位置。

他坐了下来，脱下帽子，让她得已看清他的脸。

她一言不发，只是默默地凝望着他，眼角瞬间就湿润了，咬着下唇似在强忍着痛哭的欲望。

他轻轻拭去她眼角的泪，艰难地开口："音羽，我好想你！"

她点点头，默默地流泪。

他轻叹一声，坐到她身边，再也心中的欲望，将她紧紧地拥进怀里，亲吻她的发。

"我也好想你！"她闷闷地说着。

"我爱你！我不能没有你！"

她泪眼蒙眬地抬起头，终于鼓足了勇气，说："我们一起逃走吧！我想跟你在一起，一直一直在一起，直到死亡将我们分开！"

"你真的这么想吗？"他隐藏不住内心的狂喜，捧起她的脸，认真地问。

"嗯，去一个没有人认识我们的地方，就算全世界都不认可我们，只要彼此不离不弃，一切问题，我们都可以克服的……"

"音羽！"他动容地轻轻吻上她的唇。

此刻，他再也不管横阻在他们之间那道无法跨的障碍，想要在一起的念头战胜了一切，不管别人怎么看他们，此生，他只愿得一人心，白首不分离。

耳边传来叩叩叩的响声。

他不得不抬起头，看向玻璃墙，惊见那两个他一点也不想见到的人！

他俩快速走进店里，来到他们身边。

其中一人威严地呵斥他："你小子知道你在干什么吗？明知道她是你妹妹，你还干出这种事？！"

"哎呀！老爸，你别这样，小心玩火自焚，我看我得先走了。"Eric感觉一会儿可能会发生难以收拾的状况，假装忙碌地接听电话，趁机开溜。

Leo 不觉有异，用一贯叛逆的态度维护他们的爱情："爷爷，我不会把音羽交给你的。”

“哈哈哈哈，你小子有够笨的，我要你的女人做什么呢？”班杰也觉得再玩下去就无法收场了，赶紧将真相挑明，“我已经和我可爱的孙女相认了，特地来跟你说一声，我还会在这里待一阵子，谁让我宝贝孙子、孙女都在这儿呢！”

“你的话是什么意思？”Leo 一头雾水。

“我的意思是她不是我的孙女，更不是你的妹妹。”班杰狡猾地说，“这一切都是 Eric 出的馊主意，你要怪的话就去怪他好了，别怪我这个风烛残年的爷爷。”

“你们俩！”

Leo 简直无法相信，平常就喜欢耍人的爷爷竟然跟从来没骗过他的 Eric 联手搞出这么一出“惨绝人寰”的狗血闹剧！他们是想逼死他吗？！

班杰见孙子怒不可遏，连忙先拉拢未来孙媳妇，讨好地对她说：“音羽丫头，我是你好朋友施妍的爷爷，更是你男朋友的爷爷，你一定得帮我阻止这小子，谋杀亲爷爷的罪是很大的呀！”

音羽总算搞清楚眼前的状况，禁锢她灵魂的枷锁脱落了，她露出了无奈的笑容。

Leo 瞪着拿音羽当挡箭牌，躲在她身后的班杰，气愤地吼起来：“班杰，你这个老浑蛋，你差点害死我们俩，竟然还把责任全推给 Eric，我要不搅得你不得安宁，我就不姓艾奇！”

“孩子，我错了，请求你原谅爷爷吧！”

“Leo，算了，爷爷年纪大了，经不起你折腾，何况他已经道了歉了，你就原谅他吧。”音羽被夹在他们中间，成了“夹心饼干”，只好出言相劝。

“音羽，就是这个老家伙害你流了那么多泪，你这么快就原谅他？”

"他毕竟是老人家。"

"你、你们……唉！"他一把将音羽拉回自己怀里，瞪视着悻悻然的班杰，没好气地哼道，"别以为我会这么轻易原谅你！我现在很忙，没空理你，音羽，咱们走！"

他搂着神情有些尴尬的音羽，无视班杰，径直走出了咖啡馆。

他现在只想和她单独待在一起，将心中喷涌而出的爱意一一传达给她。虽然很气爷爷，但他满怀感激，至少他们俩再也不用背负道德的枷锁，逃离这个用规则构筑的社会。

他扬起一抹笑，牵着她的手，轻快地奔跑起来。

她回以会心的笑容，追随着他的脚步。

不管前方还有怎样的障碍，她都不会再退缩，她要跟他一起，勇敢地迎接未来。

在他们的身后，一定有一对透明的日渐丰满的羽翼，迎风挥舞。

尾声

　　X-start 年度演唱会将于奥林匹克体育馆举行，最近三位前成员进入了紧张的彩排阶段。

　　Leo 趁着休息的空档，搂着来探班的女友躲在角落里说起了悄悄话，两人时不时发出愉快的笑声，一切都显得这么美好。然而，休息室方向传来君灿的暴吼声，转眼间，他的怒火像一阵龙卷风席卷了整个后台，工作人员纷纷像缩头乌龟一样缩起了脖子，没有人敢在君灿发怒的时候靠近他。

　　噢不，应该说在场的还有一个不怕死的人，那就是 Leo。

　　他拥着音羽，踱到休息间，看着烦躁地猛抓头发的君灿，问："什么情况啊？难道你内分泌失调了？"

　　"见鬼！你自己看！"

　　他甩给 Leo 一张纸，上面用签字笔写着简短的几行字——

　　各位，很抱歉，我选择在这种时候离开大家！不要问我去了哪里，也不要找我，我在收拾整理好心情之后就会回归，爱你们！

　　　　　　　　　　　　　　　　　　　　　　　　——Seven 留书

　　"Shit！" Leo 忍不住骂了一句。

　　"没想到最不可能出问题的人却在这种时候给我开这么大一个天

窗！"

"那现在怎么办？"

"还能怎么办！演唱会无限期延迟，等到 Seven 回来之后再继续，让杰瑞与路易跟星图公司经纪部联系，做好公关。"君灿冷静下来之后，条理清晰地做出安排。

他随即想到最近气色越来越难看的 Seven，想必他已经忍耐到了极限，才会在这时出走。他大概知道 Seven 去了哪里，一定是困扰他多年的梦魇将他带去了那块遥远的土地。

但愿，他归来时，一切安好！

番外篇
爱的初体验

　　以美拢了拢开得有些低的领口，小心翼翼地端起放有红葡萄酒和水晶杯子的托盘，第无数次在心里骂那个介绍她来打工的老同学——她是这个豪华派对主办方的打工仔，但却端出一副傲慢的白领架子。

　　她妖娆地扭着大屁股晃到以美面前，催促她快点将酒送去给角落那桌客人。

　　以美艰难地蹬着二十厘米高的高跟鞋，这对平常只穿平底鞋的她来说简直是踩高跷，走起路来晃晃悠悠，却还得拼命保护手中的托盘，不但摔坏杯子，更重要的是千万、千万不能弄碎这瓶据说很昂贵的酒，不然就算把她打工赚的工钱全抵上也不够赔偿的！

　　她像走了一世纪那么久，终于走到了角落那桌客人面前。

　　他似乎遇到了什么不开心的事，一个劲地灌着闷酒，也没有酒友相陪。

　　她将酒搁在桌上，然后开始用老同学刚教过她的方法，笨拙地想把红酒瓶口的那个软木塞子弄出来。之前练习的时候明明挺顺利的，但为什么现在怎么也弄不开呢？

　　她使出吃奶的力气，终于打开了盖子，抱起对她来说有些重的红酒，想将它倒进他面前的醒酒器里，却不意手一歪，几乎整瓶红酒都倒在了他身上。

他已有几分醉意，褐色的眼眸眯了起来，朦朦胧胧地看到一个年轻的女孩拼命向他弯腰道歉，他张了张口却发现自己已经醉到说不出话来了。

她搀扶着他走出酒会，替他拦了一辆计程车，将他塞了进去。

在车门即将关上的那一刹那，他突然将她拉上了车，紧紧搂在怀里，她的身上有一股幽幽的香草气息，暖暖地，令他忘却了一切烦恼。

以美望着躺在她的腿上昏昏欲睡的男人，明明是第一次见面，为什么她会有一种心头小鹿乱撞的感觉呢？难道说……她对他一见钟情吗？

他长得可真帅呀！

她轻轻地帮他拨开垂落在眼帘的浅金色头发，悄悄地拿出手机，对着他英俊的脸庞"咔嚓"拍了一张照，好像在哪见过他呢，究竟在哪呢？

啊！对啊！早上在老同学的办公桌上摆着的那本财经杂志的封面上看过他！

那时候她的老同学还扬扬得意地向她炫耀："他叫杰西·艾奇，他的家族是法国有名的上流贵族，我们杂志社抢到了他的国内独家专访哦。今晚的酒会，他也会参加呢！"

她想起了他的名字，在心里默念起来。

她从他的上衣口袋里翻出了一张酒店房卡，于是，让司机前往那个名叫维多利亚的六星级酒店。

她原本是因为不小心把红酒倒在了他的衣服上，又见他烂醉如泥，便想替他叫个车送他回酒店，然后趁机开溜，她可赔不起那瓶价格不菲的红酒呢！没想到被他拉上车，一路将他送回了酒店顶层总统套房。在安置妥当之后，她想立刻就离开，可是却因一时贪恋他俊朗的外表，趴在床边偷偷亲了他一口，没想到他像是突然清醒了，目光如炬般盯着她，俯身吻住了她的唇……

他们之间剪不断理还乱的缘分都起源于那一刻！

番外篇
古老的部落

在中原以南，一处茂密的雨林深处有一座古老宏伟的宫殿，围绕着宫殿以太极八卦图案向外建有许许多多土楼、吊脚楼，楼四周种满了驱蛇虫的香草，令五毒不敢靠近。

此刻，在宫殿阴暗的角落，一位面容憔悴的美丽的少妇抱着仍在襁褓中的孩子，蹲在一个年仅六七岁的少年身边。她凝望着怀中刚出生不久的心爱女儿，眼中盈满了悲伤的泪水，纵使她有千万般不舍，在这前有狼后有虎的危难时刻，她唯有将孩子托付给年幼的外甥。

她摸摸年少稳重的他，郑重地叮嘱："小华，妹妹就交给你了，你一定要带着她逃出去，离开这个地方，永远也不要再回来！"

"姨，你跟我一起走吧！"少年眼中泛起忧愁。

"不，我不能走，就算是死，我也必须死在这里，与她的父亲在一起。"她眼角的泪滑下，落在了女婴纯真无忧的脸上。

像是感应到母亲的悲哀，女婴嘤嘤嘤哭了起来。

少年连忙轻轻捂住她的嘴，温柔地摇晃着她，瞬间就把她哄笑了。

"走吧！"她推了推少年。

少年转过身，仰望着天花板，深吸一口气，终于忍住了差点要决堤的泪水，从此以后，他的肩上便担负着照顾表妹的责任……

他知道凭借他一己之力是不可能抚养她长大的，甚至有可能被追踪者找到并杀害。

当他满身伤痕抱着女婴逃出那片雨林之后，他辗转来到了 F 城。这是一座美丽富饶的城市，他偷偷将女婴放在了一座保育院的门前。看着温柔、慈爱的修女将她抱在怀里，他知道，在表妹长大之前，他必须让自己变强……唯有如此，他才有机会带着表妹回到那里——

生养他们的部族！找寻他们的亲人！或许，他们早已被时光与倒塌的砖瓦掩埋，也或许那些坏人仅仅剥夺了他们的权力，给他们留了一条生路……

只有回去，才知道他们离开之后发生过什么！

后记

　　孩子，都说是神明的使者，自带光环，给人以欢乐，然而——

　　如果他一天到晚爬到你的头上，用蜡笔画花你家美丽的墙壁，用水枪喷湿你昂贵的衣服，你除了无奈叹息，是否有揍他一顿的冲动呢？

　　本文的男主角——Leo，某一天迫不得已接收了"从天而降"的名为"亲生儿子"的巨大礼物，他哭笑不得之余，全身每一个细胞都在呐喊——噢！NO！

　　儿子的到来，除了将他小资、高贵的生活品质打了个对折再对折，无数个对折，唯一的好处是，遇到了与他一起走进他生活的女主角——音羽。她虽然是个孤儿，一出生就被神明所抛弃，但她热爱生活，用心制作世间最美味的食物，这样的她美得闪闪发光，令人无法移开视线。

　　生活就是打打闹闹，放肆而充满自由！

　　不管神明是否将目光聚焦在你身上，都可以骄傲地大声地喊："我很好！我很灿烂！"

　　我们奔走在名为人生的道路上，尽头是未知数，且把握当下。

　　如果你喜欢这一系列故事，一定要记得关注即将出版的第三部小说——《你似绮梦，不负我心》哦，它将带给你不一样的体验！

　　最后，还是那句有点俗套却无比真诚的话：感谢为此书忙碌的编辑以及从头到尾看完它的你。

你似清风，姗姗来迟